Christiane Franke
Cornelia Kuhnert

TOTE LÄMMER LÜGEN NICHT

Ein Ostfriesen-Krimi

Rowohlt Taschenbuch Verlag

Originalausgabe
Veröffentlicht im Rowohlt Taschenbuch Verlag,
Hamburg, März 2023
Copyright © 2023 by Rowohlt Verlag GmbH, Hamburg
Covergestaltung yellowfarm gmbh, Stefanie Freischem
Coverabbildung Mauritius Images; Shutterstock (vorne);
mauritius images / Richard P Long / Alamy; mauritius images /
Ar Ducha Misfa'i / Alamy (hinten)
Satz aus der Kepler Std
bei Pinkuin Satz und Datentechnik, Berlin
Druck und Bindung GGP Media GmbH, Pößneck
ISBN 978-3-499-01165-8

PROLOG

«Du hast mich hintergangen. An mir vorbei den großen Reibach gemacht.» Lennys Stimme bebt vor Wut. Seine dünnen grauen Haare umrahmen wirr sein ausgemergeltes Gesicht. Der speckige Parka sieht aus wie der, den er schon vor Jahrzehnten getragen hat. Es ist bitterkalt, windig und gießt in Strömen. Ein hundsgemeiner Februartag.

«Ich weiß nicht, wovon du sprichst», entgegnet Kelle, während er die Flinte lädt. Seine Fingerspitzen sind schon fast taub vor Kälte. So schnell es geht, möchte er zurück ins Warme. Er hat nicht damit gerechnet, dass Lenny hier auftaucht. Es ist Ewigkeiten her, seit sie das letzte Mal miteinander gesprochen haben. Sie haben sich nichts mehr zu sagen, seit Lenny damals von einem Tag auf den anderen verschwunden ist.

«Erzähl mir doch keinen Scheiß! Wovon hast du denn all das hier bezahlt, hä? Du hast nicht damit gerechnet, dass ich dir auf die Schliche komme. Aber ich lasse mich nicht mit faulen Tricks abspeisen. Ich will Kohle sehen. Viel Kohle. Sonst verklag ich dich.»

Langsam wird Kelle richtig sauer. «Ich weiß gar nicht, was du hast! Das alles hier», er macht eine ausladende Bewegung mit der Hand, «hab ich mit einem Kredit finanziert.»

«Lüg nicht rum.» Spucketropfen fliegen Lenny aus dem Mund. «Du hast unsere Idee zu Geld gemacht. Du willst mich um meinen Anteil bringen.»

«Lenny, verpiss dich. Ich hab Besseres zu tun, als mich um irgendwelchen Asbach uralten Kram zu kümmern.»

«Vergessen hast du es aber nicht.» Lennys Augen blitzen vor Zorn.

«Hör endlich auf. Wovon redest du eigentlich? Du hast wohl zu viel gekifft in all den Jahren.»

«Aufhören? Damit du mit unserer Idee weiter Kohle scheffelst? Hast du sie noch alle?»

«Mach dich endlich vom Acker.»

Lenny ballt die Hände zu Fäusten. «So lasse ich mich nicht abspeisen!»

Kelle bleibt ruhig. Niemand kann sie hören. Gelassen hält er das Gewehr in beiden Händen und registriert, dass Lennys Augen wild funkeln. So wie früher, als sie alle zusammen in der Kommune lebten. Flower-Power, freie Liebe, Freiheit. Lang ist's her.

«Wenn du mich nicht am Gewinn beteiligst, mach ich dich fertig!» Lenny macht plötzlich einen Schritt auf Kelle zu und holt aus, um zuzuschlagen.

SAMSTAG

Seit Tagen hängen die Wolken wie graue Waschlappen am Himmel, nicht einmal der böig auffrischende Wind aus Nordwest schafft es, Lücken für die Sonne zu reißen. Vor ihrer Haustür legt Rosa Moll den Kopf in den Nacken. Sie sehnt sich nach Licht, möchte endlich wieder Wärme auf der Haut spüren und keine Regentropfen. Aber Jammern hilft nicht. Ein Ostfriesennerz über der Daunenjacke schon eher. Beides hat sich Rosa schon in ihrem ersten Winter in Neuharlingersiel angeschafft, genau wie die gefütterten Gummistiefel. Wie sagt ihr Nachbar und Kumpel Henner Steffens so schön: Es gibt kein schlechtes Wetter, nur die falsche Kleidung.

Regenfest eingemummelt stapft Rosa weiter, um sich mit dem Häkelbüdel-Club im Haus am Hafen zu treffen. Jeden ersten Samstag im Monat werden die alleinstehenden Herren des Ortes – meist Witwer und betagte Junggesellen – hier von der umtriebigen Frauengruppe bekocht. Einerseits, damit sie eine vernünftige Mahlzeit zum günstigen Preis erhalten, vor allem aber, damit sie unter Leute kommen und nicht vereinsamen. Tante Hildegard, ein Mitglied von Henner Steffens' umfangreicher Verwandtschaft, hat die Idee vor Monaten im Regionalfernsehen aufgeschnappt und damit überall offene Türen eingerannt.

«Moin!» Rosa hängt den nassen Ostfriesennerz an die Garderobe und nimmt die Mütze mit passendem Schal und Handschuhen ab, die Dörte ihr zu Weihnachten gestrickt hat. Rosa und Dörte haben schon so einiges gemeinsam durchgestanden und senken mit ihren noch nicht einmal vierzig Jahren den Altersdurchschnitt des Häkelbüdel-Clubs enorm. Ihre Freundin kassiert neben der Eingangstür fünf Euro pro Mahlzeit.

Rosa gibt ihr zur Begrüßung einen Kuss auf die Wange. «Was gibt es denn Schönes zu essen?», will sie wissen. Sie gehört heute zur Abwasch-Gruppe und durfte deshalb etwas später zum Dienst erscheinen.

«Pellkartoffeln mit Heringsdip», ruft Tante Hildegard quer durch den Raum und stapelt die Essteller neben dem großen Topf, der zum Warmhalten auf der transportablen Induktionsplatte steht. Gekocht haben sie die Kartoffeln in der Kurpredigerwohnung im Untergeschoss. «Als Nachtisch gibt es Friesische Rumcreme nach dem Rezept meiner Großmutter», sagt sie voller Stolz. Die Portionen hat sie bereits in kleine Gläser abgefüllt. «Heute haben wir achtundzwanzig Anmeldungen. Werden immer mehr. Sogar aus Carolinensiel hat sich einer angekündigt. Ich hab aber zur Sicherheit dreißig gemacht.» Ein schelmisches Lächeln umspielt ihre Lippen.

Rosa blickt sich um. Wie immer haben sich bereits einige Männer eingefunden und sitzen klönend an den Tischen zusammen, obwohl das Essen erst ab zwölf Uhr ausgeteilt wird. Aber Kaffee, Tee und kalte Getränke werden schon jetzt angeboten. Genau wie einige Brett- und Kartenspiele. Rosa schmunzelt, als sie die angeregten Gesprächsrunden betrachtet. Auch Hoyko Manninga ist schon da, der Vater ihres Kumpels Rudi, seines Zeichens Dorfpolizist von Neuharlingersiel. Er unterhält sich lebhaft mit Claas de Buhr. Der rüstige Achtziger war früher unermüdlich für den See-

notrettungsdienst unterwegs und hat so manchen Schiff-
brüchigen gerettet.

Rosa bindet sich ihre pinke Schürze um und bezieht Position hinter den Tischen, an denen das Essen ausgegeben
wird. Gleich darauf läutet Tante Hildegard mit der kleinen
Messingglocke, die sie sonst immer nur an Weihnachten zur
Bescherung herausholt. Zwei ehemalige Krabbenfischer stehen schon vor Sigrid und beäugen den Matjesdip.

«Wo sind denn die Heringe her?», fragt der Kleinere der
beiden.

«Von der Fischereigenossenschaft.» Sigrid Twenge gibt
ihm eine Kelle auf den Teller. «Und es sind Matjes. Also die
jungfräulichen Heringe, die noch keine Milch oder Rogen
gebildet haben. Deswegen schmecken sie auch milder.» Als
Frau des örtlichen Mitmach-Reporters hat sie von vielen
Dingen Ahnung. Und als gebürtige Ostfriesin sowieso.

«Jungfräulich? Dann nehm ich noch 'n büschen mehr.»
Der Kleinere feixt.

Hoyko hat sich hinter die beiden Fischer gestellt. Er
nimmt einen Teller vom Stapel und hält ihn Sigrid hin, die
ihm Pellkartoffeln auflegt. «Ist Lenny gar nicht da?», fragt
Hoyko. «Der gehört doch sonst immer zu den Ersten. Und
heute gibt's schließlich sein Lieblingsessen.»

«Nee, er ist noch nicht aufgetaucht», erwidert Sigrid.
«Aber angemeldet ist er. Hättest ihn ja mitbringen können.»
Hoyko und Lenny sind nämlich Nachbarn.

«Hab bei ihm geklingelt, aber er hat nicht aufgemacht.
Deswegen dachte ich, er ist schon los.»

Sigrid gibt nun den Heringsdip auf den Teller und will ihn
Hoyko reichen, aber der schüttelt den Kopf. «Gib man ruhig
noch 'nen Schlag drauf.» Er zwinkert ihr zu.

In diesem Moment öffnet sich die Eingangstür, und mit einem eiskalten Luftzug kommt Sigrids Mann Ludwig herein. Er ist schlecht zu Fuß unterwegs und auf Krücken angewiesen.

«Habt ihr schon gehört?», fragt er ganz außer Atem. «Die Neuharlingersiel ist grad rausgefahren.» Ludwig lässt sich auf einen Stuhl fallen. Der übereifrige Online-Reporter ist wie immer bestens informiert, hat er doch seine Quellen überall, wie Rosa weiß. «Die hatten es verdammt eilig.»

«Die Seenotretter sind im Einsatz?» Claas springt wie elektrisiert auf. «Ist ein Schiff gekentert?»

«Nee, ist wohl ein Kiter. Der treibt draußen im eiskalten Wasser. Hat anscheinend die Kontrolle über sein Segel verloren und wird Richtung Fahrrinne rausgetrieben. Der Rettungswagen wartet bereits am Hafenbecken auf ihn.» Ludwig wirft einen sehnsuchtsvollen Blick auf die Teller der beiden Krabbenfischer am Tisch vor ihm.

«Wer geht bei diesem Schmuddelwetter denn freiwillig aufs Surfbrett?» Rosa schüttelt verständnislos den Kopf. «Das Wasser hat doch keine fünf Grad.»

«Versteh ich auch nicht», pflichtet Ludwig ihr bei. Er winkt seiner Frau zu. «Sag mal, habt ihr noch eine Portion für mich? Ich bin ordentlich hungrig und muss mich stärken, bevor ich den Artikel schreibe.»

Sigrid wirft einen Blick in den Topf mit dem Heringsdip. «Klar. Auch wenn du kein alleinstehender Rentner bist.» Sie grinst ihn breit an.

Nach und nach leert sich der Raum, als der Nachtisch vertilgt ist. Nur an einem Tisch wird noch Skat gespielt. Rosa und die anderen Frauen des Häkelbüdel-Clubs räumen auf.

Hoyko hilft ihnen, die Töpfe in den Keller zu tragen und die Tische wieder gerade zu rücken.

«Ist schon seltsam, dass dein Nachbar nicht aufgetaucht ist.» Rosa wischt mit dem Lappen über die Tischplatte. «Der verpasst das Essen sonst nie. Ist der krank?»

«Keine Ahnung. So gut kennen wir uns nun auch wieder nicht.» Hoyko wirft ihr einen nachdenklichen Blick zu, den auch Sigrid auffängt.

«Lenny ist seit jeher knapp bei Kasse. Daran hat sich auch nix geändert, seit er wieder zurück ist», sagt sie und faltet eine Tischdecke zusammen. «Ich kann mir gar nicht vorstellen, dass er so eine günstige Mahlzeit sausen lässt. Außerdem scheint er die Gesellschaft der anderen zu genießen, auch wenn er sonst eher ein Eigenbrötler ist.»

«Was meint ihr», fragt Rosa, «sollten wir nicht besser bei ihm vorbeischauen? Vielleicht ist ihm ja was passiert.»

«Nun mal bloß nicht den Teufel an die Wand. Lenny ist 'ne ganze Ecke jünger als ich. Warum sollte ihm was passiert sein?», wiegelt Hoyko ab.

«Was weiß ich. Man hört und liest ja von den absurdesten Dingen: Herzinfarkt, Gehirnschlag, beim Backen vom eigenen Halstuch erwürgt, das sich im Mixer verfangen hat. Neulich …»

«Jetzt hör aber auf», fällt Hoyko ihr ins Wort. «So ein Unsinn.»

«Aber vorbeigehen könnten wir.» So schnell gibt Rosa nicht auf. «Vielleicht liegt er ja auch nur mit Fieber im Bett. Pellkartoffeln sind noch genug da, und auch vom Heringsdip und der Rumcreme ist was über.»

«Das ist eine gute Idee», sagt Sigrid: «Dann wirkt der Besuch mehr fürsorglich. Und nicht neugierig.»

«So ist er doch auch gemeint!», erwidert Rosa pikiert.

«Wer ist hier neugierig?» Tante Hildegard reckt den Kopf in die Höhe.

Eingemummelt stapfen Rosa und Hoyko kurz darauf durch den Nieselregen. «Was weißt du eigentlich über deinen Nachbarn?» Rosa zieht sich die Mütze noch ein bisschen mehr über die Ohren, weil der Wind ihr den Regen direkt ins Gesicht bläst.

«Nicht viel», gesteht Hoyko. «Lennys Eltern sind im letzten Jahr gestorben. Er war lange im Ausland. Holland, Amerika, Kanada. Die Verbindung zu ihnen war wohl jahrzehntelang abgerissen. Ist ja nicht immer einfach zwischen Eltern und Kindern.»

Auch Hoyko Manninga hat viele Jahre seines Lebens nicht in Neuharlingersiel verbracht. Einst fuhr er als Matrose zur See, ließ sich dann in Kanada nieder und gründete dort eine Familie. Bei einem Heimatbesuch erfuhr er, dass er Vater eines unehelichen Kindes ist. Sein Sohn Rudi Bakker, der Dorfpolizist und beste Freund von Henner Steffens, kam aus dem Staunen gar nicht wieder raus, als er seinen verschollen geglaubten Vater nach all den Jahrzehnten kennenlernte.

«Lenny soll Rockmusiker sein, hat Adelheid gesagt.» Henners älteste Schwester kam richtig ins Schwärmen, als Lenny vor ein paar Monaten in das Haus seiner Eltern gezogen ist. «Muss früher ein heißer Typ gewesen sein. Adelheid war gerade mal fünfzehn, als Lenny hier weggegangen ist. Er soll danach mit bekannten Bands gespielt haben.»

«Hat Adelheid das erzählt?», wundert sich Hoyko. «Na, vielleicht hat Lenny davon geträumt, aber besonders erfolgreich ist er wohl nicht gewesen. Das war ja sein Problem. Hat er mir mal bei einem Feierabendbier am Gartenzaun gestanden. Als bewunderter Star kehrt man gerne in die Heimat zurück. Aber nicht als Loser.»

Rudis Vater bleibt stehen und zeigt auf den Klinkerbau, in dem Lenny wohnt. «Zumindest haben seine Eltern ihm das Haus hier am Deich hinterlassen, selbst wenn es schon über hundert Jahre auf dem Buckel hat. Aber die Kramers haben es vor zehn Jahren noch mal komplett saniert. Nur an die Regenrinnen müsste er dringend ran. Die sollten erneuert werden. Allerdings fehlt ihm dafür das Geld.»

«Armer Kerl. Da kann ich ja froh sein, dass ich nie Schlagersängerin werden wollte. Unter der Dusche kann man auch laut singen. Aber egal.» Rosa marschiert auf die Eingangstür zu und drückt den Klingelknopf. Ein dunkler Gong ertönt, doch drinnen rührt sich nichts. Rosa klopft energisch an die Tür. «Herr Kramer, wir haben Ihnen das Essen mitgebracht. Pellkartoffeln mit Heringsdip. Und Rumcreme als Nachtisch.»

Keine Reaktion. Rosa drückt die Klinke herunter, und zu ihrer Verwunderung öffnet sich die Tür. «Lass uns reingehen», raunt sie Hoyko zu. Ihre Augen blitzen vor Neugier, doch Rudis Vater legt ihr die Hand auf den Arm und hält sie zurück. «Rosa! Man stiefelt nicht einfach so in ein fremdes Haus. Das ist Verletzung der Privatsphäre. In Amerika müsstest du damit rechnen, dass dich einer mit geladener Waffe begrüßt und nicht lange mit dem Abdrücken zögert.»

Rosa verzieht den Mund zur Schnute, nickt unwillig, gibt aber nicht gänzlich nach. «Dann geh ich ums Haus rum und schaue durchs Fenster, ob alles in Ordnung ist.»

Hoyko nickt. «Gute Idee. Da kann Lenny nichts gegen sagen. Schließlich machen wir uns Sorgen.»

Rosa folgt dem Gartenweg aus Waschbetonplatten. Die Blumenbeete wirken ungepflegt, auch wenn sich die ersten Knospen von Schneeglöckchen, Krokussen und die grünen Blätter der Osterglocken bereits zeigen und für farbige Tupfer sorgen. In allen Ecken liegen nasse Laubhaufen, die der Wind zusammengewirbelt hat. Die verblühten Stauden vom letzten Jahr sind nicht zurückgeschnitten, und auf dem Rasen hat der Maulwurf bereits ganze Arbeit geleistet. Ein Erdhügel neben dem anderen ist aus dem vermoosten Boden gewachsen. Rosa versucht, durch einen Spalt in der Gardine zu linsen, kann aber nichts erkennen. Sie geht um die Ecke, Hoyko folgt ihr auf dem Fuße. Das Wohnzimmerfenster ist größer, die Gardinen sind zur Seite geschoben. Einen Rockmusiker mit weißen Stores vorm Fenster hätte sich Rosa aber ehrlich gesagt auch nicht vorstellen können. Vor allem nicht, wenn der Blick auf den Deich geht. Sie stellt sich vors Fenster, legt die Hände um die Augen und schaut hinein. Drinnen ist es dunkel. Sie erkennt ein Sofa, zwei Sessel, einen Tisch und umgeworfene Stühle. Die Türen des Wohnzimmerschranks sind geöffnet, der Inhalt liegt wild verteilt auf dem Fußboden.

«Da stimmt was nicht.» Rosa tippt mit dem Finger gegen die Scheibe.

Hoyko tritt neben sie und schirmt die Augen ab. «Heiliger Klabautermann! Da herrscht ja das reinste Chaos!»

Rosa presst die Nasenspitze gegen die Scheibe. «Siehst du das da hinter dem Sessel?»

«Was?»

«Ich glaube, das sind Füße.»

«Stimmt», murmelt Hoyko und klopft energisch an die Fensterscheibe. Doch drinnen rührt sich nichts.

«Wir müssen was tun, Hoyko!»

Henner Steffens ist heute spät dran. Aber es hilft nichts. Statt gemütlich bei seiner Mutter am Tisch zu sitzen und Mittag zu essen, muss er noch immer die Post verteilen. Jetzt nur noch den Brief von der Rentenkasse bei Kramer einstecken, dann hat er es geschafft. Er bremst sein gelbes Postfahrrad ab, das er liebevoll Berta getauft hat, und lehnt es an den Zaun.

Nanu, was ist das denn? Rosa und Hoyko kommen aus dem Garten um die Ecke gefegt.

«Moin», ruft er. «Was ist denn in euch gefahren?»

Rosa wirkt völlig neben der Spur.

«Hier stimmt was nicht», sagt sie und drückt die Klinke der Eingangstür herunter. «Sieht aus, als wäre eingebrochen worden.»

Schwups, bevor Henner etwas sagen kann, ist Rosa mit Hoyko im Haus verschwunden. Kopfschüttelnd nimmt er den Brief aus der Posttasche. Einbruch bei Kramer. Das glaubt Rosa doch selbst nicht. Da ist bekanntermaßen nichts zu holen. Die Eltern waren schon arm wie die Kirchenmäuse, und der abgehalfterte Sohn lebt vom Sozialamt. Wartet seit Wochen auf seinen Rentenbescheid. Henner kann sich nicht vorstellen, dass da was zusammenkommt. Als mäßig erfolgreicher Rockmusiker wird Lenny Kramer kaum was eingezahlt haben. Im Unterschied zu ihm und Rudi. Im öffentlichen Dienst steht man nicht schlecht da.

Unentschlossen verharrt Henner nach dem Einwerfen

des Briefes vor der Haustür, als er von drinnen einen spitzen Schrei hört. Das ist zweifelsfrei Rosa. Er stürmt ins Haus und bleibt wie angewurzelt im Türrahmen zum Wohnzimmer stehen.

«Ich glaub, wir sagen Rudi Bescheid», sagt er mit tonloser Stimme, aber Rosa hat bereits ihr Handy aus ihrem Ostfriesennerz gezogen.

Zufrieden reibt sich Rudolf Hieronymus Bakker die Hände. Der Hausputz ist erledigt, der Hühnerstall sauber, nun hat er sich ein Bier verdient und kann den gemütlichen Teil des Samstags einläuten. Gleich beginnen die Fußballspiele der Zweiten Liga. Er klickt die Sky-App auf seinem Handy an und macht es sich gerade auf der Couch bequem, als die Fanfare seines Mobiltelefons losschmettert. Rosa. Was will die denn? Ist die heute gar nicht mit den Frauen vom Häkelbüdel-Club bei der Abfütterung der Senioren?

«Rosa, was gibt's?» Rudi lässt den Bügelverschluss des Ostfriesenbräus ploppen.

«Rudi, du musst sofort kommen. Lenny Kramer ist tot.»

«Wieso ist der tot?»

«Was weiß ich! Er liegt jedenfalls mausetot in seinem Wohnzimmer. Das sieht übrigens ziemlich verwüstet aus», sagt Rosa mit gefasster Stimme. «Dein Vater und ich haben nach ihm geschaut, weil er nicht zum Essen gekommen ist. Du weißt schon, unser Häkelbüdel-Club-Projekt.»

Rudi stellt die Flasche auf den Couchtisch. «Ist nicht dein Ernst.»

«Glaubst du, mit so was würde ich spaßen?» Rosas Stimmlage steigt eine Nuance höher, wie immer, wenn sie ärgerlich wird. «Lenny Kramer ist offensichtlich Opfer eines Gewaltverbrechens geworden. Und wenn du mich fragst, Rudi, liegt er schon ein paar Tage hier. Seine Haut ist verfärbt, und es müffelt unangenehm.»

«Ich bin gleich da», ruft Rudi in den Hörer. «Und fass nichts an.»

Völlig außer Atem und pitschnass erreicht er nach einem olympiaverdächtigen Sprint Lenny Kramers Haus. Sein Vater steht unter dem Vordach, Rosa und Henner sind hinter ihm im Flur.

«Das ist ja der reinste Volksauflauf», murmelt Rudi. «Was machst du denn hier, Henner?»

«Hab die Post gebracht. Was sonst?»

Rudi wendet sich an seinen Vater. «Also, was ist passiert?»

Statt Hoyko antwortet Rosa. Detailgetreu berichtet sie, warum sie hier sind und Rudi angerufen haben. Jede noch so belanglose Kleinigkeit erwähnt sie. Als großer Agatha-Christie-Fan versucht sie, sich an Miss Marple ein Beispiel zu nehmen. Was im Film ganz unterhaltsam wirkt, geht Rudi aber eher auf den Senkel.

«Wo liegt der Tote?», fragt er, um auf den Punkt zu kommen.

Nach einem Blick auf Lenny benachrichtigt er den Rettungsdienst und die Kollegen in Wittmund. Sicherheitshalber sagt er auch Hauptkommissar Haueisen Bescheid. Selbst, wenn heute Samstag ist. Bei Mord will der Chef sofort informiert werden.

«Tja», sagt er zu Henner, Rosa und seinem Vater, nachdem das Telefonat mit seinem Chef beendet ist, «das war's dann. Ihr könnt los, ich halte hier die Stellung.»

Henner nickt. «Ich hab ja sowieso nix gesehen. Tschüs denn. Sehen wir uns heute Abend wie verabredet bei Ludwig zum Sportgucken?»

«Unbedingt. Bis dahin hab ich hoffentlich Feierabend», sagt Rudi.

Henner wendet sich zum Gehen.

«Warte, ich komm mit.» Hoyko schaut Rudi an und klopft ihm freundschaftlich auf die Schulter. «Oder soll ich bleiben?»

«Nee, geh man ruhig. Je weniger Leute hier sind, desto besser. Gibt ohnehin schon genug Spuren durch uns alle. Muss ich der Spusi sagen, damit wir nicht nach Phantomen jagen.»

«Alles klar.» Hoyko blickt Rosa an. «Kommst du mit?»

Die schüttelt den Kopf. «Auf gar keinen Fall! Ich lasse Rudi hier nicht allein. Außerdem muss ich Haueisen genau schildern, wie wir ihn gefunden haben. Das ist doch wichtig.»

«Geh ruhig», sagt Rudi in der Hoffnung, dass sie seiner Aufforderung folgt und er in Ruhe auf seine Kollegen warten kann. «Wie gesagt: Je weniger unnütze Spuren, desto besser.»

«Macht das unter euch aus», sagt Henner, «ich bin erst mal weg. Bis später.» Schon verschwindet er mit Hoyko.

Rosa atmet erleichtert aus. «Endlich allein!»

«Wie meinst du das denn?» Rudi blickt sie schräg an.

«Na, jetzt können wir beide uns über den Fall unterhalten.» Sie deutet auf den toten Lenny. «Schau dir den mal genauer an. Was sagt er dir?»

«Was soll der mir denn sagen? Nix. Der ist tot.»

«Und die Wunde am Hals?» Rosa steigt vorsichtig über

herumliegende Aktenordner, Bücher und zerbrochenes Geschirr. Neben dem Leichnam hockt sie sich hin. «Die Wunde am Hals wurde nicht durch ein Messer verursacht. Sieht eher aus wie ein Schuss, der die Halsschlagader erwischt hat.»

«Ja, und?» Seit wann kennt sich Rosa mit Schusswunden aus?, wundert Rudi sich. Aus der Hocke blickt Rosa zu ihm auf.

«Wir müssen uns zwei Fragen stellen: Wenn er im Stehen getroffen wurde, warum ist dann die große Wohnzimmerfensterscheibe noch intakt und wurde nicht vom Projektil getroffen? Und wo ist das Blut, das Lenny verloren haben muss? Die Halsschlagader pumpt das Blut doch heraus. Ich hab das mal in einem Film gesehen. Das war eine Riesensauerei.»

Erstaunt sieht Rudi sie an und nimmt dann den Teppich in Augenschein. «Du hast recht. Da ist kaum Blut.»

«Siehste, er scheint nicht in diesem Raum getötet worden zu sein.» Rosa stemmt triumphierend die Fäuste in die Hüften. «Wo also dann?»

In diesem Moment ertönt das laute Tatütata der Einsatzfahrzeuge. Gleich darauf stürmt das Team der Rettungssanitäter herein. Nach nicht mal einer halben Minute steht auch für die Profis fest: In diesem Fall ist nichts mehr zu machen, der Mann ist schon eine ganze Weile tot. Dann ist Haueisens Stimme im Flur zu hören.

«Hierher, Chef!», ruft Rudi. Haueisen, in Lodenmantel und mit Filzhut auf dem Kopf, erscheint in der Wohnzimmertür. Oberkommissar Schnepel folgt ihm. Er trägt einen Daunenmantel, der so dick gefüttert ist, dass er damit sicher auch am Nordpol nicht frieren würde.

Als Haueisen Rosa entdeckt, erstarrt seine Miene. «Frau Moll!» Das klingt bedrohlich.

«Ich kann nichts dafür, dass ich immer wieder über Leichen stolpere», sagt sie mit unschuldigem Lächeln, begleitet von einem klimpernden Augenaufschlag,

«Das kommt langsam einer Heimsuchung gleich», poltert Haueisen los.

Rosa ignoriert den Anranzer und versucht, sich zu erklären. «Herrn Kramer hab ich nur gefunden, weil er heute Mittag beim Seniorenessen angemeldet war und nicht gekommen ist. Gemeinsam mit Rudis Vater. Sie kennen ihn ja, Hoyko Manninga. Wir wollten Herrn Kramer das Essen bringen. Da haben wir die Füße des Toten durchs Wohnzimmerfenster gesehen und sind vorn durch die Haustür rein. Die Tür war nicht verschlossen. Uns ist dann aufgefallen ...»

«Stopp!», brüllt Haueisen. «Verschwinden Sie!» Sein Gesicht ist knallrot angelaufen.

«Aber ich ...»

«Raus.» Haueisen zeigt zur Tür.

Trotzig hebt Rosa das Kinn. «Wenn Sie es unbedingt wollen! Ich glaube nur, dass ich ...»

«Raus, verdammt!»

Beleidigt wendet Rosa sich an Rudi. Was erwartet sie denn jetzt von ihm?, fragt er sich. Er legt sich doch deswegen nicht mit dem Chef an. Entschuldigend zuckt er mit den Schultern.

«Ich werde dich auf dem Laufenden halten», setzt er versöhnlich hinzu.

Kaum ist sie weg, berichtet er Haueisen, was er von Rosa weiß, und macht auf das fehlende Blut aufmerksam. «Sieht aus wie eine Schusswunde. Nach erstem Augenschein habe ich aber noch keine Patronenhülse gefunden.»

Anerkennend sieht sein Chef ihn an. «Alle Achtung, Bakker. Sie haben in der letzten Zeit ordentlich was dazugelernt in Sachen Ermittlungsarbeit. Haben Sie die anderen Räume auch schon inspiziert?»

«Nein», gibt Rudi zu, was ihm einen süffisanten Blick von Schnepel einbringt.

«Typisch», sagt der. «Da kannst du zwar eine Unstimmigkeit erkennen, aber die Kombinationsgabe fehlt dir. Dann werde ich das mal übernehmen.»

«Ich wollte keine unnötigen Spuren legen, sondern auf die Spusi warten.» Die überhebliche Schelte seines Kollegen lässt Rudi nicht gelten. «Dadurch, dass Frau Moll, mein Vater, Henner Steffens und ich hier waren, ist der Ort ja schon genug kontaminiert.»

Kröver, der Chef der Kriminaltechnischen Abteilung, nickt zustimmend. Er trägt bereits den weißen Einweganzug, hat die Kapuze auf dem Kopf und Überschuhe an den Füßen. «Richtig. Besser, ihr lasst uns in Ruhe unsere Arbeit machen. Das wird hier sicher nicht immer so wüst ausgesehen haben?» Er deutet mit einer ausladenden Geste auf das Chaos im Raum.

«Ich war noch nie hier, aber ich vermute mal nicht», sagt Rudi. «Wahrscheinlich hat der Täter irgendwas gesucht.»

«Davon gehe ich auch aus», sagt Haueisen. «Lassen Sie uns durchs Haus gehen.»

«Aber Kröver sagt doch ...»

«Mit Überschuhen ist das kein Problem», winkt Haueisen ab.

Alle drei ziehen sich die Plastikdinger über die Schuhe und beginnen mit der Begutachtung im Erdgeschoss. Das Haus ist nicht groß, die Grundfläche beträgt vielleicht sechzig Quadratmeter. Die schmale Arbeitsküche ist aufgeräumt, wirkt aber in die Jahre gekommen. An den Fliesen kleben sogar noch Prilblumen, die mindestens aus den Siebzigerjahren stammen. In einem Holzregal auf der rechten Seite stehen beschriftete Porzellandosen mit Mehl, Zucker und Salz. Daneben eine geöffnete Kaffeepulvertüte, eine Packung Papierfilter Größe 4, ein Glas Instantkaffee und eine angebrochene Packung Kluntjes. An Haken unter dem Regal hängen bunte Keramikbecher. Manche haben ein Muster, andere einen Schriftzug, zwei sind mit Blumen bemalt. Von Blut keine Spur. Auch im winzigen Gäste-WC findet sich kein Hinweis darauf, dass hier ein Mensch schwer verletzt wurde. Dafür stehen etliche Grünpflanzen unter einer Plastikplane.

«Was ist das denn für 'n Quatsch?» Schnepel hebt die Plane an.

Augenblicklich erfüllt ein strenger Geruch den Raum. «Igitt, das stinkt vielleicht!» Schnepel lässt die Plane fallen und hält sich die Nase zu. «Schnell raus hier.» Im Flur atmen sie erst einmal tief durch.

«Das war Hasch, ganz klar», stellt Schnepel fest.

«Kennst du dich damit aus?», fragt Rudi grienend. «Sag bloß, du hast das selbst mal geraucht.»

«Natürlich nicht, aber als Polizist muss man auch im Bereich der Drogen über Grundkenntnisse verfügen.»

«Zurück zur Tagesordnung», ordnet Haueisen an. «Lassen Sie uns schauen, was uns oben für Überraschungen erwarten.»

Die schmale Holztreppe knarrt, als sie hintereinander ins

Obergeschoss steigen. Das nur einseitig bezogene Doppelbett im Schlafzimmer ist ungemacht, auf der nicht benutzten Seite stapelt sich ungewaschene Kleidung. Das kleine Badezimmer ist erstaunlich sauber, in der Wanne liegt ein zusammengeknülltes rotes Handtuch.

«Schnepel, prüfen Sie, ob es nass ist und zum Aufwischen von Blut verwendet wurde», weist Haueisen seinen Untergebenen an.

Pikiert streift Schnepel Einweghandschuhe über, tritt an die Wanne und hebt das Handtuch heraus. Zu Rudis Erleichterung rinnt kein Blut heraus.

«Nass ist es nicht, nur ein bisschen feucht», sagt Schnepel und lässt es wieder fallen.

«Dann sollten wir uns als Nächstes draußen umsehen», meint Haueisen. «Irgendwo müssen doch Blutspuren zu finden sein.»

Nacheinander stiefeln sie die Treppe wieder hinunter und stoßen im Flur auf den Rechtsmediziner Doktor Emterbäumler, der mit seinem großen Alukoffer eingetroffen ist. «Servus, wo ist die Leiche?»

Zurück in ihrer Wohnung, weiß Rosa gar nichts mit sich anzufangen. Deswegen nimmt sie sich den Käfig ihres Beos Pepe vor, selbst wenn der das noch gar nicht nötig hat. Eine schon verwesende Leiche zu finden, steckt auch sie nicht mal eben so weg. Henner und Hoyko standen jedenfalls völlig neben sich, das hat Rosa genau gesehen, und beide waren sichtlich erleichtert, als Rudi sie höflich weggeschickt hat. Anders als Haueisen. Der hat Rosa einfach rausgeworfen. Sie kann es immer noch nicht fassen. Soll er doch sehen, wie er den Fall löst. Bislang haben die Wittmunder sich jedenfalls nicht dadurch ausgezeichnet, bei ihren Mordfällen besonders effektiv und zügig zu ermitteln.

Pepes Käfig ist gesäubert und draußen ist es mittlerweile dunkel geworden, stellt sie überrascht fest. Der Regen hat nachgelassen, schwarze Pfützen glänzen auf dem Asphalt im Licht der Straßenlaternen. Eigentlich hat Rosa keine Lust, gleich noch mal rauszugehen. Normalerweise trifft sich der Häkelbüdel-Club samstags eigentlich nie, aber heute Abend hat Ludwig die Männer zu sich zum Herrenfernsehabend eingeladen. Es gibt irgendwelche Darts-Wettkämpfe auf Sky. Das war für die Frauen Anlass, ein Treffen im Dattein zu verabreden. Livemusik gibt es dort heute Abend auch.

Kurz darauf zieht Rosa die Wohnungstür hinter sich zu und geht die Treppen herunter. Aus der Wohnung unter ihr kommt kein Mucks, Henner wird wohl schon bei Ludwig sein. Der Regen hat immer noch nicht aufgehört. Wie ein feiner Schleier legt er sich auf ihr Gesicht, als sie den Vorgarten durchquert. Gut für die Haut, würde Dörte sagen.

Rosa überquert die Straße. Kein Auto weit und breit. Auch keine Fußgänger. Nicht mal welche zum Gassigehen. Bei dem Wetter bleiben wohl auch die Hundebesitzer am liebsten auf der Couch. Sie beeilt sich, und schnell hat sie das Sieltor erreicht. Einsam hocken die beiden Krabbenfischerskulpturen aus Bronze auf der Hafenmauer, nur diffus erhellt vom schummrigen Licht der Laterne. Kaum ist sie die wenigen Stufen hinter der Kurmuschel hochgegangen, sieht sie die Windlichter auf der Backsteinmauer vorm Dattein, ihrer Stammkneipe am Sielhafen. Schwungvoll öffnet Rosa die Tür und tritt ein. Wärme, Stimmengewirr und lautes Lachen fallen ihr entgegen. Ein Musiker im blau-weiß gestreiften Fischerhemd verlegt gerade die Leitung zum Verstärker links vom Eingang, ein anderer in gleicher Montur, aber deutlich kleiner, baut das Mikrofon auf.

«Moin», grüßt Rosa die beiden, spielen sie hier doch häufig am Wochenende Seemannslieder und beliebte Oldies für die Gäste. Dann wendet sie sich nach rechts, wo in der «Zanzi-Bar»-Couch-Ecke Adelheid, Gisela Frerichs und Sigrid zusammen mit Dörte und Gudrun sitzen, einer weiteren von Henners acht Schwestern. Eine Flasche Wein steht auf dem Tisch.

«Da bist du ja endlich», sagt Dörte, zwinkert ihr dabei aber spaßig zu. «Wir sind alle schon eine halbe Stunde eher gekommen, um uns einen guten Platz zu sichern. Unsere Gedanken sind eben im Gleichklang unterwegs», fügt sie lachend hinzu.

Rosa schält sich aus dem Ostfriesennerz und nimmt die Mütze ab. Sigrid klopft mit der flachen Hand aufs Sofa. «Setz dich neben mich. Der Kitesurfer war übrigens aus Oldenburg. Hat Ludwig schon alles gepostet. Ihm ist aber nichts weiter passiert, der ist nur ein bisschen unterkühlt. Trotz des Neoprenanzugs. Das Wasser ist ja arschkalt.»

Rosa schlängelt sich am Tisch vorbei und nimmt auf dem Sofa Platz.

«Es ist so schön, hier mit euch zu sein.» Sigrid stößt einen Seufzer aus, der aus der Tiefe ihres Herzens zu kommen scheint. «Sollen die Männer sich doch von Ludwig beim Dartspiel vollquasseln lassen. Der wird sein neues Lieblingsspielzeug über den grünen Klee loben. Wir haben nämlich einen neuen Fernseher.» Sigrid ahmt ihren Mann nach: «Ein OLED-Fernseher hat bessere Kontraste und ein tieferes

Schwarz als QLED-Fernseher. Dazu der bessere Blickwinkel ...»

Die Frauen brechen in schallendes Gelächter aus. Sie scheinen noch gar nichts von Lenny Kramers Tod mitbekommen zu haben. Kaum hat sich die Tischrunde wieder beruhigt, sagt Rosa mit ernstem Blick: «Hoyko und ich waren nach dem Essen für die Senioren doch bei Lenny. Weil der trotz Anmeldung nicht gekommen ist.»

«Was war denn los bei ihm? Ist er krank?», fragt Gisela, nimmt die Weinflasche aus dem Kühler und schenkt Rosa in das schon bereitstehende Glas ein.

«Nein, er ist tot.»

Reglos starren alle Rosa an. Gisela stellt die Flasche ab. «Tot?», sagt sie nachdenklich. «Na ja, besonders gesund sah er nicht aus. Er hatte so dunkle Ränder unter den Augen. Ich hab erst neulich gedacht, dass der bestimmt was mit dem Herzen hat. Dunkle Ränder sind ein sicheres Zeichen dafür. Aber dass der nun gleich stirbt ... gut, dass ihr nachgeschaut habt. Stellt euch vor, der hätte da länger gelegen. Liest man doch immer wieder, dass in der Stadt ...»

«Deswegen ist es auch so wichtig, dass die alleinstehenden Männer sich wenigstens einmal im Monat treffen können», schaltet sich Adelheid ein. «Besser wäre natürlich noch öfter, ich finde ...»

«Das war kein natürlicher Tod», unterbricht Rosa. «Er wurde vermutlich erschossen. Wie es aussieht, schon vor ein paar Tagen.»

Sofort verstummen alle.

«Ach du grüne Neune!», ruft Sigrid, die sich als Erste gefangen hat. «Schon wieder ein Mord. Das hat Ludwig noch gar nicht mitgekriegt, sonst wüsste ich das.»

Das wundert Rosa auch. Ludwig hört doch sonst die Flöhe husten, vor allem, weil er ununterbrochen den Polizeifunk laufen lässt. Wahrscheinlich hat er das wegen des Kiters heute verpasst.

«Kann es Selbstmord gewesen sein?», überlegt Adelheid laut. «Lenny wirkte ziemlich verbittert, seit er wieder zurück ist. Der hatte wohl keine gute Zeit hinter sich.»

«Glaub ich eher nicht.» Rosa greift nach dem Weinglas. «Aber die Polizei wird alles genau untersuchen. Emterbäumler ist immer sehr gründlich.»

Wieder herrscht betretenes Schweigen.

«Wenn ich daran denke, dass Lenny einst der strahlende Held meiner Jungmädchenträume war.» Adelheid lächelt versonnen. «Ich seh ihn noch vor mir. Meist hatte er seine Gitarre in der Hand. Egal ob an der Theke oder am Lagerfeuer.» Adelheid bekommt glasige Augen bei der Erinnerung.

«Ich hab sogar heimlich Fotos von ihm gemacht, wenn wir im Deichgrafen waren und er mit ein paar anderen für ein Konzert geprobt hat», erzählt Gisela.

«Stimmt, daran kann ich mich erinnern. Wir waren immer sonntagnachmittags da. Abends durften wir ja nicht. Das hätten meine Eltern mir nie erlaubt. Muddern und Vaddern waren ziemlich streng. Bevor ein Junge sich nicht bei ihnen vorgestellt hatte, durfte ich nicht mit dem tanzen gehen.» Adelheid verdreht die Augen. «Je später der Abend war, umso besser wurde die Stimmung im Deichgrafen. Einmal waren wir heimlich da. Kannst du dich noch erinnern, Gisela?»

«Und ob. Als wär's gestern gewesen.» Ein breites Lächeln zieht über ihr Gesicht.

Adelheid nippt an ihrem Weinglas. «Ich seh Lenny noch

an der Theke stehen. Enge Jeans, schwarz-rot kariertes Hemd, lange Haare. Verwegener Vollbart. Geheimnisvolles Lächeln. Wenn er Gitarre spielte, hat er die blonden Locken immer geschüttelt, dass sie nach allen Seiten flogen.»

«Hat er sich von Jimi Hendrix abgeguckt. Den Film über Woodstock haben die doch im Deichgrafen sogar als Kinoaufführung gezeigt. Ich weiß gar nicht, wie die das hingekriegt haben», erinnert sich Gisela. «Lauter verrückte Sachen haben die gemacht.»

«Und eine Stimme hatte der.» Adelheid macht einen schwärmerischen Augenaufschlag, den Rosa noch nie bei ihr gesehen hat. «Ja, das waren Zeiten im Deichgrafen …»

«Deichgraf? Da habt ihr ja noch nie von erzählt», nimmt Rosa den Faden auf. «Wo ist der denn?»

«*War,* muss man wohl eher sagen. Früher war das ein Gasthof am Deichstrich, Richtung Ostbense. Er gehörte den Großeltern von …» Adelheid sieht Gisela fragend an.

«Rainer», antwortet sie wie aus der Pistole geschossen.

«Genau. Der Gasthof war ziemlich runtergekommen und lohnte sich wohl auch nicht mehr, Rainer ist dort mit ein paar anderen eingezogen. Landkommune 1 haben sie sich genannt, weil sie die Ersten hier in der Gegend waren.»

«Und weil der Rainer Langhans in Berlin seiner Kommune den Zusatz Nummer eins gegeben hat und im Deichgrafen auch eine Uschi gewohnt hat», weiß Gisela zu Rosas Überraschung. Überhaupt ist sie gerade verwundert, was die sonst ein wenig bieder wirkende Gisela erzählt.

«Aber so ein alter Gasthof ist doch enorm viel wert, konnten die den so einfach haben?», wundert sich Dörte, die regelmäßig die Immobilienangebote studiert, die bei der Sparkasse ausgehängt sind. Für die kleinste Wohnung muss man in Neuharlingersiel mittlerweile ein Vermögen hinlegen, und auf den Inseln ist es noch schlimmer, hat sie Rosa erst letzte Woche beim Strandspaziergang erzählt.

«Damals bekam man nicht viel dafür. Da wurden auch noch dämliche Ostfriesenwitze erzählt, und alle hielten uns Ostfriesen für rückständig und ein bisschen blöd», sagt Adelheid.

«Stimmt», pflichtet Sigrid ihr bei. «Ich war übrigens auch einmal mit Ludwig im Deichgrafen. Kurz nach unserer Verlobung. Aber Ludwig hat es da nicht gefallen. Das war ihm zu schmuddelig. Und als er all die alten Matratzen auf dem Boden gesehen hat, wollte er gleich wieder weg.» Sigrid kichert. «Der hat gedacht, da fängt gleich 'ne Gruppensexparty an.»

«Dabei war'n das die Sitzplätze», prustet Adelheid los. «Und alte Sessel und Sofas vom Sperrmüll gab es auch. Da haben sich manchmal die Spiralfedern bis in den Po gebohrt.»

«Könnt ihr euch noch an den Persiko erinnern?», fragt Adelheid. Als Gisela und Sigrid nicken, steht sie auf. «Wisst ihr was? Ich hol mal eine Runde.»

Kurz darauf kommt sie mit einem Tablett mit Schnapsgläsern zurück.

«Auf Lenny», sagt Adelheid und hebt ihr Glas.

«Gott hab ihn selig.»

Die Mädels des Häkelbüdel-Clubs kippen den süßen Schnaps in einem Zug runter.

«Der ist ja ganz klebrig.» Dörte fährt sich genüsslich mit der Zunge über die Lippen. «Aber saulecker! Schmeckt nach Marzipan.»

«Stimmt!», sagt Rosa. In diesem Moment klopft der grö-

ßere der beiden Musiker auf sein Mikrofon. «Moin allerseits. Nu geiht dat los. Auf besonderen Wunsch einer Dame
beginnen wir heute anders als sonst. Kein Seemannslied.
Dafür ...» Ein paar zarte Zupfer auf der Gitarre folgen, dann
beginnt er, leise zu singen. «I would have given you all of my
heart ...»

Gisela und Adelheid sehen sich an und singen schon Au-
genblicke später lauthals mit: «The first cut is the deepest.»
Beim nächsten Refrain fällt die gesamte Tischrunde in den
Gesang mit ein, genau wie ein paar andere Gäste an den
Nachbartischen.

Als das Lied endet, laufen Adelheid Tränen über die Wangen. «Entschuldigt, dass ich sentimental werde. In mir wal-
len gerade die Gefühle von damals hoch. Ich hätte wirklich
gedacht, dass Lenny mal ganz groß rauskommt. Und ich war
ehrlich überrascht, als er plötzlich wieder hier aufgetaucht
ist.» Adelheid wischt sich die Tränen mit dem Handrücken
weg.

«Ich hab gehört, er hat in Holland in einer Band gespielt»,
sagt Gisela. «Aber ganz sicher bin ich mir auch nicht mehr.
Ist ja alles schon so lange her. Da waren wir ja gerade mal
konfirmiert.»

«Ja, damals waren wir jung und knackig. Jetzt sind wir
nur noch knackig.» Sigrid dreht sich zur Bedienung um.
«Noch eine Runde Persiko.»

SONNTAG

Als ihr Wecker klingelt, drückt Rosa schnell die Schlummertaste und zieht sich die Daunenbettdecke bis an die Nasenspitze hoch. Noch zehn Minuten in der wohligen Wärme weiterduckeln, bevor sie aufsteht und die Eiseskälte ihres Schlafzimmers an sich heranlässt. Über Nacht stellt sie die Heizung hier immer aus und das Fenster auf Kipp. Das soll gut für den Schlaf sein. Davon hat sie heute Nacht nicht viel gemerkt. Der Anblick des toten Lenny Kramer drängt sich ihr ungefragt auf, und in ihrem Inneren zieht sich alles zusammen. Zum Glück haben sie die Gespräche gestern im Dattein auf andere Gedanken gebracht, sie hat sich im Traum schon in Flower-Power-Klamotten in dieser Deichkneipe stehen sehen.

Sie schwingt die Beine aus dem Bett, schnappt sich ihren Bademantel und eilt ins Bad, wo sie in weiser Voraussicht die Heizung höher gestellt hat. Unter der Dusche erwachen ihre Lebensgeister. Der heiße Ingwer-Orange-Tee und die Scheibe des fluffigen Möhrenbrots machen sie endgültig fit für den Tag. Und der hält heute Vormittag eine nette Verabredung für sie bereit. Janko Janßen hat zugesagt, sie auf dem Hof seiner Deichschäferei herumzuführen und ihr allerhand zur Schafzucht zu erklären, nachdem sie ihn kürzlich beim ersten Neuharlingersieler Biikebrennen darauf angesprochen hat, ob es möglich wäre, mit ihrer Klasse die Schäferei zu besichtigen.

Während sie ihre Haare föhnt, überlegt sie, was sie anziehen soll. Ein Teil der Mutterschafe steht zum Ablammen im Stall, hat Janko am Telefon gesagt, und ja, es könnte durchaus sein, dass sie bei einer Geburt zusehen kann. Also ist etwas Bodenständiges angesagt. Jeans, dicker Norwegerpulli über einem langärmeligen T-Shirt, die Daunenweste unter dem Ostfriesennerz und die gefütterten Gummistiefel.

Mit einem Glas selbst gemachtem Würzsenf als Gastgeschenk in der Tasche macht sie sich auf den Weg. Kaum lässt sie den Kreisel bei der Kurverwaltung hinter sich, hört der Regen auf. Der Himmel schimmert bis zum Horizont in allen erdenklichen Grautönen. Das Wintergrün des Deichs wirkt stumpf vor dieser Umrahmung. Weit und breit sind keine Schafe zu sehen. Bei dem Schietwetter haben die vermutlich auch keine große Lust, draußen rumzustehen. Oder ist denen das egal? Rosa hat sich bislang noch nie groß Gedanken um Schafe gemacht, obwohl sie als Kind sogar ein Lamm als Plüschtier hatte. Das war so süß. So knuddelig. Plötzlich kommt ihr die Idee mit dem Senf dumm vor. Sie hat gedacht, der würde perfekt zur Lammbratwurst passen, aber vielleicht hat Janko ein engeres Verhältnis zu seinen Schafen und isst gar kein Lammfleisch. Von so einem Schafzüchter hat sie vor ein paar Wochen in der Zeitung gelesen.

Auf der Zufahrt zur Deichschäferei staunt sie. Das ist ja ein richtig großer Hof! Berge von runden, mit Plastik umwickelten Strohballen stapeln sich neben der Scheune, ein riesiger Traktor mit gewaltigen Rädern und offenem Anhänger steht unter einem Vordach. Das hätte sie so nicht erwartet, sie hatte sich eine heimelige Kate vorgestellt. Aber wahrscheinlich ist Viehzucht erst ab einer gewissen Größe rentabel.

Langsam lässt sie ihren Fiat um ein lang gezogenes Stallgebäude bis vor das Wohnhaus aus rotem Klinker rollen. Ein dunkler Pick-up steht links davor, Janko selbst läuft mit Kopfhörern und einem Laubbläser am Rande des betonierten Grundstücks entlang und pustet die Blätter, die der starke Wind durch die Gegend wirbelt, hinüber aufs Feld. Rosa zieht die Strickmütze auf, streift die Fäustlinge über und steigt aus. Sofort reißt der Wind an der Fahrertür, aber Rosa hält sie fest und schmeißt sie schnell zu. Es riecht nach Silage und etwas anderem Strengen, das Rosa nicht genau zuordnen kann, es werden wohl die Schafe sein. Sie geht schon auf Janko zu, um ihm auf die Schulter zu tippen, da dreht er sich um.

Augenblicklich erhellt ein Lächeln sein Gesicht. Er nimmt die Ohrschützer ab und begrüßt sie mit einem freundlichen Händedruck. «Moin. Bist ja überpünktlich.»

Rosa lacht herzlich bei dieser Begrüßung. «Pünktlichkeit ist mein zweiter Vorname. Stell dir vor, ich würde als Lehrerin zu spät in den Unterricht kommen, da würden die Eltern und mein Rektor mir was erzählen.»

«Na, dann komm mal mit, wir gehen in den Stall.»

In dem lang gestreckten Gebäude riecht es noch intensiver nach Heu und Tieren. Einige Schafe blöken, und das kindliche Mäh der Lämmer rührt Rosas Herz. Ein schwarz-weißer Border Collie liegt mitten im Gang und schaut sie neugierig an. Rosa kniet sich nieder und hält ihm die Hand zum Schnuppern hin, bevor sie seinen Kopf krault. Dann steht sie auf und bestaunt die riesigen Boxen, in denen die Schafe stehen.

«Meine Güte, sind das viele!», ruft Rosa überrascht aus. «Und die sind alle trächtig?»

«Ja. Dies ist ein Drittel der Herde. Sechshundertfünfzig Stück. Die bleiben bis März hier, dann sind sie mit dem Ablammen durch.»

«Und was machst du mit den vielen kleinen Lämmern?» Rosa ist ganz verliebt in die Tierbabys, die in den großen Buchten mit ihren Müttern untergebracht sind.

«Die ...» Jankos Handy klingelt. «'tschuldigung», sagt er und nimmt das Gespräch an. Gleich darauf blickt er grimmig aus der Wäsche. «Danke für die Info. Ich kümmere mich sofort darum.» Er beendet das Gespräch und steckt das Handy in die aufgenähte Tasche seiner Arbeitshose. «Tut mir leid, aus dem versprochenen Tee wird nichts. Ich muss raus. Gerade hat ein Radfahrer angerufen. Er hat am Deich tote und verletzte Schafe gesehen. Ich muss sofort hin und nachschauen, was passiert ist.»

«Ich begleite dich», beschließt sie, ohne lange nachzudenken.

Janko zuckt mit den Schultern. «Wenn du unbedingt möchtest. Aber mach dich darauf gefasst: Das ist kein schöner Anblick.»

Ernst nickt Rosa, Janko eilt zum Wohnhaus und kommt gleich darauf mit einer Waffe zurück. Erschrocken zuckt Rosa zusammen, als sie das Gewehr sieht. «Willst du etwa schießen?»

«Besser, man ist auf alles vorbereitet», sagt er entschlossen und beschleunigt seinen Schritt. Er entriegelt den Pickup, die Blinklichter blitzen kurz auf. Kaum sitzen sie im Wagen, gibt Janko Gas. Rosa hält sich am Griff über dem Beifahrersitz fest. «Meinst du, das könnte ein Wolf gewesen sein?»

Janko nickt aufgebracht. «Ich befürchte es. Neulich ist

einer in der Nähe von Neßmersiel gesehen worden. Und in Westoverledingen bei Leer hat ein Wolf eine hundertfünfzigköpfige Herde angegriffen. Dreißig Tiere sind verendet. Wie im Blutrausch hat der Wolf die getötet.» Den Rest der kurzen Fahrt schweigen sie, bis Janko mit einem Mal voll in die Eisen steigt, die Tür aufreißt, das Gewehr vom Rücksitz schnappt und losrennt.

Ein wenig mulmig ist Rosa nun schon, doch sie will nicht kneifen. Langsam steigt sie aus. Janko ist bereits über den Zaun am Fuß des Deichs gesprungen, verlangsamt nun aber das Tempo und redet aus der Distanz beruhigend auf die Schafe ein, die zusammengedrängt am Gitterdraht stehen. Aber die Tiere lassen sich nicht beruhigen. Je näher er kommt, desto nervöser werden sie, bis sie schließlich davonrennen.

Ein einziges Schaf bleibt zitternd stehen, weitere Schafe und Lämmer liegen reglos auf dem Gras, aus klaffenden Wunden blutend. Rosa schlägt vor Entsetzen die Hand vor den Mund. Janko umrundet das zitternde Schaf. Er ist weiß wie die Wand. Dann hebt er die Waffe, zielt und schießt. Das Schaf bricht zusammen und fällt um. Nun sieht auch Rosa, was Janko bereits gesehen hat. Die eine Flanke des Schafes ist aufgerissen, die Eingeweide hängen heraus. Janko hat das Schaf schnell erlöst.

Laut ausatmend legt Janko das Gewehr hin und zieht sein Handy aus der Tasche. «Moin, Janko Janßen hier. Ich muss Wolfsrisse melden. Meine Herde auf dem Deich wurde angegriffen. Ein Schaf und drei Lämmer sind tot.» Sein Gegenüber fragt etwas. «Ja, ich bin sicher, dass es ein Wolf war. Die Trittsiegel sind eindeutig … Gut, ich warte hier. Bis gleich.» Er beendet das Gespräch und blickt Rosa an. «Der

Förster kommt gleich, er muss die Risse begutachten und protokollieren.»

Der Abend bei Ludwig war lustig. Ist eben was anderes, wenn Männer unter sich sind, als wenn Frauen mitmischen. Das stellt Rudi immer wieder fest. Männer und Frauen haben einfach nicht den gleichen Humor. Auch Susanne kann oft wenig mit seinen Witzen anfangen, und nicht nur ein Mal hat Rudi dem lieben Gott dafür gedankt, dass er das mit ihr hat langsam angehen lassen. Sie ist ja auch noch nicht mal von Schnepel geschieden. Vielleicht hat Rudi sich in all den Jahren, seit Denise Sven und ihn verlassen hat, auch zu sehr an das Männer-WG-Leben mit seinem Sohn gewöhnt. Er und Henner empfinden es ja schon als störend, wenn Rosa sonntags versucht, sich in ihren heiligen Tatortabend hineinzudrängen. Es ist einfach was anderes, wenn sie dabei ist, als wenn Henner, Sven und er unter sich sind.

Besonders angenehm gestern Abend war, dass Ludwig noch keinen blassen Schimmer davon hatte, dass Lenny Kramer gewaltsam ums Leben gekommen ist. Und natürlich hat Rudi sich gehütet, etwas darüber verlauten zu lassen. So war es eine feuchtfröhliche Runde. Die Schnäpse hat Rudi zwar ausgelassen, weil er heute früh in Wittmund antreten muss, aber Schnaps ist sowieso nicht so sein Ding. Höchstens mal einen zum Verdauen nach einem ordentlichen Grünkohl- oder Updrögt-Bohnen-Essen bei Mudder Steffens.

Gut gelaunt gondelt Rudi mit seiner Ente nach Wittmund und ist noch vor Schnepel in Haueisens Büro. Der hat bereits das Whiteboard beschriftet. «Lennard Kramer, genannt Lenny» steht umkringelt in der Mitte. Unter dem Namen das Alter des Verstorbenen. Fünfundsechzig.

«Moin, Chef», grüßt Rudi.

«Moin.» Haueisen atmet schwer aus, es gleicht einem Stöhnen. «Ich grübele die ganze Zeit schon darüber nach, warum man ihn außerhalb seines Hauses getötet und dann dorthin gebracht hat. Vor allem: Wo kam er ums Leben? In seinem Garten haben wir auch keine Spuren gefunden. Derjenige oder diejenigen, die ihn hergeschafft haben – ein toter Mensch ist ja ganz schön schwer – sind doch Gefahr gelaufen, gesehen zu werden. Wer ist so blöd und riskiert das?»

«Wer ist blöd?», fragt Schnepel, der gerade zur Tür hereinkommt.

«Derjenige, der den toten Kramer zurück ins Haus gebracht hat», wiederholt Haueisen. «Hätte er die Leiche nicht am Tatort verschwinden lassen können? Ich verstehe es einfach nicht. Nehmen Sie Platz, Schnepel.»

Kaum sitzen sie alle drei am Besprechungstisch, überlegt Rudi laut: «Vielleicht wusste er oder sie sich sonst keinen Rat. Die Tat muss an einem Ort geschehen sein, der zweifelsfrei Rückschlüsse auf den Täter zulässt. Derjenige könnte gehofft haben, davonzukommen, wenn Kramer in seinem eigenen Haus gefunden wird.»

«Und dort, wo Kramer verblutet ist, wird es Unmengen von Blut gegeben haben», pflichtet ihm Schnepel ausnahmsweise einmal bei. «Die Blutspuren so wegzuwischen, dass unsere Kriminaltechniker sie nicht mehr sichtbar machen können, ist schier unmöglich.»

«Wie ist der Täter eigentlich ins Haus gekommen? Haben wir den Schlüssel?»

Haueisen nickt. «Die Kriminaltechniker haben sein Schlüsselbund auf der Kommode im Flur sichergestellt. Sind aber nur Kramers Abdrücke drauf.»

«Schade», murmelt Rudi.

«Hat Emterbäumler sich schon gemeldet wegen des Obduktionsergebnisses?», will Schnepel wissen.

«Nein. Er hat Bescheid gesagt, dass er die Leiche erst morgen untersuchen wird. Seine Assistentin ist krank.»

Für einige Minuten herrscht Schweigen im Raum.

«Den Laptop von Kramer hat die Kriminaltechnik in der Mangel», fährt Haueisen fort, «es fehlt allerdings noch das Passwort. Aber die Kollegen sind dran. Bislang geht Kröver davon aus, dass die Verwüstung des Wohnzimmers lediglich zur Vertuschung des eigentlichen Motivs stattgefunden hat. Es sieht nicht nach Überfall oder Raub aus.» Haueisen wischt sich mit der linken Hand über den Mund. «Wir müssen mehr über Kramer herausfinden», sagt er. «Bevor wir die Bevölkerung um Mithilfe bitten, gehen Sie beide noch einmal in Kramers Haus und schauen, ob Sie irgendetwas finden, was uns weiterbringt.»

«In Ordnung.» Rudi steht auf. «Fährst du mit deinem eigenen Wagen?», fragt er Schnepel. «Ist ja schließlich Sonntag, dann muss ich dich nachher nicht wieder hierherkutschieren.»

Bei diesen Worten haut Haueisen mit der flachen Hand auf den Tisch. «Was Sie heute müssen, Bakker, das entscheide ich je nach Faktenlage! Also machen Sie hinne und bringen Sie mir Ergebnisse! Je schneller, desto besser für Sie!»

Missmutig macht Rudi sich auf den Rückweg nach Neuharlingersiel. Schnepel fährt tatsächlich hinter ihm in seinem eigenen Wagen. Sven würde über ihn schimpfen, weil sein Verhalten nicht gut für die Umwelt und seinen ökologischen Fußabdruck ist, aber wenn sie nichts finden, braucht Rudi nicht noch einmal nach Wittmund zu fahren. So muss man das ja auch mal sehen. Steht also fünfzig zu fünfzig, ob das nun sinnvoll ist oder nicht.

Er schließt das Haus von Kramer auf und geht unschlüssig ins Wohnzimmer. Wo sollen sie anfangen zu suchen? Auf dem Boden ist der Umriss des Toten mit Kreppband abgeklebt, an den Türen und Fenstern sind Spuren des schwarzen feinen Pulvers zu sehen, mit dem die Kriminaltechniker Fingerabdrücke sichtbar gemacht haben. Da muss später eine Grundreinigung durchgeführt werden, schießt es Rudi durch den Kopf. Bestimmt übernimmt seine Ziehschwester Clara die Aufgabe: Henners drittälteste Schwester ist ja Tatortreinigerin. «Komm, packen wir es an», sagt er forsch und klatscht in die Hände. «Je eher daran, desto eher davon.»

Schnepel hat auch keine Lust, sich den Sonntag in einem muffigen Haus auf der Suche nach der Nadel im Heuhaufen zu vertreiben, das merkt Rudi ganz deutlich. Sein Kollege blickt ihn genervt an. «Nun denn.»

Beide ziehen die warmen Jacken aus und hängen sie im Flur an die Garderobe.

«Ich mach mir erst mal einen Kaffee», sagt Schnepel und verschwindet in die Küche.

Na toll, hätte er ja ruhig mal fragen können, ob Rudi auch einen will. Er geht ins Wohnzimmer und beginnt, die Aktenordner durchzublättern, die die Kriminaltechniker auf den abgeschrammten Couchtisch aus Eiche gelegt haben. Rudi hat den Ordner mit den Kontoauszügen erwischt. Zuoberst sind die von Lenny, darunter die seiner verstorbenen Eltern.

Hm. Auf die Idee, seine Auszüge in den Ordner von anderen zu heften, würde Rudi nicht kommen. Hat Lenny aber vielleicht ganz pragmatisch gesehen. Brauchte er keinen eigenen anzulegen. Rudi selbst hat quasi jungfräulich mit einem Konto angefangen, als er die Ausbildung bei der Polizei begonnen hat.

Viel ist auf Lennys Konto nicht drauf. Nicht mal eine Rente bezieht er, das Sozialamt überweist ihm die Grundsicherung. Armer Kerl. Auch die anderen Ordner bringen nichts Neues zutage. Ohne große Hoffnung tritt Rudi an die Schrankwand, öffnet eine Schublade und entdeckt einen braunen DIN-A4-Umschlag, der noch nicht so alt und abgegriffen aussieht wie der Rest. Neugierig nimmt er ihn und zieht den Inhalt heraus. Sogleich pfeift er durch die Zähne.

«Helmut, komm mal», ruft er seinen Kollegen. «Kramer hat erst vor einer Woche einen Vertrag über eine Immobilienleibrente für dieses Haus abgeschlossen. Hier ist der Entwurf für einen Notarvertrag.»

«Hä?» Das Fragezeichen deutlich auf der Stirn, kommt Schnepel herein, mit einem Löffel im Henkelbecher rührend. «Immobilienleibrente? Was ist das denn?»

Rudi blättert die Unterlagen durch. «Er bekommt zeit seines Lebens jeden Monat fünfhundert Euro, dafür gehört das Haus aber dem Unternehmen, das ihm die Leibrente zahlt.»

«Da hat er dann ja nicht viel von gehabt.»

«Um nicht zu sagen: gar nichts», stimmt Rudi zu. «Zumindest haben wir damit etwas, was wir Haueisen präsentieren können.» Er drückt Schnepel den Umschlag in die Hand. «Guck selbst.»

Schnepel stellt den Becher auf den Couchtisch und wirft einen Blick in die Unterlagen. «Hast recht. Den geb ich gleich in Wittmund ab. Ich denk, wir machen Feierabend für heute. Das reicht doch, oder willste nach noch mehr suchen?»

Er nimmt den Becher, kippt den Instantkaffee in der Küche in die Spüle und stellt ihn daneben.

«Und was ist mit Abwaschen?», fragt Rudi.

«Soll sich jemand anders drum kümmern. Ist nicht mein Bier.» Schnepel tippt sich an die Stirn. «Tschüs dann. Bis morgen.»

Nach der Begutachtung durch den Förster hat Janko die verendeten Tiere auf die Ladefläche des Pick-ups geladen und sie mit Rosa zum Abdecker gebracht. Zwei Stunden später sitzen die beiden mit Jankos Vater Gerhard in der geräumigen Küche der Deichschäferei, jeder eine Tasse Ostfriesentee mit einem ordentlichen Schuss Rum vor sich. Für eine Weile hört man nur Gerhards Schlürfen, selbst Rosa ist noch zu erschüttert, um etwas zu sagen. Alle drei sind körperlich und seelisch erschöpft.

Plötzlich haut Janko mit der Faust auf den Tisch. «Verdammt! Der Wolf gehört nicht nach Ostfriesland. So geht das nicht weiter. Die von der Regierung haben leicht reden, wenn sie sagen, wir sollen Elektrozäune stecken, aber das kriegen wir beide allein nicht hin, und für mehr Personal haben wir kein Geld. Und wie soll das denn werden, wenn alle Bauern und Schäfer ihre Tiere im Stall halten müssen, damit der Wolf die Herden nicht zerfetzt? Haben sich die sogenannten Umweltschützer überhaupt schon mal Gedanken darüber gemacht, was mit der Artenvielfalt passiert, wenn es keine Kuhfladen mehr auf den Weiden gibt? Wo bleiben dann die Nährböden für Käfer und Insekten?»

Janko hat sich jetzt richtig in Rage geredet. So hat Rosa ihn noch nie erlebt.

«Was sollen die Vögel fressen, wenn ihre Futterquellen versiegen? Es ist ein gewaltiger Kreislauf, den die Wolfschützer ignorieren. Wir jedenfalls können den Laden dichtmachen, wenn wir nichts gegen die Wölfe unternehmen. Ein Tier pro Woche könnten wir verkraften. Aber diese Massaker? Nein. Das bricht uns das Genick.» Wie ausgelaugt greift er zur Tasse, trinkt sie in einem Zug aus, gießt neuen Tee ein und kippt einen großzügigen Schluck Rum hinterher. «So geht das nicht weiter.»

Gerhard nickt. «Ich hab gehört, dass diese Wolfsfreunde heimlich sogar schon Wölfe aus dem Ausland hierherbringen, um den Bestand zu vergrößern. Im Kreis Cuxhaven soll ein italienischer Wolf aufgetaucht sein, nur wenige Tage, nachdem ein anderer Wolf tot aufgefunden worden ist. Sogar der für den Kreis zuständige Wolfsberater hat inzwischen das Handtuch geschmissen, weil der Landkreis die Problematik der Wölfe verharmlost.»

«Aber das muss man doch einsehen», meint Rosa. «Für Wölfe stellen diese einfachen Zäune kein Hindernis dar.»

«Ach was, diese selbst ernannten Tierschützer sind doch alle verbohrt», sagt Gerhard. «Erst vor wenigen Tagen wurde ich nach meinem Leserbrief im *Anzeiger für Harlingerland* telefonisch beschimpft. Und bedroht. Man werde uns im Auge behalten. Sobald in unserer Nähe ein toter Wolf gefunden würde, seien wir dran.»

«Haben Sie das der Polizei gemeldet?», fragt Rosa entsetzt.

Janko winkt ab. «Die unternehmen ja eh nichts. Die werden erst tätig, wenn was passiert ist, hat man uns mitgeteilt.

Aber wir werden unsere Schafe den Wölfen nicht kampflos überlassen. Nicht wahr, Papa? Wir werden uns wehren. Da können uns die Förster, die neuerdings einen auf Wolfsberater machen, am Arsch lecken.»

Noch immer ziemlich bestürzt, dreht Rosa den Zündschlüssel und startet ihr Auto. So brutal hat sich Rosa einen Wolfsriss nicht vorgestellt. Fotos in Zeitungen können das wahre Ausmaß eines solchen Gemetzels gar nicht rüberbringen. Wenn der Wolf nur ein einziges Schaf gerissen hätte und dann damit abgehauen wäre, das könnte sie ja noch verstehen – das Gesetz der Wildnis eben. Aber so ... Der Wolf muss wie im Blutrausch getötet haben. Hat sich über die Salzwiesen angeschlichen. Rosa hat die Abdrücke der Pfoten im durchweichten Boden erkannt. Trittsiegel nennen sich die. Nicht in gerader Spur, sondern schräg. Janko hat kombiniert wie bei einem Kriminalfall. Schon beeindruckend, welche Schlüsse man aus einfachen Beobachtungen ziehen kann.

Rosa schaltet hoch, die durch Hecken und Gräben unterteilten Felder fliegen an ihr vorbei. Sie muss mit jemandem reden. Ihr Blick fällt aus dem Autofenster auf den Steffens-Hof, an dem sie gerade vorbeifährt. Ohne lange zu überlegen, bremst sie ab, dreht um und biegt in die Hofeinfahrt ab. Um diese Uhrzeit ist Henner meist bei seinen Eltern zum Mittagessen.

Sie vermutet richtig. Henners Fahrrad lehnt an einem Baum. Er selbst sitzt in dicker Jacke mit seinem Vater auf der Bank vorm Haus. Der drückt gerade seine Selbstgedrehte in der leeren Konservendose aus, die seine Frau ihm hingestellt hat.

«Schön, dass du kommst», sagt Henner. «Ich hab heute

Morgen schon bei dir geklingelt. Aber du hast nicht aufgemacht. Ich wollt mal hören, wie es dir geht nach gestern.»

«Henner hat grad erzählt, dass ihr den Kramersohn tot aufgefunden habt», sagt Vadder Steffens. «Schlimme Sache, was da passiert ist.»

Rosa nickt. «Und das ist noch nicht alles. Eben war ich bei der Deichschäferei Janßen. Am Deich sieht es aus wie auf einem Schlachtfeld. Da hat ein Wolf letzte Nacht ein Massaker angerichtet.»

Vadder Steffens gibt einen Zischlaut von sich. «Verdammte Brut. Die machen sich hier breit, und keiner darf denen was tun. Das ist doch wie eine Einladung an die Viecher.» Verärgert stampft er mit dem Fuß auf. «Was sagt der Janßen dazu?»

«Janko und sein Vater haben sich natürlich mächtig aufgeregt. Vor allem über das Jagdverbot für Wölfe.» Rosa sieht ihn an. «Warum fragst du?»

«Weil der sich schon seit einiger Zeit intensiv dafür einsetzt, dass man die Wölfe hier abknallen darf. ‹Entnehmen›, wie man das auf Neudeutsch nennt. Ist Wasser auf seine Mühlen, dass es seine Schafe nun auch erwischt hat. Sämtliche Schäfer der Gegend werden jetzt in Alarmbereitschaft sein. Würd mich nicht wundern, wenn der eine oder andere Wolf klammheimlich ‹verschwindet›.»

Das Küchenfenster wird geöffnet. «Essen ist fertig», ruft Mudder Steffens.

«Kannst gern mitessen», bietet Henner Rosa an. «Ist ja heute keine meiner Schwestern da. Reicht also allemal. Muddern kocht sowieso immer für eine ganze Kompanie.»

«Stimmt», ruft Mudder Steffens aus dem Fenster. «Ist

genug da. Komm man rin, Rosa. Schön, dass du mal wieder vorbeischaust. Warst ja ewig nicht hier.»

«Ach, ich wollte nicht stören. Weil ihr doch nun immer Feriengäste habt», sagt Rosa verlegen.

«I wo. Bis Ostern bleibt das hier ruhig. Pensionsgäste sind doch ganz schön anstrengend, und ich werd ja auch nicht jünger. Zwischendurch brauch ich Pausen.»

«Du meinst ja, die auch noch bekochen zu müssen», brummt Vadder Steffens. «Das war nicht abgemacht.»

«Ach Heinrich.» Mudder Steffens schließt das Fenster, sie marschieren ins Haus, hängen ihre Jacken an die Garderobe und gehen in die Küche. Dort holt Muddern noch ein Gedeck aus dem Küchenschrank und stellt es auf den Tisch.

«Rosa hat erzählt, dass der Wolf heute Nacht Schafe vom Janßen gerissen hat.» Henner legt Messer und Gabel dazu, während Muddern den frisch gekochten Rotkohl in eine Schüssel füllt und die Klöße aus dem siedenden Wasser fischt.

«Der hat aber auch immer Pech», sagt sie bedauernd.

«Wieso?», fragt Rosa und trägt die dampfende Schüssel zum Tisch.

«Ach, weißt du, der Gerhard Janßen war früher ein ganz Wilder. Hat mit anderen Langhaarigen in 'ner Kommune gelebt. In der alten Dorfkneipe ‹Zum Deichgrafen›. Männlein und Weiblein zusammen und keiner verheiratet. Das ging da zu wie bei den Hottentotten. Nimmst du dir von den Klößen?» Muddern reicht Rosa die Schüssel. «Aber irgendwann haben die sich wohl gestritten, zumindest hat sich die Kommune aufgelöst, und Gerhard hat noch die Kurve gekriegt und die Schäferei von seinem Onkel übernommen. Richtig einen auf Öko wollte er am Anfang machen. Hat aber schnell gemerkt, dass man als Schäfer rund um die Uhr arbeiten muss und dass sich das für eine Handvoll Tiere nicht lohnt.» Muddern schiebt Rosa die Schale mit Rotkohl hin. «Da hat er sich richtig ins Zeug gelegt. Das hat aber seiner Frau nicht gefallen. Die haben dann doch geheiratet, als das Kind unterwegs war», ergänzt Muddern augenzwinkernd. «Uschi ist jedenfalls nach kurzer Zeit abgehauen und hat ihn mit dem Kind sitzen gelassen. Sie fand das Deichschäferleben langweilig. Erst war sie wohl in Indien und später lange auf Ibiza. Jedenfalls hat sie sich nie um ihren Sohn gekümmert.»

«Ist ja wie bei Rudi», sagt Rosa. «Komisch, dass die Frauen hier in Ostfriesland ihre Kinder einfach bei ihren Männern zurücklassen.»

«Na, so kann man das auch nicht sagen. Das kommt überall vor. Janko ist auf jeden Fall schon früh sehr selbstständig gewesen.» Muddern steht auf. «Was man nicht im Kopf hat. Ich hab den Braten vergessen.» Sie öffnet den Backofen und nimmt eine Platte heraus, auf der die bereits geschnittenen Scheiben liegen. «Nach der Schule ist Janko nach Australien. Wörk end träwel oder wie sich das nennt. Jahrelang war er dort. Hat da auf einer riesigen Schaffarm gearbeitet, und wir haben noch gesagt, da hätt er nicht für nach Australien gehen müssen, das hätt er auch hier haben und seinem Vater helfen können. Hat schon keiner mehr damit gerechnet, dass er wieder zurückkommt, aber plötzlich stand er vor der Tür. Wie hat der Gerhard sich gefreut!»

Muddern stellt die Bratenplatte auf den Tisch. Direkt neben die selbst gemachte Soße.

«Hmmm, das riecht gut», sagt Henner. Er hält ihr seinen Teller hin.

«Lammbraten. Ganz frisch.»

Rosa zieht die Augenbrauen hoch. «Nach Lamm ist mir nun gerade gar nicht. Ich nehme heute nur Klöße und Rotkohl.»

Die Rouladen für heute Abend hat Henner schon mit Speck, sauren Gurkenscheiben, Senf und Zwiebelringen fertig gewickelt und angebraten. Jetzt schmurgeln sie im Bratentopf vor sich hin, wie er es bei Muddern gelernt hat. Das wird ein leckeres Essen vorm Tatort aus Köln.

Es klingelt. Dreimal. Henner wirft einen Blick auf die Uhr und freut sich: Rudi ist früh dran. Seit Kurzem hat sich sein Kumpel angewöhnt, nicht nur einmal, sondern dreimal auf den Klingelknopf zu drücken, damit Henner weiß, wer vor der Tür steht. Ihr Geheimzeichen sozusagen, denn es gibt Tage, an denen Henner einfach seine Ruhe haben und nicht von Rosa gestört werden will, die alles, was sie beschäftigt, sofort loswerden möchte. An sich ist das ja auch in Ordnung, aber manchmal ist es einfach zu viel für Henner. Dann kommen die Erinnerungen an seine Kindheit mit den acht Schwestern wieder hoch, die auch immer kreuz und quer durcheinandergesabbelt haben, wenn sie von der Schule kamen. Zum Glück hat Vaddern dann beim Essen ein Schweigegebot erlassen. Zumindest bis zum Nachtisch. Erst dann durften seine Schwestern loslegen.

Henner öffnet die Tür.

«Mann, war das ein Tag!», stöhnt Rudi. «Schnepel war mal wieder in Höchstform. Sein Klugscheißern geht mir so was von auf den Senkel, das kannst du dir nicht vorstellen. Ich brauch jetzt erst mal ein Bier.» Er geht in die Küche und schnüffelt hörbar. «Oh, wie lecker! Rouladen?»

Henner nickt. «Kannst schon mal die Kartoffeln waschen. Da ist noch so viel Erde dran, besser, sie werden vorm Schälen eben in Wasser getaucht. Ich deck den Tisch.» Aus der Besteckschublade nimmt er drei Gabeln und drei Messer, aber so, dass Rudi das nicht gleich sieht. Er hat ein klitzekleines bisschen ein schlechtes Gewissen, weil er sich hat hinreißen lassen, Rosa ...

In diesem Moment klingelt es an der Tür.

Rudi nimmt die Hände aus der Spüle, in der die Kartoffeln im Wasser schwimmen, und trocknet sie an seiner Jeans ab. «Henner!» Er blickt ihn mit zusammengekniffenen Augen an. «Du hast doch nicht etwa schon wieder Rosa eingeladen?»

«Nicht direkt», druckst Henner herum.

«Aber?»

«Mehr so indirekt.»

Es klingelt erneut. «Ist offen», ruft Henner in der Hoffnung, dass Rudi in Rosas Gegenwart die Klappe hält.

Eine Weinflasche in der Hand, tritt Rosa in die Küche.

«Hallo, Henner, danke, dass du mich eingeladen hast. Du ahnst nicht, wie viel es mir gerade heute Abend bedeutet. Hier, frisch aus dem Kühlschrank.» Sie drückt ihm die Flasche in die Hand und einen Kuss auf die Wange. Dann wendet sie sich Rudi zu. «Rudi, fein, dass du auch schon da bist. Ich hab dein Klingeln bis oben gehört.»

«Moin», brummt Rudi.

Henner fängt seinen knurrigen Blick auf, beachtet ihn aber nicht weiter, sondern nimmt mit stoischer Miene die Papiertüte mit den Schwarzwurzeln aus dem Bastkorb, die Muddern ihm heute Mittag mitgegeben hat, und legt sie auf den Tisch, der mit einer alten Zeitung ausgelegt ist. «Ist zwar keine eigene Ernte, aber vom Bauernhof der Cousine meiner Mutter», sagt er, um die Stimmung aufzuheitern. Rudi ist in letzter Zeit immer so verkniffen, wenn etwas nicht nach seinen eingefahrenen Gewohnheiten läuft. Henner befürchtet, das könnte ein Zeichen beginnenden Altersstarrsinns sein. Dabei ist Rudi nun wirklich noch nicht alt. Er ist ja am selben Tag geboren wie Henner. Und Henner fühlt sich eigentlich noch frisch und jung. Zwar nicht mehr jugendlich, aber weit entfernt davon, alt zu sein. Und wer sagt denn, dass der Sonntag ein heiliger Männertatortabend ist? Henner jedenfalls hat beim Geläut der Neujahrsglocken beschlossen, dass er dieses Jahr offener für neue Dinge sein will. Auch Rosa gegenüber. Und das beherzigt er seitdem. Natürlich nicht jeden Tag, aber doch öfter. Was auch nicht heißt, dass er jetzt ständig vegetarisch oder vegan kocht. Nur manchmal.

«Es ist wirklich ganz lieb, dass ich den Abend mit euch verbringen kann. Nach dem grauenhaften Gemetzel am Deich heute Morgen kann ich nicht allein sein. Die Bilder der zerfetzten Körper gehen mir einfach nicht aus dem Kopf.»

Rudi sieht sie entgeistert an. «Gemetzel am Deich? Zerfetzte Körper? Was ist denn passiert? Ich war doch in Wittmund! Da hab ich nix von einem Gemetzel mitgekriegt.»

«Ging um Janßens Schafe. Der Wolf hat einige von denen gerissen», erklärt Henner.

«Ach so. Dafür ist der Förster zuständig. Nicht die Polizei.» Rudi packt die gewaschenen Kartoffeln in eine Metallschüssel. «Und nu?»

«Schälen. Was sonst?»

«Kann ich euch helfen?», fragt Rosa. «Ich will nicht so rumstehen, da komm ich mir überflüssig vor.»

Henner übergeht Rudis Grienen und nimmt zwei Gemüsemesser und einen Sparschäler aus der Besteckschublade. Rosa greift sofort nach dem Sparschäler. «Hast du Plastikhandschuhe? Und eine Schürze? Ich möchte mir nicht die Klamotten versauen.»

«Nee. Muddern macht das auch immer ohne Handschuhe. Aber 'ne Schürze kannst du haben.» Henner reicht ihr eine mit der Aufschrift «Kochen ist Liebe» und nimmt eine Schwarzwurzel in Angriff.

«Dann schäl ich die Kartoffeln.» Rosa streckt Rudi die Hände entgegen, um ihm die Schüssel abzunehmen. «Gibt es schon was Neues bei euch? Was sagt Emterbäumler zur Todesursache und dem Tatort?»

«Noch gar nichts. Das Obduktionsergebnis kriegen wir erst morgen.»

«Und sonst?» Rosa bindet sich die Schürze um, setzt sich an den Küchentisch, greift nach der ersten Kartoffel und beginnt zu schälen.

«Nicht viel.» Rudi schnappt sich eine Schwarzwurzel, mustert das krumm gewachsene Ding wie einen persönlichen Feind, dreht sie mehrmals in der Hand und schneidet schließlich das untere Ende ab, bevor er sich mit dem spitzen Messer an die schwarze Schale macht. «Im Gästeklo standen ein paar Marihuana-Pflanzen rum. Aber wegen so 'n paar Dingern wird ja keiner umgebracht.»

«Ach, deswegen hat das so seltsam im Haus gerochen. Ich hab noch gedacht, ist fast so penetrant wie die Duftmarke von 'nem Stinktier.»

«Stinktier?» Henner sieht sie skeptisch an. «Woher willst du denn wissen, wie das riecht?»

«Ich war während des Studiums in Amerika. Da hatte ich

eine Begegnung der dritten Art mit so 'nem Vieh auf einem Zeltplatz am Fluss. Mitten in den Rocky Mountains. Seitdem weiß ich, wie die riechen.»

Überrascht mustert Henner Rosa. Was die schon alles erlebt hat, da kann er sich nur immer wieder wundern. Bang ist ihr wohl vor überhaupt nichts. Er selbst hat es man gerade über die Grenzen von Ostfriesland geschafft.

«Und in Amerika gibt es eine Pflanze, die heißt Stinkkohl. Ihre Blätter riechen so ähnlich wie Stinktiere.»

«Wirklich?» Henner ist schneller als Rudi und mit der ersten Schwarzwurzel fertig. Er legt sie in eine Schüssel mit Essigwasser, damit sie nicht braun anläuft. Den Trick hat er von Muddern. Seine Fingerkuppen sind schwarz und kleben aneinander, als wenn er Uhu draufhätte. Davon hat Muddern allerdings nichts gesagt. Rosas Idee mit den Plastikhandschuhen ist vielleicht doch gar nicht so schlecht gewesen. Er hat bloß keine.

Inzwischen ist auch Rudi mit der ersten Stange fertig und lässt sie zu der anderen in die Schüssel fallen. «Jedenfalls ist mir ein Ordner mit Kontoauszügen in die Hände gefallen und ein Vertrag, den Kramer erst vor ein paar Tagen mit einer Immobilienfirma abgeschlossen hat. ‹Zu Hause bis zur Bahre› nennen die den Vertrag.»

«Komischer Name», findet Henner. «Was soll das denn sein?»

«Die Firma heißt van Graaf und hat sich auf Immobilienleibrenten spezialisiert», erklärt Rudi. «Kramer hat das Haus seiner Eltern an diese Firma verkauft und sollte dafür zeit seines Lebens eine monatliche Rente bekommen. Das jedenfalls war der Plan. Im Gegenzug darf der Verkäufer bis zu seinem Tod in der Immobilie wohnen. Hört sich ja erst mal nicht schlecht an. Man kriegt Geld, bis man stirbt, und kann zu Hause wohnen bleiben. Seine eigene Rente wäre ziemlich mickrig ausgefallen. Das hat er aber gar nicht mehr mitgekriegt. Der Bescheid aus Berlin kam am Samstag.»

«Stimmt.» Den hatte Henner in der Hand, als er Rosa und Hoyko vor Kramers Haus getroffen hat.

«Mit fünfhundertfünfzig Euro wäre er jedenfalls nicht weit gekommen, von daher war die Idee nicht schlecht.»

Rosa lässt die Kartoffel sinken. «‹Zu Hause bis zur Bahre›. Über dieses Geschäftsmodell stand kürzlich ein Artikel in der Zeitung. Da ging es um zwei Rentner, die denen ihr Haus verkauft haben. Die haben bloß nicht lange was davon gehabt. Keine vier Wochen nachdem sie den Vertrag unterschrieben haben, waren sie tot.»

«Ach nee!» Rudi hält im Schälen inne. «Woran sind sie denn gestorben?»

«Keine Ahnung. Ich hab den Artikel nur überflogen.» Rosa kneift die Augen zusammen. «Aber vielleicht ist das bei Lenny Kramer genauso gewesen? Im passenden Alter war er ja. Er hat den Vertrag unterschrieben und durfte dann zügig abtreten. Der Mohr hat seine Arbeit getan, der Mohr kann gehen. Schiller.»

«Wieso Schiller?» Henner steht jetzt völlig auf dem Schlauch.

«Das ist von Friedrich Schiller», doziert Rosa. «Ich meine natürlich Lenny.»

«Lenny?», fragen nun Henner und Rudi unisono.

«Na, Lenny Kramer. Über wen reden wir denn die ganze Zeit? Ihr hättet Adelheid und Gisela gestern Abend im Dattein von ihm schwärmen hören sollen! Da blieb kein Auge trocken. Das war wie eine Zeitreise. Ich hatte direkt das Gefühl, mit Adelheid im Deichgrafen zu stehen und Lenny beim Gitarrenspiel zuzuhören und ihn dabei anzuhimmeln.» Rosa lächelt verschmitzt, wird dann aber wieder ernst. «Auf jeden Fall könnte in diesem Hausverkauf auf Rentenbasis ein Motiv liegen. Eher jedenfalls als bei mickrigen Haschischpflanzen. Zumal man das Zeug heutzutage sogar schon auf Rezept in der Apotheke bekommt.»

«Rosa, das passt doch den ganzen Tag nicht. Bei dem von mir aus einst so umschwärmten, nun aber ziemlich abgehalfterten Lenny war es ein gewaltsamer Tod, bei den beiden Rentnern aber nicht. Sonst wüsste ich das nämlich.»

«Ist auch wieder wahr», gibt Rosa zu. «Aber vielleicht wurden sie nur nicht untersucht. Obduziert, meine ich. Es heißt doch, dass die Friedhöfe hell erleuchtet wären, würde auf jedem Grab, in dem ein Mordopfer liegt, eine Kerze brennen. Die meisten Morde werden einfach nicht entdeckt, sagen Rechtsmediziner. Nicht nur, weil die Mörder so gewieft sind, sondern auch, weil es zu wenig Leichenschauen und Obduktionen gibt. Von Fehldiagnosen bei der Todesursache ganz zu schweigen.»

Rudi runzelt die Stirn. «Jetzt machst du aber ein ordentliches Fass auf.»

«Das ist kein Fass, sondern eine Tatsache.» Ein oberlehrerhaftes Lächeln umspielt Rosas Mund. Henner wirft einen schnellen Blick zu Rudi. Er weiß, dass dieses Lächeln seinen Kumpel zur Weißglut treibt. Rosa deutet auf Rudis schwarz verklebte Fingerspitzen. «Ich hab oben eine Packung mit OP-Handschuhen. Soll ich die holen? Und Nagellackentferner? Damit geht der schwarze Schmierfilm supergut ab. Das ist übrigens austretender Milchsaft.»

Eine halbe Stunde später sind Henners und Rudis Hände wieder sauber, und das Essen steht auf dem Tisch. Die erste Roulade hat Rudi im Nu verputzt. Den muss Henner gar nicht fragen, ob es ihm schmeckt. Rosa wirkt da verhaltener. Sie isst nur Kartoffelstampf und Schwarzwurzeln in Buttersoße mit fein gehackter Petersilie.

«Willst du wirklich nicht von der Roulade probieren?», fragt Rudi, nimmt sich noch eine zweite und schneidet den Bindfaden durch, der die Rolle zusammenhält.

«Mir ist heute nicht so nach Fleisch», sagt Rosa. «Wusstet ihr eigentlich, dass ein Wolf ...»

Schon setzt Rosa zu einem Vortrag über Wölfe und deren Jagd auf Nutztiere an. Die ganze Zeit redet sie von nichts anderem, während ihr Kartoffelstampf langsam kalt wird. Henner vergeht bei dem Gerede von massakrierten Schafen und Kühen fast der Appetit auf die Roulade.

«Ist ein Beutetier erlegt, werden erst einmal die Innereien freigelegt.» Rosa hält inne und pikst ein Stück Schwarzwurzel auf ihre Gabel.

«Interessant», sagt Rudi. «Ein Wolf kann wirklich zehn Kilo Fleisch auf einmal fressen?»

Seit wann interessiert sein Kumpel sich für Wölfe?, wundert sich Henner noch, als Rosa schon die Steilvorlage nutzt, um weiter über die Tiere zu dozieren.

MONTAG

Der Wind rüttelt kräftig an seiner Ente, als Rudi auf der Landstraße nach Esens fährt. Er muss das Lenkrad tüchtig festhalten, damit er nicht von einer Bö in die Berme gedrückt wird, den flachen Streifen an der Böschung. Vielleicht sollte er sich doch ein anderes Fahrzeug zulegen, das sicherer und nachhaltiger ist. Sein Sohn liegt ihm ständig mit einem E-Auto in den Ohren. Für die Fahrten nach Wittmund und zurück würde eine Aufladung ja eine Weile reichen. Damit hat Sven recht, andererseits werden auch für diese Akkus seltene Erden abgebaut und Menschen ausgebeutet. Rudi hat erst letzte Woche in einem Fernsehbericht gesehen, dass Menschen bei der Kobaltgewinnung im Kongo heimlich Tunnel gegraben haben, um das Zeug selbst zu vermarkten. Einige sind dabei an den giftigen Ausdünstungen gestorben. Nicht zu vergessen: Der extrem hohe Wasserverbrauch zur Gewinnung von Lithium raubt den Bauern in China, aber auch in Chile die Lebensgrundlage. Ist also nicht alles so ökogrün, wie es scheint. Da bleibt Rudi doch besser bei seiner Ente, solange sie ihn nicht komplett im Stich lässt.

In der Polizeistation in Esens sitzt sein Kollege Bernie Bütefisch bei einem Pott Kaffee am Schreibtisch, sein Mettbrötchen mit Zwiebeln hat er schon ausgepackt.

«Moin, Rudi. Hab dir auch eins mitgebracht. Wir können erst mal zusammen frühstücken, bevor wir uns an die Arbeit machen.»

«Geht nicht. Ich muss nach Wittmund. Will nur eben mein Auto gegen die Dienst-Ape tauschen.»

«Wieso das denn?» Bernie beißt in seine Brötchenhälfte. Ein paar Zwiebelschnipsel rieseln auf seinen Teller.

«Hast du gar nicht mitbekommen, was Samstag los war?»

«Nee.» Mehr kann Bernie mit vollem Mund nicht sagen.

In wenigen Worten berichtet Rudi von dem Leichenfund. «Der muss da schon ein paar Tage gelegen haben. Dem ist schon die Fäulnisflüssigkeit aus dem Mund gelaufen. Ich bin gespannt, was die Obduktion ergibt.»

«Du rasselst aber auch von einer Mordermittlung in die nächste», sagt Bernie mit einem Anflug von Neid.

«Wär mir auch lieber, wenn in Neuharlingersiel alles ruhig und friedlich wäre. Also tschüs dann. Du hältst hier weiter die Stellung», sagt Rudi und macht sich wieder auf den Weg.

Als er endlich in Haueisens Büro ist, empfängt ihn frischer Kaffeeduft. Verwundert bemerkt er drei Tassen, eine Thermoskanne und einen kleinen Teller mit selbst gebackenen Keksen. Vanillekipferl, Orangentäschchen, Kekse mit Marmelade. Nanu, erwartet der Chef Besuch?

«Nehmen Sie schon mal Platz, Bakker», sagt Haueisen, «und schenken Sie uns ein. Ich hab gedacht, bei diesem ungemütlichen Wetter kann ein Kaffee nicht schaden. Außerdem haben wir ja einiges zu besprechen. Sind Sie gestern in Kramers Haus auf etwas gestoßen, was uns weiterbringt?»

Rudi nickt. «Ja. Und nein.» Er greift zur Thermoskanne. Haueisen setzt sich ihm gegenüber und schnappt sich den ersten Keks. «Sind noch von Weihnachten. Hat meine Frau selbst gemacht, die backt ja jedes Jahr, als ob sie eine ganze Fußballmannschaft versorgen müsste.»

In diesem Moment kommt Schnepel herein, sein aufgeplusterter Daunenmantel lässt ihn aussehen wie das Michelin-Männchen.

«Moin. Waren wieder alle Ampeln rot.» Er zerrt am Reißverschluss seines Mantels, doch der ist widerspenstig. Während er noch kämpft, sagt Rudi: «Kramer hat vor einer Woche einen Immobilien-Leibrentenvertrag für sein Haus unterschrieben.»

«Ja, und?» Haueisen nimmt den nächsten Keks in die Hand.

Rudi sieht Schnepel an. «Wo ist denn der Umschlag mit den Unterlagen? Den wolltest du gestern doch noch hier vorbeibringen?»

«Hab ich vergessen. Reicht ja auch heute noch.» Schnepel steigt aus dem Mantel, ohne den Reißverschluss ganz geöffnet zu haben. Aus der Manteltasche zieht er den Briefumschlag und legt ihn vor Haueisen auf den Tisch. «Hier.» Er setzt sich neben Rudi und hält ihm die leere Tasse hin. Wortlos schiebt Rudi die Thermoskanne rüber. «Meines Erachtens hat das was mit Drogen zu tun», doziert Schnepel. «Kramer hatte Cannabispflanzen im Gäste-WC.»

«Die paar Dinger!», sagt Rudi relativierend. «Da kannst du kaum was mit anfangen, außer sie selbst zu rauchen.»

«Wer sagt uns denn, dass der nicht noch mit anderem Zeug gedealt hat?» Schnepel kippt sich den Kaffee so schwungvoll ein, dass etwas auf die Untertasse schwappt. «Der war Rockmusiker. Solche Leute nehmen bekanntlich Drogen, damit sie die Konzerte auf der Bühne durchhalten. Crystal Meth und so 'n Zeug. Wir haben allerdings nichts davon in seinem Haus gefunden. Oder?» Er blickt Haueisen an. Der schüttelt den Kopf und Schnepel redet weiter. «Das hat er garantiert woanders gelagert.»

«Haben wir den Obduktionsbefund denn schon?», fragt

Rudi, bevor sich Schnepel tiefer in seine Drogentheorie versteigt. «Daraus müsste doch hervorgehen, ob Kramer Drogen genommen hat.»

Wieder verneint Haueisen. «Nein. Emterbäumler meldet sich heute Vormittag.» Er zieht die Papiere aus dem braunen Umschlag und überfliegt sie. «Von so einem Verkaufsmodell habe ich ja noch nie etwas gehört. Da sollten wir uns wohl mal näher mit beschäftigen.»

«Sehe ich auch so, Chef», sagt Rudi. «Vor allem, weil der Verkauf an eine Immobiliengesellschaft erfolgt ist, die erst kürzlich in einem kritischen Zeitungsartikel erwähnt wurde.»

«Ach.» Haueisen lässt den Vertrag sinken.

«In diesem Bericht ging es wohl unterschwellig um den Verdacht, das Unternehmen hätte etwas mit dem Tod zweier Rentner zu tun, die kurz nach der Übereignung ihrer Häuser ganz plötzlich starben. Der Makler bekam die Häuser dadurch praktisch zu einem Spottpreis.»

«Unterschwellig?», fragt Haueisen. «Das klingt ziemlich nebulös. Haben Sie den Artikel mitgebracht?»

«Nein», muss Rudi gestehen. «Ich hab ihn selbst auch gar nicht gelesen. Aber Frau Moll ...»

«Bakker!» Haueisens Stimme klingt bedrohlich. «Sagen Sie nicht, Sie haben mit dieser Hobbydetektivin über den Fall gesprochen!»

«Sie hat den Toten schließlich gefunden», wehrt Rudi ab.

«Darum geht es nicht. Diese Frau mischt sich ständig in unsere Ermittlungen ein», kontert Haueisen unter dem beifälligen Nicken Schnepels.

Und hat uns dabei schon oft geholfen, denkt Rudi, spricht es jedoch nicht aus.

«Vermutungen bringen uns aber nicht weiter», meint

Haueisen. «Wir leisten vernünftige, bodenständige Polizeiarbeit. Auf der Grundlage von hieb- und stichfesten Beweisen. Was wissen wir über Kramers Privatleben?» Haueisen
blickt Schnepel an, der verlegen mit den Schultern zuckt.

Rudi kann zum Glück auf Rosas Erzählungen zurück-
greifen. Und auf das, was der Dorfklatsch berichtet hat, als
Lenny nach all den Jahren als Weltenbummler wieder nach
Neuharlingersiel gezogen ist. «Lenny, also Lennard Kramer,
war Musiker. Als junger Mann hat er mit einigen anderen
in einer Kommune in der ehemaligen Musikkneipe ‹Zum
Deichgrafen› gewohnt. Das war über Jahre hinweg ein ange-
sagter Treffpunkt für junge Leute.»

«Stimmt», sagt Haueisen. Auch heute hat er wieder tiefe
Ringe unter den Augen und wirkt müde und angeschlagen.
Die große eckige Hornbrille vermag den Eindruck nicht zu
mildern. «Ich bin da auch mal gewesen. Jetzt, wo Sie es sa-
gen, fällt es mir wieder ein. War aber nicht mein Ding. Die
Musik nicht und vor allem die Leute nicht. In allen Ecken
wurde geknutscht, und es roch nicht nur nach Zigaretten.»
Er schüttelt sich ein wenig. «Mir hat ABBA besser gefallen.»

Rudi räuspert sich, um nicht zu lachen. Das hätte er von
seinem Chef nun nicht gerade erwartet. «Die jungen Frau-
en waren wohl alle in Kramer verliebt», fährt er fort. «Als
die Kommune auseinanderfiel, ist er nach Holland gegangen und von dort weiter durch die Welt gezogen, bis er vor
einem halben Jahr zurück nach Neuharlingersiel kam und
in das Haus seiner verstorbenen Eltern zog. Da er keine Geschwister hat, gehört es ihm allein. Er hat relativ zurückgezogen gelebt. Den Kontoauszügen nach konnte er finanziell
keine großen Sprünge machen. Mir ist übrigens aufgefallen,
dass er ein Handy gehabt haben muss. Es wird ein monatli-

cher Betrag abgebucht. Wir haben aber kein Handy gefunden, oder?»

«Nein.» Haueisen kneift die Augen zusammen. «Aber irgendwo muss es doch sein.»

«Vielleicht beim Täter. Einen Festnetzanschluss hat er anscheinend nicht», wirft Schnepel ein.

«Aber es stand doch ein altmodischer Apparat auf dem Flurschrank», sagt Haueisen.

«Die Leitung ist tot. Ich hab den Hörer abgenommen, nachdem mir aufgefallen ist, dass eine Abbuchung dafür fehlt. Ist aber nicht ungewöhnlich. Viele Leute verzichten heute aufs Festnetz.»

«Also werde ich gleich mal die Herausgabe der Handyverbindungen beantragen. Haben Sie den Anbieter für mich?», fragt Haueisen.

Rudi nickt. «Hab ich schon aufgeschrieben.» Er reicht dem Chef einen Zettel. «Haben wir denn inzwischen Zugang zu seinem PC?»

«Leider nicht. Das Passwort stellt die Kollegen vor eine ziemliche Hürde.»

«Dann sollten wir es nach Hannover schicken, da sitzen doch Spezialisten», schlägt Rudi vor.

«Jaja, wer weiß … Stille Wasser sind tief», meint Schnepel süffisant. «Wahrscheinlich hat der im Internet irgendwelche krummen Dinger gedreht. Im Darknet Drogenhandel betrieben oder mit kinderpornografischem Material gehandelt. Irgendetwas, das keiner wissen darf. Wenn wir den Laptop geknackt haben, haben wir das Motiv.»

«Diese Hoffnung reicht mir nicht», sagt Haueisen unzufrieden. «Haben Sie wirklich alles im Haus auf den Kopf gestellt?» Er schiebt Rudi seine leere Kaffeetasse hin.

Während er verlegen nachgießt, nimmt Schnepel den Ball auf. «Natürlich haben wir genau geguckt, Chef. Sonst hätten wir ja diesen Vertrag nicht gefunden. Gar nicht zu reden von den Haschpflanzen.» Auch Schnepel hält Rudi seine leere Tasse zum Nachgießen hin. Jetzt ist auch mal gut, er ist doch hier nicht der Butler. «Außerdem», fährt Schnepel fort, «hat die Kriminaltechnik garantiert ganze Arbeit geleistet. Ich meine, wenn wir uns auf die nicht mehr verlassen können, dann weiß ich es auch nicht.»

«Es muss doch was Handfestes zu finden sein», beharrt Haueisen. «Wir sollten mit seiner Hausbank sprechen. Uns Überblick über seine Konten verschaffen. Vielleicht hat er anderweitig noch Vermögen. Oder Schulden. Ich vermute mal, dass er nicht so ein unschuldiger, zurückgezogen lebender Mann gewesen ist, wie es auf den ersten Blick den Anschein macht. Da steckt mehr hinter. Ein Geheimnis, das wir knacken müssen. Und warum denke ich das?»

Rudi sieht, dass Schnepel auf die rhetorische Frage antworten will, aber Haueisen redet schon weiter.

«Erst wurde er andernorts getötet. Und dann mühevoll in sein Haus geschafft. Der Tatort ist der Schlüssel zur Lösung. Wir müssen herausfinden, wo er starb. Dann wissen wir vermutlich auch, weshalb er getötet wurde.» Haueisen reibt sich die Hände. «Wir wollen ja nicht Däumchen drehen, während wir auf die Ergebnisse der KTU und der Rechtsmedizin warten. Befragen Sie die Nachbarn und alten Freunde. Vielleicht fördern Sie ja etwas zutage, was uns der Lösung näher bringt. Los geht's!»

Auch gegen Mittag ist der Himmel noch dunkelgrau mit einem Stich ins Schwarze. Der Wind hat es immer noch nicht geschafft, die Regenfront zu vertreiben, stellt Rosa beim Blick aus dem Autofenster bekümmert fest, als sie nach Schulschluss Neuharlingersiel ansteuert. Im Radio sind die Kurznachrichten durch, und eine bekannte Melodie erklingt: *Morning has broken*. Kaum hört Rosa die ersten Töne von Cat Stevens, ist sie in Gedanken wieder bei Lenny Kramer. Der hat den Durchbruch nie geschafft. Musste immer in der zweiten, dritten oder gar vierten Reihe stehen und sein Geld mit kleinen Auftritten verdienen. Musiker wie ihn gibt's sicher wie Muscheln am Strand. Da kann er nicht großartig was fürs Alter zurückgelegt haben. Wahrscheinlich hat er sein Haus deswegen auf dieser Leibrentenbasis verkauft. Ist ja an sich eine vernünftige Sache, sein Vermögen aufzubrauchen, wenn man keine Erben hat.

Im Kollegenkreis hat sie in der großen Pause das Thema Immobilienleibrente angesprochen. Ihre junge Kollegin Karina hatte noch nie davon gehört, eine ältere Kollegin dagegen wunderte sich, warum sich Rosa für eine «Rente aus Stein» interessiere, dafür sei sie viel zu jung, und überhaupt besitze sie doch weder Haus noch Eigentumswohnung. Vor Mitte sechzig komme das Modell sowieso überhaupt nicht zum Tragen, meinte sie abschließend. Auf jeden Fall hat das Gespräch Rosa auf eine Idee gebracht. Und die will sie nun mit Adelheid besprechen.

Sie parkt ihren Fiat 500 zu Hause, lässt die Schultasche im Kofferraum und marschiert direkt zu Adelheids Andenkenladen, der gleich um die Ecke in der Nähe des Hafens liegt. Eigentlich ist das Geschäft in den ersten Wochen des Jahres geschlossen, weil kaum Touristen den kleinen Sielhafenort bevölkern. Das heißt aber nicht, dass Henners älteste Schwester untätig herumsitzt. Wie immer nutzt sie die Zeit, um den Laden für die kommende Saison flottzumachen. Sigrid und sie haben nach der Inventur ein neues Regal aufgestellt, die Wanddekoration verändert und im Durchgang nach hinten einen schmutzabweisenden Läufer ausgelegt. Rosa sieht beim Blick ins Schaufenster Leuchttürme in unterschiedlichen Größen und andere maritime Mitbringsel, die auf einer Sandunterlage mit kleinen Muscheln drapiert sind. Mit Schwung öffnet Rosa die Ladentür, und die Glöckchen bimmeln fröhlich.

«Moin», ruft sie.

«Wir sind hier!», ruft Adelheid von hinten aus der kleinen Sitzecke, wo Sigrid und sie sich gerade eine Tasse Tee mit Rum genehmigen.

«Hast du schon Schulschluss?» Adelheid gießt ihr eine Tasse Tee ein. Ohne Kluntjes, so wie Rosa es mag, auch wenn es gegen die ostfriesische Teetradition verstößt. «Auch 'nen Schuss Rum? Hilft gegen die verdammte Kälte draußen.» Adelheid grinst, denn hier im Laden ist es angenehm warm.

«Danke, für mich nicht.» Rosa setzt sich zu den beiden und greift nach der Tasse. «Montags habe ich schon nach der dritten Stunde Schluss.» Sie nimmt einen Schluck. «Ahh, der tut gut! Das war übrigens ein richtig schöner Abend im Dattein. Ich habe Henner und Rudi am Sonntagabend noch davon vorgeschwärmt. Die beiden wussten gar nicht, wovon ich rede. Die haben eure Zeit im Deichgrafen gar nicht richtig mitbekommen.»

«Kein Wunder», sagt Adelheid und grinst. «Die haben zu der Zeit ja fast noch im Sandkasten gespielt.»

«Aber Adelheid», sagt Sigrid, «so viel älter bist du ja nun auch nicht.»

«Stimmt! Man ist so alt, wie man sich fühlt! Und ich fühle mich noch verdammt jung!» Adelheid hebt ihre Tasse.

«Prost, Mädels!» Rosa grient. «Muss eine tolle Zeit damals gewesen sein.» Sie nippt an ihrem Tee.

«Das kannst du laut sagen. Natürlich verklärt man vieles mit den Jahren. In meiner Erinnerung war es eine Zeit, in der wir alle das Gefühl hatten, unbegrenzte Möglichkeiten zu haben. Im Deichgrafen lag ein Hauch von Verrücktheit und Träumerei in der Luft. Wir wollten etwas Aufregendes erleben und zu neuen Ufern aufbrechen.» Adelheid bekommt schon wieder glänzende Augen. «Gisela und ich haben die Leute vom Deichgrafen bewundert und alles, was sie gesagt haben, in uns aufgesogen. Für uns waren sie Idole, die das Leben lebten, das wir gern wollten. Aber wir waren noch zu jung, um da mitmischen zu können. Gerade mal bis zu den Klamotten haben wir es geschafft, den indischen Flatterkleidern und der bestickten afghanischen Jacke mit dem zotteligen Schaffell. Die muss ich noch irgendwo auf dem Boden haben. Was hab ich die geliebt!» Adelheid seufzt. «Uschi und Jutta sind damit mehr über den Deich geschwebt als gelaufen. Fast, als wären sie in einer anderen Sphäre. Wir haben sie so bewundert.»

Adelheid spitzt für einen Augenblick gedankenverloren die Lippen. Dann sagt sie mit verklärtem Lächeln: «Ich verrate euch jetzt ein Geheimnis. Aber das bleibt unter uns. Ich hatte damals was mit Lenny. Wir Mädels hatten uns alle die Pille besorgt und meinten, dass es mit unseren fünfzehn Jahren dringend Zeit wurde, es hinter uns zu bringen. Ich hab mich an Lenny rangemacht, und irgendwann hat er mich endlich bemerkt und mit nach oben auf sein Zimmer genommen. Wir haben auf einer schmuddeligen Matratze miteinander geschlafen. Aber das hat mich nicht gestört. Meine Güte, war ich verknallt.» Adelheid schüttelt den Kopf. «Er hat sich danach gewundert, dass Blut auf dem Bettlaken gewesen ist. ‹Du hättest mir sagen müssen, dass es für dich das erste Mal war›, hat er gesagt und sich eine Zigarette angezündet. Ich hab ganz einen auf erwachsen gemacht und gesagt: ‹Ist doch egal.› Hab gedacht, wir wären nun zusammen, aber Fleutjepiepen. Danach hat er sich überhaupt nicht mehr für mich interessiert. Ich war am Boden zerstört. So einen Liebeskummer hatte ich nie wieder.»

«Du hast mit Lenny geschlafen?», fragt Sigrid entgeistert. «Mit *dem* Lenny?»

Adelheid lacht belustigt auf. «Ja, war aber nicht gerade eine Glanzleistung, die er vollbracht hat. Es hat wehgetan, und er war so schnell fertig, dass ich mich damals fragte, warum alle so einen Wirbel darum machen.» Dann wird sie wieder sachlich. «Aber der Herzschmerz verging zum Glück. Lag vielleicht auch daran, dass sich die Kommune im Deichgrafen kurz darauf aufgelöst hat. Auf jeden Fall fühlte ich mich danach geerdet und habe mehr dem Bodenständigen vertraut.»

«Und das ist doch auch gut so gewesen», sagt Sigrid. «Aus deren Träumereien und Luftschlössern ist ja nicht allzu viel geworden. Nur Gerhard hat mit der Schäferei die Kurve gekriegt. Lenny sah dagegen ganz schön abgehalftert aus, als er nach all den Jahren zurückgekommen ist. Er kann von Glück sagen, dass er das Haus von seinen Eltern geerbt hat. Sonst hätte der mit leeren Händen dagestanden.»

Rosa stellt ihre Tasse auf dem kleinen Tisch ab. Das ist ihr

Stichwort. «Genau darüber wollte ich mit euch reden. Rudi hat in den Unterlagen von Lenny einen Vertrag gefunden. Er hat erst vor ein paar Tagen das Haus seiner Eltern auf Leibrentenbasis an einen Immobilienmakler verkauft. Wusstet ihr davon?»

«Nein, woher auch», sagt Adelheid. «Eigentlich hab ich ihn nur bei unserem Essen für die alleinstehenden Männer gesehen.» Neugierig blickt Adelheid Rosa an. «Leibrenten für eine Immobilie? Wie funktioniert das denn? Ich kenn das sonst nur, wenn ein Betrieb vom Vater auf den Sohn übergeht und der Sohn dem Vater was zahlt.»

«Man muss dafür in der Regel mindestens fünfundsechzig Jahre alt sein und Eigentum besitzen, das zweihundertfünfzigtausend Euro und mehr wert ist», erklärt Rosa. «Der Wert wird durch ein Gutachten ermittelt, und dann wird daraus eine lebenslange Rente berechnet. Soll besonders interessant für Leute sein, die keine Erben haben und so lange wie möglich in den eigenen vier Wänden bleiben wollen, dazu aber noch eine monatliche Geldspritze benötigen. Deshalb heißt es auch Rente aus Stein.» Dieser Ausdruck ihrer Kollegin hat Rosa besonders gut gefallen. Der hat so was Archaisches.

«Das passt eigentlich gut zu Lenny», sagt Adelheid. «Soweit ich weiß, hat er keine Erben. Von Kindern hat er jedenfalls nichts erzählt, wenn wir uns bei der Seniorenabfütterung unterhalten haben, und Geschwister hat er keine.»

«In diesem Fall ist das jedenfalls überaus lukrativ für die Immobilienfirma. Kaum hat Lenny unterschrieben, ist er auch schon tot. Da macht der Makler ein richtiges Schnäppchen. Bei zwei anderen Rentnern hier in der Gegend war es übrigens ganz ähnlich.»

Adelheid horcht auf. «Ach ja. Da stand doch letztens was in der Zeitung. Ich hab noch gedacht, wie gut, dass Muddern und Vaddern so 'n Kram nicht in den Sinn kommt», sagt Adelheid. «Zum Glück haben sie auch so ihr Auskommen. Und Muddern hat mit dem neuen Pensionsbetrieb ja noch eine zusätzliche Einnahmequelle aufgetan. Ist ganz schön plietsch, unsere alte Dame.» Plötzlich verengen sich ihre Augen. «Meinst du, dass Lenny deshalb sterben musste? Sind die beiden anderen denn auch umgebracht worden?»

«Keine Ahnung, in der Zeitung stand nichts davon, und Rudi konnte mir auch nichts sagen. Aber man weiß ja nie. Deshalb würde ich dem Makler von Lenny gerne auf den Zahn fühlen. Er hat eine Zweigstelle in Esens.»

«Und wie soll das gehen?», fragt Sigrid. «Du kannst ja schlecht hingehen und sagen: ‹Ich wüsste gern, ob Sie Ihre Klienten aus dem Weg räumen lassen.› Selbst wenn das der Fall wäre, würde er es kaum zugeben.»

«Ist mir schon klar. Ich dachte eher an das Prinzip Lockvogel.» Rosa grinst breit.

Adelheid und Sigrid werfen sich verwunderte Blicke zu, dann starren sie Rosa an.

«Einen Lockvogel?», fragt Adelheid schließlich.

«Klar doch. Wir brauchen jemanden, der diesem Makler sein Haus für so einen Vertrag zum Leibrentenkauf anbietet. Jemanden, der bereits das Rentenalter erreicht hat. Jemanden, der den nötigen Pfeffer im Hintern hat, um das Spiel mitzuspielen.»

«Denkst du dabei an Hoyko?», fragt Sigrid.

Rosa schüttelt den Kopf. «Auch 'ne gute Idee. Aber der ist ja nicht kinderlos. Mit Rudi und den beiden Töchtern in Kanada hat er sogar drei Erben. Und Sven obendrein als Enkel. Nein, ich dachte an Tante Hildegard.»

Adelheid prustet los. «Tante Hildegard als Lockvogel. Das ist genial! Da bin ich aber gespannt, was die dazu sagt.»

Zufrieden zockelt Rudi in der Dienst-Ape von Wittmund nach Neuharlingersiel. Der Wind hat nachgelassen, aber dunkelgrau verhangen ist der Himmel immer noch. Mann, wie er die Sonne vermisst. Gefühlt ist es seit einem Vierteljahr dunkel. Er hat schon überlegt, ob er ins Sonnenstudio gehen soll, seine Haut ist am Hals und den Armen schon ganz hell. Die Sommerbräune des letzten Jahres ist dahin. Und die Falten, die sich dazugesellt haben, heben seine Stimmung auch nicht, wenn er sich morgens im Spiegel anguckt. Der Lack ist einfach ab, denkt er immer öfter, aber er ist ja auch schon über vierzig. Irgendwo hat er mal gelesen, dass der menschliche Körper ab fünfundzwanzig zu altern beginnt. Nun denn, dann altert er eben schon eine ganze Weile.

Die Landstraße nach Neuharlingersiel zieht sich, es fängt wieder an zu nieseln, und Rudi stellt den Scheibenwischer an. Zum Glück hat der Chef Schnepel zur Bank geschickt, um dort Lenny Kramers Konten zu überprüfen, so kann Rudi allein die alten Bekannten von Lenny befragen. Als Erstes fällt ihm Adelheid ein. Er erinnert sich plötzlich daran, wie sie in Flatterkleid und Schaffelljacke rumgelaufen ist, mit langen wehenden Haaren. Da muss sie fünfzehn oder sechzehn gewesen sein. Er sieht das Bild noch genau vor sich. Es kam praktisch über Nacht, dass sie sich weigerte, die Haare zu Zöpfen zu flechten. Statt mit ihnen zur Eisdiele am Hafen zu gehen, radelte sie sonntagnachmittags lieber mit einer Freundin zum Deichgrafen. Zu der Zeit hat sie auch die Gitarre zum Geburtstag bekommen und den ganzen Sommer über im Garten unter dem alten Birnbaum gesessen, darauf rumgeklimpert und Lieder gesungen, die irgendwie melancholisch klangen.

Als er die Cliener Straat entlangfährt, sieht er Rosa gerade noch um die Ecke biegen. Die ist garantiert bei Adelheid im Lädchen gewesen. Rosa hat ein Gespür für Kriminalfälle, auch wenn sie sich da lieber raushalten sollte. Sie ist dabei ja schon öfter in brenzlige Situationen geraten. Er parkt die Ape vor dem Kurzentrum und betritt wenig später den Andenkenladen.

«Moin!», ruft er. Von seiner Ziehschwester ist weit und breit nichts zu sehen. Dafür antwortet Sigrid aus der hinteren Ecke.

«Moin, Rudi. Adelheid ist grad zum Klo. Möchtest du einen Tee? Müsste noch einer in der Kanne sein.»

«Nee, lass man.» Rudi blickt sich anerkennend um. «Das habt ihr ja toll dekoriert. Die Leuchttürme sind bestimmt wieder der Renner der Saison.»

«Ja, und guck mal die süßen Plüsch-Seehunde. Adelheid hat sie in vier verschiedenen Größen eingekauft. Sie nimmt nun auch Marzipan-Seehunde ins Sortiment auf. Und Bücher, die hier in Ostfriesland spielen. Sie hat gelesen, dass die Gäste aus Nordrhein-Westfalen ganz wild darauf sind.»

«Wer ist wo wild drauf?» Adelheid kommt durch den dicken Vorhang, der den kleinen Privatbereich vom Geschäft abtrennt. «Moin, Rudi. Was treibt dich denn her?»

«Die Arbeit. Genauer gesagt, Lenny Kramer.» Mit Erstaunen sieht er, dass Adelheid rot wird und dann laut lacht. Auch Sigrid bricht in schallendes Gelächter aus.

«Was ist denn mit euch los?», fragt Rudi verwundert. «Der Mann ist tot, warum lacht ihr da so? Findet ihr das nicht etwas pietätlos?»

«Entschuldige. Es ist nur ...» Adelheid räuspert sich, grinst aber immer noch über das ganze Gesicht. «Wir haben eben mit Rosa lang und breit über ihn gesprochen. Dabei kamen jede Menge alte Erinnerungen hoch.»

Rudi bemerkt, dass sie sich auf die Unterlippe beißt, um nicht wieder vor Lachen loszubrüllen, und auch Sigrid kann kaum an sich halten. «Könnt ihr euch vielleicht mal wieder zusammenreißen? Ich habe einen Mord aufzuklären. Und wenn ich das getan habe, lache ich gerne mit euch, worüber auch immer.» Was ist bloß mit den Frauen los? Rudi versteht sie in letzter Zeit immer weniger.

«Natürlich. Entschuldige.» Adelheid wird wieder ernst. «Wie kann ich dir denn helfen?» Sie deutet zur Sitzecke.

Kaum haben sie Platz genommen, holt Rudi sein Oktavheft und den Bleistift aus seiner Uniformtasche. «Du sagst, ihr habt über alte Zeiten gesprochen. Erzähl doch mal. Wer gehörte zur Clique von Kramer, und was machen die Leute jetzt?»

«Hm.» Adelheid spitzt nachdenklich den Mund. «Lenny hat mit ein paar anderen in der Kommune 1 im Deichgrafen gewohnt. Dazu gehörte unter anderem Uschi. Und Jutta. Und Rainer. An alle kann ich mich nicht mehr erinnern. Ach ja, Gerhard Janßen auch. Der hat jetzt die Deichschäferei. Rainer hat der Deichgraf gehört. Also eigentlich seinen Großeltern, aber die sind damals schon tot gewesen. Woran sie gestorben sind, weiß ich nicht. Rainer hatte die Idee, die Gaststätte zu übernehmen und daraus eine Musikkneipe zu machen. Am Wochenende war immer was los. Ständig spielten befreundete Bands, aber oft haben sie selbst für Musik gesorgt. Lenny hat Gitarre gespielt und gesungen. Rainer saß am Schlagzeug, Gerhard spielte Bass, Uschi hat auch gesungen. Jutta hat hinter der Theke gestanden. Und gerne mitgetrunken, wenn einer ihr was ausgegeben hat. Sie und Rainer sind damals zusammen gewesen und auch gemeinsam fortgegangen, als sich die Kommune auflöste.»

«Weißt du, wohin sie gegangen sind?», hakt Rudi ein.

«Nicht wirklich. Sie haben einen alten Bus umgebaut und wollten nach Indien. Na ja, und Uschi war schwanger und hat mit Gerhard die Deichschäferei übernommen. Haben sie sich wohl auch total romantisch vorgestellt, aber zumindest bei Uschi ist die Romantik schnell verflogen. Ich glaub, Janko war zwei oder drei, als sie abgehauen ist. Sie soll jetzt als Designerin von Strandgutschmuck auf Juist leben. Ja, und Lenny, der ist rüber nach Holland. Und von da aus ist er kreuz und quer über den Globus gezogen, hat er mal erzählt, als wir beim Seniorenessen auf die alten Zeiten zu sprechen kamen.»

Rudis Bleistift flitzt über das Papier, so schnell schreibt er mit. Ist zwar vieles ganz schön kritzelig, aber er wird seine eigene Schrift schon entziffern können. «Kannst du mir zumindest die Nachnamen von Rainer und Jutta geben?»

«Die kenne ich nicht, so was war damals nicht wichtig. Ich hatte auch nicht viel mit denen zu tun, die waren ja alle fast zehn Jahre älter als ich. Nur Lenny kannte ich etwas näher.»

Bei diesen Worten prustet Sigrid wieder los, tut aber so, als hätte sie sich verschluckt. Rudi registriert Adelheids warnenden Blick. Was die beiden wohl zu verbergen haben? Er blickt Adelheid mit strenger Miene an. «Wenn du etwas weißt, was uns in dem Fall weiterbringt, musst du das sagen.»

Adelheid nickt, den Blick auf den Boden gerichtet, und Sigrid hustet weiter. «Ich weiß aber nichts. Ehrlich. Hand aufs Herz und nicht gelogen.» Das war ihr Schwur in der Kinderzeit. «Vielleicht erfährst du von Gerhard mehr. Der hat ja damals mit den anderen zusammengewohnt.»

Dick eingepackt in seine wetterfeste Postjacke, die Kapuze bis über die Stirn gezogen, strampelt Henner gegen den Wind die Straße zur Deichschäferei entlang. Demnächst sollen er und seine Kollegen neue Posträder bekommen. Mit E-Motor und drei Rädern, weil er in Zukunft auch kleinere Päckchen ausfahren muss. Werden immer weniger Briefe und immer mehr Päckchen. Die Postkarten sind als Erstes auf der Strecke geblieben. Da kam früher einiges zusammen, aber jetzt schicken sich alle nur noch Fotos und Kommentare mit dem Handy. Und in die Läden gehen die Leute auch immer seltener. Ist ja viel bequemer, alles mit einem Klick zu bestellen und es sich dann liefern zu lassen. Kinners, Kinners. Henner seufzt und legt seine ganze Kraft ins Treten, um die leichte Erhebung zu Janßens Hof mit Schwung zu nehmen.

Zwei Border Collies begrüßen ihn bellend. Er mag diese Hunde mit den umgeklappten Ohren, die immer so frech gucken.

Janko Janßen steht in dunkelgrüner Arbeitskleidung mit einer Schubkarre vor dem Stallgebäude. Der große blonde Mann trägt eine Pudelmütze auf dem Kopf und erinnert Henner ein bisschen an den Schauspieler Henning Baum in «Der letzte Bulle». Ein klein wenig beneidet er Janko, wie er mit einem eifersüchtigen Stich zugeben muss. Denn eigentlich sollte er auch den Hof seiner Eltern samt Milchwirtschaft übernehmen. Doch seine Tierhaarallergie hat ihm einen gewaltigen Strich durch die Rechnung gemacht.

«Moin, Janko», grüßt Henner und stellt Berta ab. «Hab Post für dich. Von der Landwirtschaftskammer.»

«Echt? Das ging aber schnell. Der Wolfsriss war ja erst vorgestern.»

«Hab schon gehört, was passiert ist. Tut mir leid.»

«Tja. Ist ein großer Mist, dass der Wolf sich hier ausbreitet. Der gehört gar nicht ins Grünland.» Janko öffnet den Brief mit einem Ratsch und überfliegt die Zeilen. «Ha! Von wegen schnelle Entschädigung! Die können mich mal. Ich brauche keine höheren Zäune; was ich brauche, sind ein paar Leute zur Unterstützung bei der Nachtwache und ein Gewehr. Und dann geht's den Viechern an den Kragen.»

So verärgert hat Henner Janko noch nie gesehen. «Aber woher willst du denn wissen, ob das ein Problemwolf ist, wenn du ihn siehst?», fragt Henner und greift nach dem Lenker seiner Berta, deren Tage wohl bald gezählt sind.

«Für uns ist jeder Wolf ein Problem. Und Probleme sind dazu da, aus der Welt geschafft zu werden.»

Auch jetzt ist die Ape wieder ein Hingucker, als Rudi von Adelheids Lädchen aus zur Deichschäferei tuckert. Eine Familie mit zwei kleinen Kindern bleibt stehen und winkt ihm zu, Rudi winkt zurück. Er freut sich, dass die Leute bei seinem Anblick gute Laune kriegen.

Auf dem schmalen Wirtschaftsweg kommt Henner ihm entgegengeradelt. Rudi bremst. «Moin. All up stee?»

«Jo. Bei mir schon. Aber bei Janßens herrscht dicke Luft. Wegen dem Wolfsriss. Ich hab Janko grad einen Brief von der Landwirtschaftskammer gebracht, da steht drin, er soll höhere Zäune aufstellen. Wie das HB-Männchen ist der in die Luft gegangen.»

«Oje. Aber man kann's ja verstehen.»

«Jo. Sehen wir uns heute Abend noch auf ein Bier?»

«Nee, Susanne kommt vorbei. Sie sagt, sie muss was mit mir besprechen.» Rudi verzieht den Mund. «Hab ich aber nicht wirklich Lust drauf. Irgendwie hat die sich verändert in der letzten Zeit.»

«Tja. Ich muss dann weiter. Tschüs.» Henner hebt die Hand zum Gruß an seine Kapuze.

«Tschüs.» Rudi kurbelt die Seitenscheibe wieder hoch und fährt die letzten Meter. Gerhard Janßen kommt aus dem Stall, und der typische Geruch eines Viehbetriebes schlägt ihm entgegen, als er aussteigt.

«Polizei? Nanu. Was kann ich denn für Sie tun?»

«Herr Janßen?» Rudi zückt sicherheitshalber noch seine Dienstmarke. «Bakker mein Name. Ich komme wegen Herrn Lennard Kramer.»

Sofort verschließt sich die Miene des Schäfers. «Wieso kommen Sie deswegen zu mir?»

«Herr Kramer ist tot, und Sie haben vor Jahren mit ihm in der Kommune im Deichgrafen gelebt. Ich würde gern mehr über Herrn Kramer erfahren.» Rudi holt sein Oktavheft hervor. Im Stall hinter Gerhard Janßen blöken die Schafe. Rudi sieht Janko, der gerade ein frisch geborenes Lamm an den Hinterläufen aus einer Box trägt, das Mutterschaf trottet hinterher. «Oje», entfährt es Rudi. «Eine Totgeburt?»

Gerhard Janßen dreht den Kopf und lächelt. «Nein. Mutter und Kind kommen erst einmal in eine Einzelbox zum Kennenlernen. Janko hält das Lamm, damit die Mutter hinterherläuft. Ein paar Tage bleiben sie zusammen, dann finden sie auch im Gewühl einer Box oder später draußen am Deich zueinander.»

«Ach so. Also zurück zu Herrn Kramer. Er ist vor Kurzem ja zurück nach Neuharlingersiel gekommen. Standen Sie in Kontakt?»

«Nein, ich hatte seit Jahrzehnten nichts von ihm gehört. Als der Deichgraf damals aufgegeben wurde, haben meine Frau und ich die Schäferei hier übernommen. Wir haben uns für ein sesshaftes Leben entschieden, die anderen wollten weiter frei und ungebunden bleiben. Ihren Radius erweitern. Das passte nicht mehr zusammen.»

«Also wollte Herr Kramer sich nach seiner Rückkehr nicht mit Ihnen treffen? Um über die guten alten Zeiten zu klönen?»

Janßen fasst sich mit seinen großen, kräftigen Händen unter die Strickmütze und kratzt sich am Kopf. «Na ja, doch. Ein Mal hat er mich angerufen. Aber ich hatte keine Lust auf ein Treffen. Hab genug mit den Tieren zu tun. Brauche keinen Altmännertratsch. Vergangenes soll man vergangen sein lassen. Bringt nichts, eingeschlafene Beziehungen wieder aufzuwärmen. Man entwickelt sich ja weiter.»

Der Wind brist wieder auf, ein kleiner Sonnenstrahl stiehlt sich durch die Wolkendecke.

«Dann können Sie mir nicht sagen, ob Herr Kramer mit jemandem Streit hatte?»

«Nee.»

«Wissen Sie, was aus den anderen Mitgliedern der Kommune geworden ist? Außer Ihrer Frau natürlich. Ich hab gehört, sie lebt auf Juist?»

«Stimmt.»

«Kann es sein, dass Herr Kramer sich mit ihr in Verbindung gesetzt hat?»

Janßen zuckt mit den Schultern. «Keine Ahnung.»

«Können Sie mir die Kontaktdaten Ihrer Frau geben?»

«Kein Problem.»

«Und was ist mit den anderen? Diesem Rainer und der Frau? Dieser Jutta?»

«Zu denen hab ich auch keinen Kontakt. Hab aber gehört, dass Rainer den Deichgrafen nach all den Jahren nun doch verkaufen will. War zwischenzeitlich ein Pächterehepaar drin, aber die wollen aus Altersgründen aufgeben, und er müsste wohl zu viel Geld investieren, um einen neuen Pächter zu finden. Darum will er verkaufen. Ich hab ihn kürzlich mal zufällig in Wittmund getroffen. Da hat er auch von Jutta erzählt. Die kommt demnächst in ein Heim für Demenzkranke. Hat ihren Verstand versoffen. Oder weggekifft. Wer weiß das schon.»

Ganz aufgewühlt von dem Gespräch mit Adelheid und Sigrid betritt Rosa ihre Wohnung. Pepe kommt ihr im Flur entgegengeflogen und dreht eine Runde durch die Küche. Mist, da hat sie heute Morgen wohl vergessen, die Käfigtür richtig zu verschließen. Ihr Beo ist aber auch einfach zu pfiffig. «Halt die Klappe!», ruft er. Keine nette Begrüßung, aber mehr als diesen einen Satz beherrscht der Vogel nicht.

«Komm her, mein Süßer», gurrt Rosa, stellt ihre Aktentasche ab und geht in die Küche, um einen Apfel klein zu schneiden. Sofort setzt er zum Sturzflug auf ihre Schulter an. Sie hält ihm den Finger hin, er klettert vorsichtig darauf und wartet ungeduldig auf seine Belohnung. Mit der nächsten Apfelspalte hat Rosa ihn in den Käfig gelockt, wo Pepe zufrieden auf eine Stange springt und die Kopffedern daran reibt.

Zurück in der Küche, öffnet Rosa den Kühlschrank. Gähnende Leere. Am besten, sie macht vor dem Besuch bei Tante Hildegard einen kleinen Abstecher zum Bäcker und holt sich ein belegtes Brötchen. Andererseits ist Henners Tante für ihre Kuchen und Torten bekannt und backt fast jeden Tag, damit sie gerüstet ist, falls Besuch kommt. Wär ja blöd, wenn sie da pappsatt hingeht. Schon schlüpft Rosa wieder in ihre Daunenjacke und stiefelt los. Die grauen Wolken sind über dem Meer an einigen Stellen aufgerissen, wie kleine Puzzlestücke lugt es hier und da blau hervor, und die Farbtupfer lassen erahnen, welche Farbe der Himmel eigentlich hat.

Als Rosa in Tante Hildegards Straße einbiegt, sieht sie, dass bei ihr ein Fenster weit geöffnet ist. Das wundert Rosa. Ist doch noch viel zu kalt, um es sich mit einem Kissen auf der Fensterbank gemütlich zu machen und auf ein Nachbarschaftsschwätzchen zu warten. Bei diesem Schietwetter ist kaum jemand zu Fuß unterwegs.

«Moin, Tante Hildegard», ruft Rosa durchs Fenster. Drinnen hört sie es klappern. Von Henners Tante ist jedoch nichts zu sehen, also klopft sie kurz an die Haustür und marschiert dann rein. Bei Tante Hildegard ist nie abgeschlossen.

«Moin, min Deern. Komm man rin in die gute Stube und mach schnell die Tür zu. Ist sonst Durchzug.» Hildegard lächelt Rosa an. «Schön, dass du mich besuchen kommst.»

Rosa schnüffelt. Riecht irgendwie etwas seltsam. Tante Hildegard scheint ihre gekräuselte Nase bemerkt zu haben.

«Hast mich ertappt. Ich muss mal eben lüften. Mir ist der Marmorkuchen ein bisschen angebrannt. Hab die Bettdecke zum Lüften rausgehängt und nicht gemerkt, dass es angefangen hat zu nieseln. Da musste ich dann aber flitzen, um die reinzuholen und an die Heizung zu hängen, deswegen hab ich vergessen, den Backofen auszustellen. Aber so schlimm ist es auch nicht. Magste ein Stück?»

Rosa hilft Tante Hildegard beim Tischdecken und nimmt auf der Eckbank Platz, dem Dreh- und Angelpunkt der gemütlichen Wohnküche, in der der Häkelbüdel-Club schon so manche Idee ausgeheckt hat. Tante Hildegard stellt den Marmorkuchen auf den Tisch, der oben ein bisschen dunkler ist als sonst. Rosa spießt ein Stückchen mit der Kuchengabel auf und schiebt es sich in den Mund. «Schmeckt super. So schön fluffig.»

«Hab auch Gänseeier dafür genommen. Da wird der Kuchen immer besonders gut.» Tante Hildegard schenkt Rosa Tee ein. «Was hast du denn auf dem Herzen?»

«Sieht man mir das an der Nasenspitze an?»

«Ich schon.» Tante Hildegard streicht sich über die grauen Haare. «Ist wieder ein Mord passiert, hab ich gehört. Da bist du doch bestimmt schon am Ermitteln, wie ich dich kenne.» Die rüstige Dame wirft Rosa ein spitzbübisches Lächeln zu. «Oder sollte ich mich da täuschen?»

«Nein, du liegst genau richtig. Mir kommt in der Sache etwas sehr seltsam vor. Und um rauszukriegen, ob ich mit meiner Vermutung richtigliege, brauche ich deine Hilfe.»

Tante Hildegard klatscht erfreut in die Hände. «Um was geht es?»

«Du sollst dein Haus verkaufen.»

Tante Hildegard entgleiten die Gesichtszüge. «Das ist aber ein bisschen viel verlangt, ich ...»

Rosa grient breit. «Natürlich nur zum Schein. Ich will diesem Makler auf den Zahn fühlen. Immerhin sind in letzter Zeit drei Leute gestorben, kurz nachdem sie bei dem Maklerbüro Van Graaf & Riesing einen Vertrag abgeschlossen haben. Ich will ihm eine Falle stellen ...»

«Und ich soll der Lockvogel sein», ruft Tante Hildegard begeistert.

«Genau. Das stell ich mir so vor ...»

In aller Ausführlichkeit erläutert Rosa Tante Hildegard ihren Plan. Die nickt immerzu, während sie sich das zweite Stück Marmorkuchen einverleibt. «Wenn du also einverstanden bist, fahre ich morgen da hin und mache einen Termin für dich ab.»

«Ob ich einverstanden bin?» Tante Hildegards Augen glänzen freudig. «Was für eine Frage! Endlich ist mal wieder was los in Neuharlingersiel. Die letzte spannende Aktion vom Häkelbüdel-Club ist ja schon eine Weile her.» Sie feixt. «Unterschreiben werd ich natürlich nichts, selbst wenn der mir verspricht, im Himmel sei Jahrmarkt.»

«Genau, im letzten Moment kannst du immer noch sagen, dass du es dir anders überlegt hast. Und außerdem bin ich natürlich mit dabei, wenn der kommt, damit du nicht übers Ohr gehauen wirst. Ich gebe mich als gute Bekannte aus. Sobald ich einen Termin vereinbart habe, rufe ich dich an.»

«Wie aufregend!», ruft Tante Hildegard und klatscht in die Hände.

In Wittmund erwartet Haueisen Rudi gut gelaunt.

«Na, Bakker, ich hoffe, Sie haben uns auch ein paar Ergebnisse aus Ihren Befragungen mitgebracht. Wir hier können mit dem Obduktionsergebnis und der Telefonliste des Handys aufwarten! Nehmen Sie schon mal Platz, ich rufe Schnepel dazu.» Der Chef greift zum Telefonhörer, und wenig später kommt der Kollege herein, in der Hand den Ausdruck mit den Verbindungsdaten.

«Zuallererst: Bei der Obduktion wurde THC in Kramers Blut nachgewiesen. Tetrahydrocannabinol, um es genau zu sagen. Das ist eine psychoaktive Substanz, die in Cannabis vorkommt.»

«Hab ich doch gesagt, dass das ein Drogendealer ist», trumpft Schnepel auf.

«Warten Sie ab, Schnepel. Das war nur ein Hinweis nebenbei. Kramer ist tatsächlich an der Schussverletzung gestorben. Genau genommen ist er verblutet. Und er wurde post mortem transportiert, aber das haben wir uns ja schon gedacht. Der Tod trat vermutlich zwischen Dienstagabend und Mittwochmorgen ein. Er hätte übrigens auch so kein langes Leben mehr vor sich gehabt. Emterbäumler hat eine stark fortgeschrittene Leberzirrhose festgestellt. Kommen wir zu den Finanzen. Schnepels Besuch bei Kramers Bank hat keine neuen Erkenntnisse gebracht. Wir treten also auf der Stelle. Deshalb hat für mich die Suche nach dem Tatort jetzt Vorrang. Wir brauchen Unterstützung aus der Bevölkerung. Bakker, Sie sollten diesem Reporter von der Mitmach-Zeitung Bescheid geben. Die örtliche Zeitung habe ich schon informiert.»

«Mach ich.» Rudi sieht Schnepel an. «Was hat denn die Auswertung des Telefons ergeben?»

«Ich bin ehrlich gesagt verwundert, wie rege der Herr telefoniert hat. Hier ...» Schnepel reicht Haueisen und Rudi je eine Liste. «Seinen letzten Anruf hat er am Dienstag getätigt. Dein Vater hat ihn übrigens am Samstagvormittag angerufen», sagt er zu Rudi. «Aber da war er ja schon tot.»

Schnell überfliegt Rudi das Blatt Papier. Die meisten Namen sagen ihm nichts. Nur bei zweien wird er stutzig. Gerhard Janßen und Rainer Eilerts. Hat der Janßen nicht vorhin gesagt, Kramer hätte sich nur ein Mal bei ihm gemeldet? Warum hat der gelogen? Und dieser Rainer? Könnte das der andere aus dem Deichgrafen sein, von dem Adelheid gesprochen hat? Bevor er seine Gedanken äußern kann, klingelt Haueisens Telefon.

«Kollege Kröver, ich höre.»

Regungslos lauscht Haueisen, stellt kaum eine Nachfrage. Das Gespräch zieht sich in die Länge, und Rudi starrt aus dem Fenster, wo sich die Äste der Bäume im Wind wiegen. Nach einer gefühlten Ewigkeit legt Haueisen schließlich auf und schaut Rudi und Schnepel mit leuchtenden Augen an.

«Nun legen Sie mal diese Liste beiseite. Das sind alles Nebenschauplätze. Viel wichtiger ist: Unser Team Kröver hat es geschafft, den Laptop zu knacken, *ohne* die Hilfe der Kollegen aus Hannover. Das Passwort bestand aus den ersten Musiknoten eines Cat-Stevens-Songs in Buchstabenform, Zahlen für keine Ahnung was und zum Schluss die Zeichenfolge für einen Smiley. Und nun raten Sie mal, was wir auf diesem Laptop gefunden haben!»

Ratlos blickt Rudi Schnepel an. Der hat auch keinen Schimmer.

Haueisen guckt wie jemand, der eine Wette abgeschlossen hat und weiß, dass der andere nicht gewinnen kann. «Stille Wasser sind tief! Kollege Schnepel hat das ja schon vermutet, auch wenn er etwas ganz anderes damit gemeint hat.» Nach einer kurzen Pause redet er mit leichtem Triumph in der Stimme weiter: «Der zurückgekehrte Lennard Kramer ist der Gründer der inzwischen recht aggressiven Gruppe ‹Für den Wolf in Ostfriesland›. Kröver hat Beiträge seiner Facebook-Gruppe erwähnt, da schlackern selbst mir die Ohren.» Haueisen atmet tief ein und aus. «Wir haben es mit einem brandheißen Eisen zu tun, meine Herren. Wir müssen herausfinden, ob in dieser Gruppe das Motiv für Kramers Tod liegt. Durchforsten Sie die Seite, ich gehe derweil runter zu Kröver und hole Kramers PC. Vielleicht finde ich ja da irgendwelche interessanten Dokumente.»

Schnepel springt auf. «Dann hole ich meinen PC.»

«Nein, bitte nicht. Machen Sie das in Ihrem Büro. Ich kann mich sonst nicht konzentrieren. Wir treffen uns», Haueisen wirft einen Blick auf seine Uhr, «um sechzehn Uhr. Also los, an die Arbeit, meine Herren.»

Schnepels Büro liegt am anderen Ende des Gangs. Rudi ist kurioserweise noch nie hier gewesen. Der Schreibtisch steht vor dem Fenster, aber man schaut direkt auf die gegenüberliegende Hauswand. Kahl und grau ist die Aussicht, nichts, woran das Auge sich erfreuen kann. Auch der Raum selber wirkt steril, Rudi entdeckt nichts Persönliches. Kein Bild, keine Topfblume, kein Andenken an eine Reise. Passt aber irgendwie zu Schnepel, dem ewigen Motzer, für den Freude ein Fremdwort zu sein scheint – mal abgesehen von Schadenfreude. Wie seine Ex-Frau in spe das all die Jahre mit ihm ausgehalten hat, ist Rudi ein Rätsel. Susanne ist so gefühlsbetont. Manchmal wird Rudi das schon fast zu viel, aber vermutlich hat sie einfach Nachholbedarf nach all den Jahren mit diesem Eisklotz.

«Bei Facebook findet man einige Gruppen unter dem Stichwort ‹Wolf›», sagt Schnepel, der schon am Schreibtisch sitzt und auf der Tastatur seines Computers herumtippt. «Da geht es aber nicht immer nur um das Tier, es gibt sogar einen Autor mit diesem Namen, der schreibt Bestsellerkrimis, die in Ostfriesland spielen.»

«Klaus-Peter Wolf. Den kennt ja jeder», sagt Rudi, nimmt sich einen Stuhl aus der Zimmerecke und setzt sich neben Schnepel. «Klick mal hier.» Er zeigt auf ein rundes Gruppenbild, das die schwarz-weiße Silhouette eines sitzenden Wolfs zeigt. Darunter steht: *Für den Wolf in Ostfriesland.*

«2387 Follower und 2498 Leuten gefällt es. Was steht denn unter Info?»

Schnepel wirft Rudi einen überraschten Blick zu. «Du kennst dich ja gut mit Facebook aus. Hätte ich gar nicht von dir gedacht.»

«Wer nicht mit der Zeit geht, geht mit der Zeit. Also, was steht da?»

«Administrator ist tatsächlich unser Lenny Kramer. Der schreibt:

Lange galt der Wolf als ausgerottet. Menschen haben ihn zu Tode gejagt und verfolgt. Ihm alles Böse zugeschrieben. In den Märchen wird er verfolgt und gebrandmarkt. Doch er hat es geschafft. Er ist wieder da. Sogar in Ostfriesland. An uns ist es nun, ihn zu schützen. Wir müssen uns dem rücksichtslosen Homo sapiens entgegenstellen, der den Wolf schon wieder vernichten will. Freunde, es gibt nicht den «Problem-Wolf», der Mensch ist das Problem!

Hilf mit, den Wolf zu schützen! Tritt dieser Gruppe bei!
Teile den Link! Gemeinsam sind wir stark!

Langsam scrollt Schnepel durch die Beiträge. Fotos von Wölfen. Videoaufnahmen von Hobbyfilmern. «Sind eigentlich schöne Tiere. Stolzer Gang. Typ Einzelgänger.»

«Einzelgänger sind die nur in manchen Lebensphasen, in anderen sind sie eher Rudeltiere», verbessert Rudi ihn. Gestern hat Rosa nach dem Essen bei Henner auf ihrem Handy rumgeklickt und ihnen alles Mögliche zu Wölfen erzählt.

«Glaub ich nicht.»

«Stimmt aber. Ist bei Wölfen wie in der menschlichen Familie: Das Wolfspaar bleibt lebenslang zusammen und besetzt gemeinsam ein Revier. Außer ihrem eigenen Nachwuchs ist dort kein Platz für andere Wölfe. Sind die Welpen ein Jahr alt und geschlechtsreif, machen sie sich auf die Suche nach einem eigenen Partner und einem eigenen Revier. Ist auch fast so wie bei den Menschen. Da nabeln sich die Kinder nach der Pubertät ja auch nach und nach ab und suchen sich ihr eigenes Umfeld.»

So wie Sven das auch gerade macht, denkt Rudi wehmütig. Sein Sohn wohnt mittlerweile während der Woche in Emden und arbeitet dort an dem Umweltprojekt zur Entfernung von Plastikmüll aus der Ems mit. Aber von Kindern hat Schnepel keine Ahnung. Der hat ja keine.

«Nun vermenschliche die Wölfe mal nicht. Das sind immer noch Raubtiere. Guck dir bloß die Zähne an.»

«Die sind bei Hunden auch nicht anders», kontert Rudi. «Und irgendwie muss der Wolf Rehe, Rotwild und Wildschweine im Wald ja erlegen, von denen ernährt er sich nämlich hauptsächlich.»

Schnepel reagiert nicht darauf, sondern scrollt weiter

runter bis zu dem Bild eines Wolfs, der auf einem Deich steht. Darüber ist der Link zu einem Zeitungsartikel vom letzten Herbst eingesetzt: «Schäfer ruft zur Selbstjustiz auf». Schnepel öffnet den Artikel. Es geht darin um einen Schafzüchter aus dem Raum Aurich, aus dessen Herde nach Wolfsrissen dreißig Tiere verendet sind und der das nicht länger hinnehmen will. «Noch interessanter als der Artikel sind die Kommentare.» Schnepel zeigt auf den Bildschirm. «Fred Wolfskin meint: ‹Ein einzelner Fußabdruck ist kein Beweis, dass ein Wolf die Tiere getötet hat. Gibt es tatsächlich Tritt-in-Tritt-Siegel?›» Schnepel sieht Rudi an. «Was ist das?»

«Keine Ahnung. Ich bin ja kein Jäger. Geh mal wieder zurück, irgendwo stand was von einer Demonstration in Aurich.»

Schnepel klickt auf ein Foto. Zwei Gruppen von Menschen stehen einander gegenüber. Dazwischen uniformierte Polizisten mit runtergeklappten Visieren. Das sieht alles andere als friedlich aus. Gepostet wurde das Foto Ende November.

«Weißt du, was da los gewesen ist?», fragt Schnepel.

«Ich glaub, der Anlass waren diese dreißig toten Schafe von dem Beitrag davor. Der Schäfer aus Aurich wollte eine Genehmigung für den Abschuss des Wolfes. Schäfer und andere Viehzüchter aus Ostfriesland haben gemeinsam dafür demonstriert. Aber die eigentlich friedliche Demonstration eskalierte, als eine Gruppe von vermummten Wolfsfreunden aufmarschiert ist. Da ging es dann schnell zur Sache. Steine flogen, auch ein paar Latten. Jedenfalls mussten die Kollegen eingreifen.»

Schnepel wirft Rudi einen misstrauischen Blick zu.

«Nun guck nicht so. Borge Bonken hat mir das beim letzten Lehrgang in Aurich erzählt. Ich ruf den gleich mal an.»

Haueisen erwartet sie schon am Besprechungstisch.

«Meine Herren», sagt er und wirkt energiegeladener als sonst um diese Uhrzeit. «Ich hoffe, Sie waren nur annähernd so erfolgreich wie ich.» Stolz zeigt er auf das Blatt Papier, das vor ihm liegt. Es scheint ein Brief zu sein. «Gewusst, wo, sage ich nur.»

Rudi wartet darauf, dass der Chef auflöst, um was es sich handelt, doch er hat sich getäuscht. «Legen Sie erst einmal los. Das Beste kommt dann zum Schluss», sagt Haueisen stattdessen. Als Motivationstrainer sollte sich der Chef besser nicht bewerben, findet Rudi.

«Wir haben ...», beginnt er, doch Schnepel reißt das Wort an sich.

«Chef, auch wir haben gute Nachrichten. Lennard Kramers Facebook-Gruppe der Wolfsfreunde haben wir schnell gefunden und eingehend untersucht. Dabei sind wir auf einen Zusammenstoß der Gruppe mit Viehzüchtern aufmerksam geworden.» Schnepel schnalzt mit der Zunge. «Die Kollegen in Aurich mussten im November einschreiten, als es dort zu Gewalttätigkeiten gekommen ist. Nach einem Telefonat mit den Aurichern haben wir nun die Namen von etlichen der Demonstranten. Lennard Kramer war dabei. Die Namen von mehreren Viehzüchtern haben wir auch. Zwei mussten vom Notarzt behandelt werden. Einer war der Wolfsberater und der andere ...» Schnepel dreht sich zu Rudi. «Wie hieß der mit der Wunde am Kopf? Du solltest doch mitschreiben!»

Für einen Moment verschlägt es Rudi bei so viel Unverfrorenheit die Sprache.

«Nun, Bakker?», fragt Haueisen.

Bloß nicht aufregen, ermahnt Rudi sich. «Es handelt sich dabei um Janko Janßen von der Deichschäferei in der Nähe von Neuharlingersiel.»

«Durchaus interessant», sagt Haueisen anerkennend. «Aber nicht so spektakulär wie das, was ich herausgefunden habe.» Er zeigt wieder auf das bedruckte Blatt Papier. «Kramer hat zwar vor einer Woche bei diesem Makler aus Esens unterschrieben, nach drei Tagen ist er von dem Vertrag aber wieder zurückgetreten.» Haueisen grinst breit und reibt sich die Hände. «In dem Brief steht als Begründung, dass er plötzlich erfahren hat, dass er doch einen nahen Verwandten hat, dem er das Haus vererben möchte, und deshalb nicht mehr an einem Verkauf interessiert ist. Und das Beste: Ich hab mir aus der Asservatenkammer das Portemonnaie des Toten bringen lassen. Und was glauben Sie, was ich da drin gefunden habe?» Beifall heischend sieht er sie an. «In der Geldbörse war der Beleg für ein Einschreiben. Das Datum passt zu dem des Briefes. Wir sollten bei dem Makler nachfragen, was das zu bedeuten hat. Das können Sie erledigen, Bakker. Der Makler hat sein Büro ja in Esens. Eilt aber nicht.» Haueisen erhebt sich. «Wer ist also der Erbe? Und hat der vielleicht Kramer ermordet, um sich das Haus unter den Nagel zu reißen und was auch immer sonst noch? Schnepel, darum kümmern Sie sich morgen, vielleicht finden Sie ja dazu was auf Kramers Rechner, Sie können besser mit dem Technikkram umgehen als ich.» Haueisen wirft ihm ein zufriedenes Lächeln zu. «Bakker, Sie befragen morgen außerdem den Schäfer, den Wolfsbeauftragten und die anderen Demonstranten. Nehmen Sie alle genau unter die Lupe, wir wollen schließlich niemanden vergessen. So. Und nun machen wir Feierabend.»

Ludwig Twenge sitzt an seinem Lieblingsplatz im Wohnzimmer mit Blick auf den Hafen. Auf dem Tisch vor ihm liegen Tablet und Handy. Den Artikel über den abgetriebenen Kiter hat er noch mit ein paar Fotos ergänzt, die ihm Fans seiner Mitmach-Zeitung zugeschickt haben. Es ist unerlässlich, ein Netzwerk aus Informanten zu haben, er kann schließlich nicht überall zur gleichen Zeit sein. Ludwig verschränkt seine kräftigen Finger ineinander und drückt sie durch, dass es nur so knackt.

Am Wochenende ist hier aber auch was los gewesen. Da ist er mit der Berichterstattung gar nicht hinterhergekommen. Vor allem, weil er von dem ominösen Mord erst spätabends von Sigrid erfahren hat, als die nach dem Treffen mit dem Häkelbüdel-Club leicht angeschickert nach Hause gekommen ist. Das muss man sich mal vorstellen! Da sitzt Rudi Bakker hier bei ihm im Wohnzimmer, guckt sich das Darts-Turnier auf dem neuen Fernseher an – und erzählt kein Sterbenswörtchen davon, was bei Hoyko nebenan passiert ist. Ist der Lenny Kramer tot. Erschossen, wenn man Rosa Moll glauben darf, aber auf die kann man sich in der Regel verlassen. Die unternimmt was. Im Unterschied zur Polizei.

Wie kann es sein, dass Rudi ihm nicht mal die allernötigsten Informationen gegeben hat? Das wäre das Mindeste gewesen. Eine Mitmach-Zeitung lebt doch davon, dass andere Leute mitmachen, um brandaktuell zu sein! Das sagt doch schon der Name! Na warte, Bürschchen. Man trifft sich immer zweimal. Als Rudi ihn vorhin um Mithilfe wegen des noch unbekannten Tatorts gebeten hat, hat er auf Durchzug geschaltet. Die Wittmunder Polizei kann ihn mal kreuzweise. Ludwig hat schließlich auch seinen Stolz.

Er tippt die Namen Lenny Kramer und Lennard Kramer in die Internetsuchmaschine ein. Über eine Million Einträge. Puh, das kann dauern. Ludwig scrollt die ersten runter. Die meisten gelten aber nicht dem gerade Verstorbenen. Es gibt ein paar Hinweise zu ihm und zu Bands, mit denen er gespielt hat. Zu seinem Bedauern ist nicht einmal ein Wikipedia-Eintrag über ihn vorhanden, den Ludwig nutzen könnte. Aber einiges sollte er zu Kramers Nachruf schon zusammentragen. Das hat er sich zur selbst auferlegten Verpflichtung gemacht: Kein Neuharlingersieler soll ohne Nachruf beerdigt werden. Und er ist ja ein alter Hase. Er pfriemelt schon was zusammen, was sich vernünftig anhört. Voller Tatendrang tippt er los:

Lennard Kramer war ein Kind Ostfrieslands. Sturmfest und erdverwachsen hat er von hier aus die Welt erobert, um sich gegen Ende seines Lebens wieder auf seine Ursprünge zu besinnen und in der Heimat erneut seine Zelte aufzuschlagen.

Das hört sich doch schon mal ganz rund an. Gut, in einem Zelt hat er eigentlich nicht gewohnt, aber das ist ja mehr bildlich gesprochen. Vielleicht fällt ihm bis zur Beerdigung mehr ein. Dauert ja immer ein paar Tage. Die Leiche ist noch nicht freigegeben. Ob die Polizei schon einen Verdacht hat? Wahrscheinlich nicht, sonst hätte Rudi ihn gerade am Telefon bestimmt nicht um Mithilfe gebeten. Wie er die Wittmunder kennt, stochern die garantiert im

Nebel. Es liegt wohl wieder an ihm, Licht ins Dunkel zu bringen.

Ludwigs Blick schweift übers Hafenbecken zum Horizont, wo der Regen gerade wie ein schwarzer Vorhang weiter draußen auf dem Meer niederfällt. Vielleicht wissen seine Follower etwas. Genau! Das ist es. Flink flitzen seine Finger über die Tastatur und starten nun doch den Aufruf: *Lennard Kramer aus Neuharlingersiel ist tot.* Ludwig hält inne. Nee, «tot» ersetzt er besser durch «ermordet worden». Genauigkeit ist wichtig. Darauf kam es in dem Fernsehgeschäft, in dem er in Esens bis zu seiner Frühverrentung gearbeitet hat, immer an. Sonst hätte das mit den filigranen Reparaturen nicht geklappt. Also, weiter im Text: *Wer hat Lenny, wie er allgemein genannt wurde, letzte Woche gesehen? Bitte bei mir melden. Auch über andere Hinweise zu Lenny Kramer bin ich dankbar. Euer unermüdlicher Reporter Ludwig.*

Er überlegt noch einen Moment, springt dann aber über seinen eigenen Schatten und ergänzt: *Hat jemand am letzten Mittwoch irgendwo größere Blutflecken gesehen?*

Es hat zwar ständig geregnet, aber fragen kostet nichts. Außerdem sind Blutflecken hartnäckig, wie er aus eigener Erfahrung weiß. Entschlossen drückt er auf Senden, und schon ist der Aufruf bei Facebook und in der Mitmach-Zeitung online. Jetzt muss er nur noch warten.

In der Zwischenzeit kann er sich um den Bericht über den Wolfsriss kümmern. Bei diesem Thema ist Ludwig immer ein bisschen unwohl, prallen doch hier die unterschiedlichen Meinungen geradezu unversöhnlich aufeinander. Die einen würden die Wölfe am liebsten abschießen, die anderen bejubeln ihre Rückkehr als kraftvolles Zeichen der Natur, sich nicht unterkriegen zu lassen. Dazwischen liegt ein sehr schmaler Grat. Es geht nicht darum, dass Ludwig Angst hat, zwischen die Fronten zu geraten, er befürchtet eher, dass Fanatiker aus beiden Lagern irgendwann mal aufeinander losgehen.

Erneut knackt Ludwig mit den Fingern, wie immer, wenn er ein Unbehagen verspürt. Es gab schon etliche Drohungen gegen Wolfsbeauftragte. Nicht ohne Grund sind deren Ämter auf die Bezirksförstereien der Landwirtschaftskammer übertragen worden. Soll er die Anfeindungen zwischen den Naturschützern und den betroffenen Viehzüchtern zum Thema machen?

Ludwig blickt auf sein Tablet. Eine Nachricht blinkt auf.

Ich habe Lenny am Montagabend an der Kibbeling-Bude am Hafen gesehen. Gruß Werner

Schon mal etwas. Montagabend hat Lennard Kramer also noch gelebt.

Auch wenn es ein anstrengender Tag war, auf den Abend mit Susanne freut Rudi sich nun doch. Gut, manchmal ist sie ein bisschen anstrengend, aber im Großen und Ganzen tun ihm ihre Fürsorge und Wärme gut. Er hat extra noch bei Edeka gehalten und den Rotwein gekauft, den sie so mag, dazu Chips, Choco Crossies und zwei Tiefkühlpizzen. Jetzt ist er für den Abend gerüstet.

Die Kerzen brennen, und der Backofen ist vorgeheizt, als es klingelt. Susanne wollte zwar längst schon einen Schlüssel für seine Wohnung haben, dazu ist Rudi allerdings innerlich noch nicht bereit. So auf Abstand ist das prima, alles andere würde ihn einengen. Nein, der Gedanke, dass Susanne ihn zu Hause erwartet, wenn er nach der Arbeit oder einem Bierchen bei Henner heimkommt, behagt ihm nicht. Er ist nun schon viele Jahre Junggeselle, da braucht er wahrscheinlich einfach Zeit, sich an den Gedanken zu gewöhnen, wieder fest liiert zu sein.

Rudi öffnet die Tür. «Moin.»

«Hallo, Rudi.» Susanne drückt ihm einen flüchtigen Kuss auf die Wange, geht an ihm vorbei und hängt ihre Jacke an die Garderobe. «Ist bitterkalt draußen.»

«Jo. Vorhin haben sie in den Wetternachrichten einen orkanartigen Sturm angesagt. Magst du Pizza? Der Ofen ist schon heiß.»

«Danke, ich hab keinen Appetit.» Sie lächelt ein wenig unglücklich. So kennt er sie gar nicht.

«Geh doch schon mal ins Wohnzimmer. Ich schieb nur eben 'ne Pizza für mich rein, ich hab nämlich Hunger. War heute viel los im Dienst.»

Als Rudi mit einer Flasche Bier ins Wohnzimmer kommt, sitzt sie auf dem Sessel, die Schuhe ausgezogen und die Füße unter dem Po. Sie hat den Rotwein bereits eingeschenkt und greift zur Schokolade. Heimelig sieht das aus. Eigentlich richtig schön.

«Viel los bei dir?», fragt sie.

«Jo.» Rudi lässt sich auf die Couch plumpsen. «Der Mord am Nachbarn meines Vaters. Ist ein bisschen dubios. Der Leichnam ist ins Haus gebracht worden, obwohl der Mann ganz woanders verblutet sein muss.»

«Das stell ich mir nicht einfach vor.» Susanne greift zu ihrem Glas und nimmt einen Schluck.

Rudi guckt sie fragend an. «Was ist denn los mit dir? Du wirkst so bedrückt.»

Sie atmet tief ein und stellt das Glas auf den Tisch zurück.

«Rudi, ich will nicht lang um den heißen Brei herumreden. Es ist aus.»

Rudi runzelt die Stirn. «Was ist aus?» Er versteht überhaupt nicht, was sie meint.

«Das mit uns. Es ist vorbei. Ich hatte mir mehr vorgestellt mit dir. Eine echte Partnerschaft. Dass wir zusammenziehen. Eine Einheit sind. Aber das ist anscheinend nicht das, was du möchtest.»

«Entschuldige, aber du bist doch diejenige, die noch verheiratet ist.» Er hat Schnepel gegenüber sowieso schon ein komisches Gefühl, weil er mit dessen Noch-Ehefrau zusammen ist.

«Das ist doch nur auf dem Papier. Und das weißt du ganz genau. Du nimmst das als Vorwand, um nicht wirklich offiziell mit mir zusammen zu sein. Aber ich will das so nicht. Und deswegen habe ich beschlossen, einen Schlussstrich unter mein Leben hier zu ziehen.» Wieder atmet sie tief ein und guckt ihn ernst an. «Ich gehe fort. Ein Kollege, den ich auf einer Fortbildung kennengelernt habe, hat in Bremen einen Salon. Dort fange ich zum ersten März an.»

Rudis Mund ist ganz trocken geworden bei ihren Worten. Er greift zum Bier und nimmt einen ordentlichen Schluck. «Du gehst weg?»

«Glaub mir, es ist besser so. Für mich zumindest.» Sie stellt die Füße auf den Boden und zieht ihre Schuhe an. Dann steht sie auf. «Bleib ruhig sitzen. Ich finde allein raus. Meine Sachen aus dem Bad kann ich ja ein andermal holen. Tschüs, Rudi.»

Ohne ein weiteres Wort geht sie an ihm vorbei. Was geht denn hier ab? Die Tür fällt ins Schloss. In der Küche piept der Backofen. Die Pizza ist fertig. Noch völlig verdattert, erhebt Rudi sich. Nimmt automatisch das Rotweinglas mit, kippt den Rest in den Ausguss und holt die Pizza aus dem Ofen. Er fühlt sich eigenartig. Leer irgendwie. Traurig. Aber auch ein wenig erleichtert.

DIENSTAG

«Frau Moll, du siehst heute aber chic aus!», sagt Amina, als Rosa den Klassenraum der 2b betritt.

«Danke.» Erfreut lächelt sie das Mädchen an. Ist doch nicht egal, mit welcher Kleidung man sich vor die Klasse stellt. Es muss ja nicht gleich das schwarze Kostüm sein, aber auch nicht immer nur Jeans und Sweatshirt. Dazwischen gibt es viele Nuancen. Und für ihren Auftritt beim Makler hat sich Rosa etwas eleganter als sonst angezogen: eine dunkelblaue Stoffhose und eine weiße Bluse. Dazu ein in Rosétönen gemustertes Seidenhalstuch. Schließlich will sie von Anfang an klarmachen, dass es um ein lukratives Objekt geht, das sie dem Makler anbietet.

Nach der ersten großen Pause hat Rosa eine Freistunde, und so macht sie sich zu Fuß auf den Weg, es ist ja nicht weit. Gleich hinter der Teestube in der Fußgängerzone hat die Immobilienfirma ihre Zweigstelle. Über dem Eingang ist ein großes Schild mit goldenen Buchstaben angebracht: *Van Graaf & Riesing.* In den Schaufenstern des alten Backsteinhauses zu beiden Seiten der Eingangstür hängen in Glas gerahmte Fotos mit Ansichten von Wohnungen, Grundrissen und Detailaufnahmen von Zimmern. Es gibt Firmen, die sich darauf spezialisiert haben, leer stehende Wohnungen geschmackvoll zu dekorieren, weil sich so höhere Verkaufserlöse erzielen lassen, hat Rosa im Internet gelesen. Vielleicht sind die auch für diesen Makler tätig, so

schön und ansprechend, wie die Bildarrangements aussehen.

Entschlossen öffnet Rosa die Tür und betritt die Ge-
schäftsräume. Eine dunkelhaarige Frau mit weißer, hoch-
geschlossener Bluse sitzt hinter einem weißen Schreibtisch
mit dünner, silbern glänzender Metalleinfassung. Die Regale gehören zu dem gleichen hochwertigen Möbelsystem, das
seit Jahrzehnten Standard in vielen Büros und Arztpraxen
ist.

«Guten Morgen, was kann ich für Sie tun?», säuselt die
junge Frau. *Melina Liesegang* steht auf dem Schild neben
der Grünpflanze auf dem Schreibtisch.

«Ich habe auf Ihrer Internetseite gelesen, dass Sie Häuser
auf Leibrentenbasis vermitteln», sagt Rosa forsch und wirft
einen Blick zu dem Mann, der gerade aus dem hinteren Bereich in den Empfangsraum getreten ist. Ein eleganter Herr
um die sechzig, bestimmt ein Meter neunzig groß, wohlpro-
portioniert, nicht zu dick und nicht zu dünn, wellige, graue
Haare mit nur leichten Geheimratsecken, die zudem lässig
ein paar Millimeter am Kragen aufstoßen. Seine Haut ist ge-
bräunt, seine Kleidung hochwertig und ein wenig extravag-
ant. An den Füßen trägt er grüne Cowboystiefel mit Kroko-
ledermaserung. Donnerwetter! So etwas hat Rosa das letzte
Mal gesehen, als sie vor vielen Jahren auf Sylt in der Sansibar
war. Hier in Esens wirkt es eher befremdlich.

«Van Graaf», stellt sich der Mann vor, eilt mit ausge-
strecktem Arm auf sie zu, greift nach ihrer Hand und deutet
einen luftigen Handkuss an. «Sie möchten in ein Haus auf
Leibrentenbasis investieren? Eine wirklich sehr gute Idee.»

«Das habe ich mir auch gedacht.»

«Ein gewisses Risiko bleibt bei einer solchen Investition

natürlich immer. Manchmal hat man Glück, und das Objekt wird schnell frei, und der Bewohner verabschiedet sich sozusagen zügig zur letzten Ruhestätte, aber manchmal können die Vertragspartner sehr zählebig sein. Von daher eignen sich solche Projekte also nur, wenn Sie liquide sind und nicht auf den schnellen Gewinn setzen.» Er lächelt sie an, seine etwas längeren Eckzähne blitzen auf und erinnern Rosa fast an einen Vampir.

Sie setzt ihr feinstes Lächeln auf. «Herr van Graaf, Sie haben mich missverstanden. Ich *suche* kein Investitionsobjekt, ich habe eines anzubieten. Eine Bekannte denkt darüber nach, ihr Haus auf Leibrentenbasis zu veräußern.»

«Ach so.» Van Graaf hebt die ergrauten Augenbrauen, bei denen kein Haar aus der Reihe tanzt. «Wo liegt denn das Haus? Sie wissen ja, bei Verkäufen zählt vor allem Lage, Lage, Lage.»

«Es befindet sich im historischen Hafenviertel von Neuharlingersiel.»

«Na, das klingt doch schon mal interessant», sagt der Makler, und seine stahlblauen Augen leuchten. «Wann könnte ich es mir ansehen? Ich habe einen sehr solventen Investor, der noch ein paar Objekte für sein Portfolio sucht.»

Versucht der Typ sie etwa mit schwadronierenden Fachausdrücken einzunebeln? Wenn das seine Verkaufsmasche ist, da kann sie mitspielen. Zielstrebig schaltet sie auf das Programm naive Blondine um. «Portfolio? Davon verstehe ich nichts. Aber Sie können sich das Haus gerne ansehen. Meine Bekannte muss natürlich einen kleinen zeitlichen Vorlauf haben. Sie ist schließlich nicht mehr die Jüngste.»

«Wie alt ist sie denn, wenn ich fragen darf?»

«Vierundsiebzig.»

«Das perfekte Alter für einen Leibrentenverkauf! Die Besichtigung ist natürlich kostenlos. Sollte ich ein Wertgutachten erstellen, welches Sie für einen solchen Verkauf brauchen, kostet das dreitausend Euro. Kommt es zum Abschluss, übernimmt der Käufer die Summe bei Eintragung ins Grundbuch, wenn nicht, müsste Ihre Bekannte es bezahlen.»

«Das klingt doch vielversprechend. Wann wollen Sie denn kommen? Gleich heute Nachmittag?»

Van Graaf nickt erfreut. «Passt fünfzehn Uhr?»

«Sicher.» Rosa gibt ihm die Adresse und ihre Telefonnummer, dann verabschiedet sie sich. Der Kerl ist ihr nicht geheuer. So viel steht fest. Den werden Tante Hildegard und sie heute Nachmittag genauer unter die Lupe nehmen.

Bernie Bütefisch ist sichtlich erfreut, als Rudi am Morgen in der Polizeistation auftaucht.

«Welch seltener Gast», sagt er und gießt, ohne zu fragen, einen Kaffee aus der Thermoskanne in Rudis Lieblingsbecher ein. «Ist der Mordfall schon geklärt?»

«Nö, aber Haueisen hat Arbeitsteilung angeordnet. Ich soll mit ein paar Zeugen sprechen. Weißt du, wo der Fleischmann vom Naturschutzverein wohnt?»

«Richtung Kortenhörn.» Bernie zieht den Teller mit dem angebissenen Mettbrötchen zu sich heran. «Was willste denn von dem?»

«Der Tote und er hatten letztes Jahr einen heftigen Streit.»

«Echt? Kann ich mir bei Fleischmann gar nicht vorstellen.»

Der Wind kommt von Westen, und der Regen fliegt fast waagerecht gegen die Windschutzscheibe. Die Ape trotzt zwar dem aufkommenden Orkan, aber das ideale Fahrzeug ist das Dreirad bei dem Wetter auf der Landstraße nicht. Es passt eben doch eher nach Italien oder in andere Mittelmeerländer.

Fleischmann öffnet die mit Schnitzereien verzierte Holztür seiner liebevoll renovierten Bauernkate erst nach dem zweiten Klingeln. Sofort versteht Rudi, was Bernie vorhin gemeint hat. Wenn jemand friedvoll aussieht, dann Fleischmann. Das ist kein Mann für Streitereien. Der Mittfünfziger hat schulterlange, fisselige Haare in undefinierbarer Farbe, die sich im Bereich der Stirn lichten. Mit Nickelbrille und Latzhose sieht er aus wie Peter Lustig, von dem Sven als Kind keine Folge im Fernsehen verpassen wollte. Fleischmann stutzt bei Rudis Anblick.

«Moin, womit kann ich dienen?»

«Bakker, Polizei Esens. Ich hätte ein paar Fragen an Sie.»

«Dann kommen Sie rein. Ich muss mir nur eben die Hände waschen. Bin gerade beim Reparieren der Gartenwerkzeuge. Bevor die Saison wieder losgeht, müssen die alle auf Vordermann gebracht werden, sonst steigt mir meine Frau aufs Dach, die tobt sich nämlich im Garten aus.»

In der Küche ist es gemütlich warm, der Ofen strahlt eine behagliche Wärme aus. Rudi hält seine kalten Hände vor die heißen Kacheln.

«Nehmen Sie Platz.» Fleischmann deutet auf die Eckbank.

«Möchten Sie eine Tasse Tee?»

«Nein danke.» Rudi setzt sich auf die gepolsterte Bank.

«Dann legen Sie mal los. Worum geht es?»

«Sie sind ehrenamtlicher Wolfsbeauftragter, Herr Fleischmann, ist das richtig?»

«Nicht ganz. Ich *war* Wolfsbeauftragter.»

Rudi sieht ihn interessiert an. «Wie kam es dazu?»

«Ich habe das Amt niedergelegt. Aber nicht, weil ich überfordert war. Das möchte ich erst einmal feststellen.»

«Warum dann?»

«Ich finde, die Anzahl der Wolfsrisse wird von der Regierung verharmlost. Die Bezirksförster haben jetzt die Aufgabe, die Risse zu begutachten und die Schadensregulierung zu beschleunigen. Das mag für die finanzielle Abwicklung hilfreich sein. Aber das ist nur die eine Seite der Medaille.»

Rudi beobachtet interessiert das Mienenspiel des Mannes, alles an ihm wirkt sehr bedächtig. «Und die andere Seite?»

«Die Gefahr, die von Wölfen ausgeht, wird heruntergespielt. Es werden immer mehr Rudel, es gibt jedes Jahr mehr Nachwuchs. Die Tiere kommen immer dichter an besiedelte Gebiete heran, um nur ein paar Beispiele zu nennen. Wir müssen uns der Diskussion um den gezielten Abschuss von Wölfen stellen. Aber das ist ein heikles Thema.»

Das Gespräch ist auf Linie, freut sich Rudi. «Und über dieses Thema sind Sie mit Lennard Kramer aneinandergeraten.»

«Wie kommen Sie denn jetzt auf Kramer?»

«Wir untersuchen seinen Tod und sind ...»

«Kramer ist tot?», unterbricht Fleischmann Rudi und sieht ihn ungläubig an.

«Ja, er kam gewaltsam ums Leben. Bei unseren Ermittlungen sind wir auf Fotos von Ihnen beiden gestoßen. Im November in Aurich.»

«Ach ja.» Fleischmann seufzt. «Eine ganz unglückliche Situation ist das gewesen. Ich wollte vermitteln zwischen Tierhaltern und Wolfsfreunden. Aber wie das oft so ist, gerät man schnell zwischen die Fronten.» Fleischmann nimmt seine Brille ab und putzt die Gläser mit seinem Taschentuch. «Herr Kramer ist – wo er nun tot ist, sollte ich wohl eher sagen: war – ein wenig weltfremd dahergekommen. Von Wölfen hat er mit verklärtem Blick gesprochen, und ich hatte fast den Eindruck, dass er beim Thema Wolf an den einsamen Wolf oder an die Musikgruppe Steppenwolf dachte – also eher an sich selbst und gar nicht so sehr an das Tier.»

Neugierig sieht Rudi den Mann an. «Das müssen Sie mir erklären.»

Ausführlich berichtet Fleischmann Rudi von seinen wenigen Begegnungen mit Kramer, bei denen der den Wolf in ein geradezu mystisches Licht tauchte. «Die anderen aus seiner Gruppe sind zwar auch fanatisch aufgetreten, aber deren Argumente konnte ich zumindest nachvollziehen.»

«Interessant», sagt Rudi. «Wo waren Sie eigentlich letzte Woche zwischen Dienstagabend und Mittwochmorgen?»

Fleischmann legt seine Stirn in Falten. «Ach, verstehe. Ich gehöre zum Kreis der Verdächtigen. Aber aus dem können Sie mich gleich wieder streichen. Meine Frau und ich waren von Montag bis Samstag in München bei unserer Tochter und haben die Kinder gehütet.»

Rudi klappt sein Notizbuch zu. Auch ohne sich das von der Tochter bestätigen zu lassen, glaubt er nicht, dass Fleischmann ihr Täter ist. «Wir überprüfen das. Eine Frage hätte ich trotzdem noch.»

«Und die wäre?»

«Was bedeutet eigentlich ‹Tritt in Tritt›?»

Fleischmann lächelt. «Ganz einfach: Jedes Tier hinterlässt mit seinen Pfoten Spuren. Trabt der Wolf auf langen Strecken, setzt er die Hinterpfote genau an die Stelle, wo zuvor die Vorderpfote abgesetzt wurde. Findet man diesen ‹Tritt in Tritt› als Fährte über eine längere Strecke, kann man ziemlich sicher sein, dass es sich um das Trittsiegel eines Wolfs handelt.»

Trotz des Windes nimmt Henner die Auffahrt zum Steffens-Hof mit Schwung. Wenngleich nicht mit so viel wie sonst. Vielleicht ist ein E-Bike für die Arbeit doch gar nicht so verkehrt, zumindest bei solchem Wetter. Und Berta behält er für schöne Tage. Er stellt das Rad unter dem neuen Carport ab, das für die Fahrzeuge der Feriengäste gedacht ist, und betritt das Haus. Aus der Küche duftet es verführerisch nach Grünkohl. Oh Mann! Das ist eines seiner Lieblingsessen. Und genau richtig bei diesem ungemütlichen Wetter.

«Moin, Muddern», grüßt er. Vaddern sitzt bereits am Küchentisch und hat sich den Senftopf herangezogen. «Rieche ich richtig? Es gibt Grünkohl?»

«Jo. Vaddern hatte so 'nen Appetit drauf, da hab ich den gestern schon vorbereitet. Schmeckt ja aufgewärmt am besten. Hier. Bring die man eben auf den Tisch.»

Sie drückt ihm die Schüssel mit den Kartoffeln in die Hand und nimmt das Fleisch aus dem Backofen, wo sie es erwärmt hat. Die Platte stellt sie auf zwei Stövchen, damit Wurst und Fleisch warm bleiben.

«Langt zu», sagt sie, reicht Henner die Schüssel mit dem

sämigen Grünkohl und setzt sich. Beherzt füllt er sich den Teller und nimmt außer der Ammerländer Pinkelwurst auch eine Scheibe Kassler und eine geräucherte Kochwurst. Ein ordentlicher Klacks Senf obendrauf, dann vermengt er Kartoffeln, Grünkohl und Senf miteinander. Genussvoll schiebt er sich den ersten Löffel in den Mund. «Das schmeckt aber auch zu gut», lobt er. «So wie du kann ihn keine Frau der Welt kochen!»

Muddern lacht. «Du kleiner Schmeichler.»

Auch Vaddern langt ordentlich zu. Eine Weile herrscht gefräßige Stille, dann sagt er: «Ich brauche am Samstag deine Hilfe. Wir müssen die Zäune um einen Meter erhöhen.»

«Die Zäune?» Henner spießt noch eine Pinkelwurst auf und gibt eine kleine Kelle vom süßsauer eingelegten Kürbis auf seinen Teller, auch als ostfriesische Ananas bekannt. «Warum?»

«Ist mir zu gefährlich mit den Wölfen. Nicht, dass der sich an unsere Alpakas ranmacht. Die sind uns inzwischen doch sehr ans Herz gewachsen. Und für die Feriengäste ist es ja auch was Besonderes, einen Spaziergang mit denen buchen zu können.»

Um diese Spaziergänge kümmern sich Henners zweitälteste Schwester Bärbel und ihre Freundin, die Tierärztin Caro.

«Caro meint, dass wir Elektrozäune spannen sollen», fährt Vaddern fort, «aber die finde ich nicht so toll. Durch diese Dinger kommen jede Menge Frösche und Kröten und so ums Leben. Die hüpfen dagegen und sind tot. Für die reicht der Strom, der da drauf ist. Und das wollen wir auf keinen Fall. Nich, Muddern?»

«Nee, auf gar keinen Fall.»

«Und wie woll'n wir die Zäune erhöhen?», fragt Henner.

Vaddern gibt sich noch vom Grünkohl auf den Teller. «Jung, man merkt, dass du kein Handwerker bist. Ist vielleicht ganz gut, dass du den Hof nicht übernommen hast. Mit deinen beiden linken Händen.»

Das kann Henner nicht auf sich sitzen lassen, hat Vaddern doch seinen wunden Punkt getroffen. «Das stimmt nicht. Sollst mal sehen, das mache ich mit links.» Irgendwie wird man im Internet sicher rauskriegen, wie das geht.

«Und mit rechts hoffentlich auch.» Vaddern lacht. «Aber keine Angst, ich hab das Material schon kommen lassen und ein büschen vorbereitet. Wir stecken Verlängerungen in die Pfosten. Dann brauchen wir die alten nicht auszugraben und neue einzubetonieren und können daran die zusätzlichen Drahtgitter spannen.»

«Du bist ja pfiffig.» Henner staunt.

«Jahrelange Erfahrung ist das», sagt Vaddern und lacht.

Tante Hildegard hat den Tisch schon gedeckt, als Rosa kurz vor fünfzehn Uhr bei ihr eintrifft. Sie ist ein bisschen spät dran, Pepe wollte einfach nicht zurück in seinen Käfig. Mit List und Tücke und einem Leckerli hat sie es schließlich doch geschafft. Gleich müsste auch der Makler da sein. Verwundert bemerkt Rosa die Kuchenteller auf der bestickten Tafeldecke. «Eine Tasse Tee hätte doch gereicht», meint sie.

«Das sagst du so. Aber wir sollten gastfreundlich sein. Schließlich wollen wir ihn anlocken. Deshalb hab ich extra eine Eierlikörtorte gebacken», sagt Tante Hildegard, «mit frischer Sahnecreme, Preiselbeeren und selbst gemachtem Eierlikör.»

Sie verschwindet kurz in der Küche und kommt dann mit der kalorienreichen Torte zurück.

«Die sieht ja toll aus!» Rosa läuft bei dem Anblick das Wasser im Mund zusammen. Obenauf hat Tante Hildegard einen Rosettenkreis aus Sahne gespritzt, damit der Eierlikör, der die Torte bedeckt, nicht über den Rand läuft. Einen Moment lang denkt sie daran, dass sie eigentlich bis Ende des Monats Diät halten will. Andererseits: Kann denn Torte Sünde sein?

Pünktlich um fünfzehn Uhr klingelt es an der Haustür.

«Du bleibst wie besprochen sitzen», mahnt Rosa.

«Alles klar.» Grinsend setzt Tante Hildegard sich auf den Lehnstuhl am Kopfende des Tisches und legt den linken Fuß auf den Hocker.

«Komme schon», ruft Rosa, eilt in den Flur und öffnet die Tür. Der Makler lächelt sie übertrieben liebenswürdig an: «Einen wunderschönen Nachmittag, liebe Frau Moll.» Wieder greift er nach Rosas Hand und deutet einen Handkuss an.

Na warte, denkt Rosa, lächelt aber ebenfalls und macht eine einladende Handbewegung. «Kommen Sie doch herein, Herr van Graaf.» Sie zeigt auf die Garderobe. Über dem roten Sakko vom Vormittag trägt er eine wattierte blaue Jacke, die er jetzt an den Haken hängt. Zweifelsohne macht er trotz seiner farbenfrohen Kleidung eine gute Figur, wirkt allerdings wie ein Fremdkörper in dem gemütlichen ostfriesischen Fischerhaus.

«Folgen Sie mir bitte in die Wohnküche. Dort wartet Frau Steffens auf Sie», sagt Rosa und geht voran. Tante Hildegard begrüßt ihn mit einem matt klingenden «Moin» von ihrem Platz aus. Der Makler will auch ihr einen Handkuss geben, aber sie zieht schnell die Hand zurück. «Bitte kommen Sie mir nicht zu nah, ich muss vorsichtig sein. Die Grippewelle grassiert ja noch.»

«Sehr vernünftig», räumt van Graaf ein und sieht sich in dem Raum um. «Sie spielen also mit dem Gedanken, Ihr Haus zu verkaufen, sagte mir Ihre Bekannte.»

«Ganz so stimmt das nicht», erwidert Tante Hildegard. «Ich möchte hier wohnen bleiben, brauche aber ein paar altersgerechte Veränderungen. Ich komme nicht mehr ins Schlafzimmer rauf, deshalb wünsche ich mir einen Treppenlift. Und das Badezimmer muss umgebaut werden. Für den Fall, dass ich mal auf einen Rollstuhl angewiesen bin.» Sie deutet auf den Tisch. «Nehmen Sie doch Platz. Frau Moll hat Ihnen zu Ehren extra eine Eierlikörtorte nach meinem Geheimrezept gebacken. Ich kann das ja schon lange nicht mehr, das viele Stehen macht mir zu schaffen.»

«Aber Sie sehen wie das blühende Leben aus», schmeichelt der Makler und nimmt gegenüber von Tante Hildegard Platz. Sein Sakko ist nicht zugeknöpft, und Rosa bemerkt, dass die Knöpfe seines weißen Hemdes am Bauch spannen. Sie gibt ihm ein besonders großes Stück Torte auf den Teller.

«Lassen Sie es sich schmecken.» Rosa lächelt unentwegt, während sie den Tee über die Kluntjes gießt. Nach dem ersten Bissen gerät der Makler ins Schwärmen. «Das schmeckt ja fantastisch, sensationell, was sage ich, das ist mega», überschlägt er sich mit weiteren Komplimenten, während seine Blicke durch den Raum schweifen. «Frau Steffens», beginnt er, kaum dass er den letzten Bissen heruntergeschluckt hat. «Wir sollten mit ein paar Eckdaten anfangen. Wie viele Quadratmeter Wohnfläche hat das Haus, und wie groß ist das Grundstück?»

«Ach herrje», sagt Tante Hildegard und sieht Rosa Hilfe suchend an. «Das hab ich mir noch nie überlegt. Hier unten sind Wohnküche, Wohnzimmer und Bad. Oben ist noch mal genauso viel Platz, natürlich mit Schrägen, dann kommt der Dachboden. Einen Keller gibt es auch. Weißt du, wie viele Quadratmeter das sind, Rosa?»

Die rollt mit den Augen. «Verflixt, daran haben wir überhaupt nicht gedacht, Herr van Graaf», gesteht sie mit einem koketten Augenaufschlag. Der Typ kann ruhig denken, dass sie ein wenig dumm ist. Vielleicht wird er dann offener und erzählt ein paar Dinge, die sie weiterbringen. «Zum Grundstück gehören aber noch der Garten und die Parkplätze von den Ferienhäusern gegenüber.»

«Stimmt», sagt Tante Hildegard. «Die von nebenan können die Fläche nutzen, ich brauch die ja nicht. Dafür mähen die mir einmal die Woche den Rasen hinterm Haus.»

Kurz leuchten die Augen des Maklers auf, doch schnell hat er sich im Griff und setzt wieder seine blasierte Miene auf. «Natürlich muss ich die Größe des gesamten Grundstücks wissen, aber zunächst interessiert mich mehr das Gebäude. Aus welchem Jahr stammt es denn?»

Tante Hildegard verzieht das Gesicht, als wenn sie lange überlegen müsste. «Gebaut hat es mein Großvater. Der ist zur See gefahren. Deswegen wollte er gleich am Hafen wohnen. Das muss noch vorm oder kurz nach dem Krieg gewesen sein.»

«Sie spricht natürlich vom Ersten Weltkrieg. Es war ja der Großvater», ergänzt Rosa.

«Darf ich ein paar Fotos machen?» Der Makler zieht sein Handy aus der Sakkotasche. «Damit ich mir einen Überblick verschaffen kann.»

«Natürlich, bewegen Sie sich frei im Haus. Ich begleite Sie. Falls Sie Fragen haben.» Auch Rosa steht auf.

Auf dieses Zeichen hat er offensichtlich gewartet. Schon wandert er von Zimmer zu Zimmer, Rosa bleibt auf seinen Fersen, während Tante Hildegard unten weiter den Fuß hochlagern muss, um ihre Rolle als hilfsbedürftige Alte zu spielen.

«Kein Blick auf den Hafen», sagt van Graaf abschätzig, als er aus dem Fenster schaut. «Ich sagte ja bereits: Was zählt, ist Lage, Lage, Lage.»

«Und was bedeutet das?» Rosa stellt sich weiter dumm.

«Dafür gibt es einen Abschlag. Die Leute wollen einen unverbauten Blick aufs Meer. Da sind die Kaufinteressenten knallhart. Stellen Sie sich vor: In Bremerhaven haben die Eigentümer von Eigentumswohnungen mit Blick auf den Hafen jetzt Anzeige erstattet, weil ein Segelschulschiff dauerhaft am Kai angelegt hat und ihnen die Aussicht versperrt.»

«Wirklich?», fragt Rosa verwundert, obwohl sie selbst davon am Wochenende in der Zeitung gelesen hat. Auch der Gestank der Dieselmotoren trägt zu deren Unbill bei, stand da. «Aber so ein altes Segelschiff ist doch wunderschön.»

«Wie gesagt, der Blick aufs Meer ist im wahrsten Sinn Gold wert. Den haben wir hier schon mal nicht.» Er schaut auf der anderen Seite aus dem Fenster und zeigt auf das Ferienhaus. «Geht es um die Parkplätze vor diesem Grundstück?»

«Genau, da, wo das große schwarze Auto steht.»

«Das ist mein Bentley», sagt van Graaf voller Stolz. «Die Black Edition vom Modell Flying Spur.»

«Ein Bentley?», fragt Rosa gespielt ehrfurchtsvoll.

Van Graaf nickt. «Ist der einzige in dieser Gegend.»

Das selbstgefällige Beben seines Mundwinkels entgeht Rosa nicht. Er will wohl nicht zu sehr angeben, kann sich andererseits aber auch nicht komplett zurückhalten. Typisch neureich, konstatiert sie.

«Wie geht es denn jetzt weiter? Frau Steffens ist im Moment ein bisschen durch den Wind, ich möchte es ihr nachher in Ruhe erklären», sagt Rosa, als sie wieder ins Erdgeschoss gehen. «Einen Treppenlift und vor allem ein seniorengerechtes Bad würde sie zu gern haben.»

«Das kann schnell gehen», verspricht van Graaf. «Wie sieht es eigentlich mit Erben aus?», fragt er geradezu beiläufig. «Gibt es Kinder oder Enkelkinder, die ihre Interessen geltend machen können?»

«Nein, Frau Steffens ist mutterseelenallein. Sie hat keinerlei Verwandtschaft mehr.» Rosa lächelt ihn offenherzig an. «Deshalb kümmere ich mich ja ein bisschen um sie.» Sie macht eine einladende Handbewegung Richtung Tisch, wo Tante Hildegard erwartungsvoll sitzt.

«Können Sie mir denn helfen, damit ich hier wohnen bleiben kann?»

Rosa könnte Hildegard für diese Frage küssen. Den Fisch haben sie gleich an der Angel.

Der Makler bleibt stehen und nickt der alten Dame wohlwollend zu. «Ich denke schon. Was ich brauche, sind die Unterlagen vom Haus, dann kann ich ein Wertgutachten erstellen und auf dieser Basis eine monatliche Leibrente berechnen, die Sie zeitlebens bekommen – selbst wenn Sie noch älter werden sollten als Johannes Heesters.» Sein Lachen klingt in Rosas Ohren ziemlich falsch. «Was ja kein Kunststück sein dürfte, so fit, wie Sie sind.» Mit einer fast schon hoheitsvollen Handbewegung streicht er sich das volle Haar nach hinten. Das ist die Gelegenheit!

«Wie lange leben Ihre Leibrentenempfänger eigentlich so durchschnittlich noch nach dem Hausverkauf?», fragt Rosa unschuldig.

Sofort wird sein Blick unstet. «Das ... äääh, das ist natürlich vollkommen unterschiedlich. Man steckt ja nicht drin und kann nie wissen, wann man vor seinen Schöpfer tritt.»

Nein, wie theatralisch! Er beherrscht sein Geschäft, das muss Rosa zugeben.

«Aber soweit ich weiß, erfreuen sich die meisten noch lange Jahre an ihrem eigenen Heim.» Er lächelt Tante Hildegard vertrauenerweckend an. «Ich werde Ihnen jetzt erst einmal ein unverbindliches Angebot zukommen lassen. Wenn Sie damit einverstanden sind, stelle ich den Kontakt zum Käufer her, wir halten beim Notar alles in einem Vertrag fest, und es folgt eine Eintragung im Grundbuch. Ihnen wird ein lebenslanges Wohnrecht eingeräumt, Eigentümer der Immobilie wird dann mein Klient. Wenn Sie es sich aus welchem Grund auch immer anders überlegen, fällt für das Gutachten die erwähnte Gebühr von dreitausend Euro an. Das ist ja mehr als fair. Schließlich arbeitet niemand umsonst.» Jetzt setzt er ein Lächeln auf, mit dem er sich als Steward beim Traumschiff bewerben könnte.

Tante Hildegard sieht ihn wieder an, als hätte sie in eine Zitrone gebissen. «Rosa, hast du das kapiert? Ich versteh nur Bahnhof.»

«Kein Problem, ich erklär dir das gleich.»

Van Graaf deutet eine Verbeugung an. «Ich verabschiede mich, dann können Sie alles in Ruhe besprechen. Einen schönen Tag noch.»

Rosa begleitet ihn. «Vielen Dank, dass Sie uns Ihre Zeit geschenkt haben! Wir freuen uns auf das Angebot und melden uns, wenn wir es angeschaut haben.»

Der Makler nimmt seine Jacke von Haken, hält aber mitten in der Bewegung inne. «Sehr gerne. Ich denke, wir waren uns einig, dass ich das Gutachten erstelle.»

Rosa zaubert einen überraschten Ausdruck auf ihr Gesicht. «Ein Gutachten? Nein, Sie sprachen doch eben von einem unverbindlichen Angebot. Wenn sie das hat, erkläre ich ihr alles haarklein, und Frau Steffens kann entscheiden, ob sie überhaupt ein Gutachten erstellen lassen möchte. Zudem müssen wir ja auch noch die benötigten Unterlagen heraussuchen. Ich hab keine Ahnung, wo die liegen.»

«Es geht zur Not auch ohne Pläne.» Im Licht des Flurs wirken seine Augen nicht mehr stahlblau, sondern eher grau. Und gierig.

«Da bin ich aber erleichtert. Ich befürchtete schon, das Haus wäre wegen der fehlenden Aussicht nicht interessant für Sie.» Rosa setzt ein naives Lächeln auf.

«Ist es im Grunde genommen auch nicht, aber ich möchte der Dame zu ihrem Bad und dem Treppenlift verhelfen. Ich habe sie gleich ins Herz geschlossen.»

«Sie sind so wunderbar», sagt Rosa und öffnet die Haustür.

«Wie gesagt, ich schicke Ihnen das Angebot zu. Ob es dabei bleibt, hängt natürlich davon ab, wie schnell Sie sich entscheiden. Und was mein Klient bereit ist, für dieses Haus auszugeben.» Augenblicke später steigt er in das Luxusauto und rauscht wie ein röhrender Hirsch davon.

Zurück in der Wohnküche, sitzt Tante Hildegard immer

noch mit dem hochgelegten Fuß da. «Und wie war ich? Hab ich das gut gemacht?»

«Und wie! Der ist ganz wild auf deine Hütte.»

«Hab ich schon gemerkt. Der hat so getan, als ob ihn das nicht interessiert, aber er hatte von Anfang an diesen gierigen Blick. Von wegen Johannes Heesters. Der glaubt, dass ich es nicht mehr lange mache. Die blasse Schminke, die du mir mitgebracht hat, lässt einen wirklich richtig krank aussehen.»

«Das war ja der Sinn der Übung. Ich hab gesehen, wie der in Gedanken schon das Haus abgerissen und hier Eigentumswohnungen hochgezogen hat.»

«Das hab ich ihm auch an der Nasenspitze angesehen. Aber würde der mich wirklich ins Jenseits befördern, kaum dass ich den Vertrag unterschrieben habe?»

«Ich weiß es nicht. Aber dem würde ich alles zutrauen. Und man hat schon Pferde kotzen sehen …»

«… und zwar genau vor der Apotheke», ergänzt Tante Hildegard. «Wie machen wir denn nun weiter? Das Risiko, auf den dreitausend Euro hängen zu bleiben, möchte ich auf gar keinen Fall eingehen.»

«Das tust du auch nicht, keine Sorge. Wir lassen uns nicht abzocken», sagt Rosa und nimmt sich noch ein Stück Eierlikörtorte.

So. Der Anfang wäre gemacht. Nun ist Rosa gespannt, was für ein Angebot der Makler Tante Hildegard machen wird. Herrlich, wie sie die hilfsbedürftige Alte gespielt hat. Dabei ist sie alles andere als gebrechlich. Im Gegenteil. So manche Sechzigjährige könnte sich eine Scheibe von ihr abschneiden.

Sie wirft einen Blick auf die Uhr. Kurz vor sechs. Ob sie in der Redaktion der Zeitung noch jemanden erreicht? Sie muss herausfinden, wer die beiden Männer waren, die kurz nach dem Hausverkauf gestorben sind. Und sie muss wissen, *woran* sie gestorben sind.

Vielleicht hat sie in diesem Fall aber auch nicht den richtigen Riecher, was wahrscheinlich sogar besser wäre, nicht, dass aus dem Lockvogel Hildegard ein Opfer Hildegard wird. Könnte ja sein, dass der Makler seine Schergen zum Einsatz bringt, um Tante Hildegard zur Vertragsunterschrift zu zwingen. Aber höchstwahrscheinlich hat Rosa einfach zu viele Krimis gesehen. Im Fernsehen gibt es ja jeden Abend einen. Mindestens.

In der Redaktion erreicht sie niemanden. Schade. Dann schickt sie denen gleich eine Mail mit der Bitte um Rückruf. Wer könnte denn sonst noch die Namen der toten Rentner kennen? Klar, Ludwig! Sie fasst sich mit der flachen Hand an die Stirn. Dass sie nicht gleich darauf gekommen ist! Schnell tippt sie die Nummer der Twenges ein. Nach nur zweimaligem Klingeln nimmt Ludwig ab. «Mitmach-Zeitung Neuharlingersiel, Ludwig Twenge am Apparat.»

Rosa lacht auf. «Moin, Ludwig! Ich bin's, Rosa. Ich wusste gar nicht, dass deine Privatnummer jetzt offiziell die der Zeitung ist.»

«Na ja, offiziell natürlich nicht, aber es rufen hier viele Informanten an, und da macht es sich besser, wenn ich mich so melde.»

«Aber Sigrid darf sich noch mit ihrem Namen melden, oder muss sie als Sekretärin der Mitmach-Zeitung agieren?» Rosa gluckst vor Vergnügen.

«Du willst mich wohl veräppeln. Klar macht Sigrid bei so

was nicht mit, du kennst sie doch. Aber du willst bestimmt nicht nur mit mir klönen. Schieß los, um was geht's? Ich hab nämlich jede Menge zu tun.»

«Entschuldige. Ich wollte dich fragen, ob du mir die Namen der beiden Rentner geben kannst, die kürzlich verstorben sind, kaum, dass sie den Leibrentenverkauf ihrer Häuser über das Maklerbüro van Graaf unterschrieben haben.»

«Nee, da hab ich keine Ahnung. Hat mich nicht interessiert. Wieso fragst du?»

«Ach, nur so.» Besser, sie bindet Ludwig ihren Verdacht nicht gleich auf die Nase, sonst startet der unverzüglich eine Kampagne, und der Makler kriegt Ludwig noch wegen Rufmord dran.

«War's das? Ich muss mich jetzt um den Wolfsriss bei Janßen kümmern, da schlagen die Wellen in den sozialen Netzwerken hoch.»

«Ja, alles gut. Danke. Liebe Grüße an Sigrid.»

«Jo.» Schon hat Ludwig aufgelegt.

So ein Schiet. In der Sache kommt sie einfach nicht weiter. Sie will schon zum Tablet greifen, um eine Mail an die Zeitung zu schreiben, da kommt ihr ein Gedanke. Natürlich. Henner! Er weiß als Postbote doch über fast alles Bescheid, was in seinem Zustellbereich geschieht. Schnell zieht sie die Schlappen an, steckt ihren Wohnungsschlüssel ein und geht hinunter. Im Treppenhaus hört sie den Wind draußen wüten. Wie gut, dass sie nicht rausmuss. Vorhin hat sie im Radio gehört, dass morgen die Schiffsverbindungen zu den meisten ostfriesischen Inseln ausfallen. Genau wie die Schule.

Sie klingelt. Dreimal. Was Rudi kann, kann sie schon lange. Kurz darauf wird die Tür geöffnet.

«Moin, Rudi ... Rosa?» Henner sieht sie erstaunt an. Er trägt nur eine Unterhose und rubbelt sich mit einem Handtuch die Haare trocken. Ohne sich von seinem Anblick irritieren zu lassen, drängt sie sich an ihm vorbei. «Ich muss dringend mit dir reden. Aber zieh dich ruhig erst an, ich mach es mir solange im Wohnzimmer bequem.»

Im Nu ist Henner im Trainingsanzug wieder da, und Rosa legt los. «Also, ich habe nach wie vor ein ungutes Gefühl bei diesem Makler. Und deshalb hab ich mir den genau angeguckt. Der war nämlich heute Nachmittag bei Tante Hildegard und macht jetzt ein Angebot für ihr Haus.»

«Der war bei Tante Hildegard?», fragt Henner entgeistert.

Rosa grient. «Ja, das hab ich perfekt eingefädelt. Ist aber nur zum Schein. Das heißt, wir haben so getan, als ob sie mit dem Gedanken spielt, ihr Haus zu verkaufen. Ich wollte gucken, wie er so vorgeht. Weil doch in der Zeitung stand, dass zwei Rentner gestorben sind, kurz nachdem sie ihre Häuser verkauft haben. Und da hat sie den Lockvogel gespielt. Ich müsste aber jetzt wissen, wer diese beiden Rentner waren. Damit ich rausfinden kann, ob sie eines natürlichen Todes gestorben sind oder ob da wirklich was faul ist. Kann ja sein, dass bei denen nachgeholfen wurde, das aber dem Arzt nicht aufgefallen ist. Obwohl ich nicht glaube, dass der van Graaf sich selbst die Hände schmutzig machen würde. Er müsste irgendwelche Handlanger haben, die die Schmutzarbeit für ihn erledigen.» Erschöpft holt sie Atem. «Hast du mal ein Glas Wasser?»

«Klar.» Henner steht auf und ist kurz danach mit einer Flasche und zwei Gläsern zurück. «Aber hättest du das nicht vorher klären sollen, bevor du Tante Hildegard da mit reinziehst?»

Durstig trinkt Rosa einen großen Schluck und geht auf Henners Frage nicht weiter ein. Weil er recht hat. Aber das gibt sie nur ungern zu. «Weißt du nun, wer die beiden Männer waren?»

«Nein. Ich kenne nur einen.»

«Und wie heißt der?»

«Elimar Winkler.»

«Und?», drängelt Rosa. «Wie ist der ums Leben gekommen?»

«Der ist von der Leiter gefallen.»

Ein Unfall also. Keine Krankheit. Aber so schnell gibt sie nicht auf. «Ist dir dabei irgendwas komisch vorgekommen?»

«Nee. Mich hat allerdings gewundert, dass nur wenige Tage nach seinem Tod die Bagger kamen und das Haus abgerissen wurde. Auf dem Grundstück wird jetzt ein neuer Komplex mit Eigentumswohnungen gebaut. Die Bauherren verdienen sich daran garantiert eine goldene Nase. Van Graaf ist übrigens einer von ihnen.»

Nun ist Rosa platt. «Da hat mein Gefühl mich also nicht getrogen. Die Sache mit dem Makler stinkt.» Mit einem Mal wird ihr ganz übel. «Hoffentlich hab ich Tante Hildegard nicht in Schwierigkeiten gebracht!»

Es klingelt an der Tür. Dreimal. Henner steht auf, und gleich darauf kommt Rudi ins Wohnzimmer. Er lässt sich auf die Couch fallen. «Moin, Rosa. Ich brauch jetzt dringend ein Bier.»

«War klar.» Henner hat schon zwei Flaschen in der Hand und reicht ihm eine. Man hört nur das Ploppen der Verschlüsse, dann fragt Rosa: «So viel Stress mit den Ermittlungen?»

«Hör bloß auf.» Rudi atmet geräuschvoll aus. «Zumindest ist die Wohnung von Kramer jetzt freigegeben. Clara kann morgen rein und alles auf Vordermann bringen. Hab vorhin schon mit ihr gesprochen.»

Henners drittälteste Schwester ist darauf spezialisiert, Leichengerüche und andere unliebsame Hinterlassenschaften aus Wohnungen zu entfernen. Sterben ja immer mal wieder alte Menschen allein zu Hause und werden nicht gleich gefunden.

«Ach, Clara übernimmt das?» In Rosa glimmt eine Idee auf.

«Ja.» Rudi stöhnt auf.

«Was ist denn los?», fragt Rosa mitfühlend.

Rudi nimmt noch einen Schluck Bier. «Susanne hat gestern Schluss gemacht. Sie zieht nach Bremen.»

MITTWOCH

Der Sturm hat heute Nacht ordentlich gewütet. Rosa ist ein paarmal aufgewacht, weil es draußen so laut geklappert hat. Hoffentlich sind keine Dachziegel runtergefallen. Sie schaut zum Wecker. Sieben Uhr. Es ist ein seltsames Gefühl, unter der Woche um diese Uhrzeit noch im Bett zu liegen. Eigentlich hätte sie schon längst angezogen sein müssen. Aber warum soll sie sich hetzen? Wartet ja niemand in der Schule auf sie, und ein paar Aufgaben für die Schüler hat sie gestern schon online gestellt. Sie nimmt ihr Handy vom Nachttisch und entsperrt es. Clara hat geantwortet! Vor dem Schlafengehen hatte Rosa ihr eine Nachricht geschickt und gefragt, ob sie sie heute beim Reinigen von Kramers Haus begleiten kann.

Klar kannst du mir beim Saubermachen helfen. Ich fange um neun Uhr an.

Klasse! Trotzdem kann sie noch ein bisschen im Bett bleiben. Sie schließt die Augen, zieht die Bettdecke bis zum Kinn hoch und denkt an den vergangenen Abend. Der arme Rudi. Nun ist er also auch wieder solo. Mit der Liebe scheinen sie beide kein Glück zu haben. Kaum blüht sie auf, verfliegt sie schon wieder. Rosa kann ein Lied davon singen. Bei Henner sieht das anders aus. Der hat sich sein Leben als ewiger Junggeselle eingerichtet und reagiert nicht auf weibliche Reize. Dörte hat sich schon vor Jahren die Zähne an ihm ausgebissen.

Apropos Dörte. Die ist inzwischen auch wieder solo. Die Datingplattform Krabbenkuss hat ihr doch nicht den Mann ihrer Träume beschert. Rudi, Dörte und sie sollten den Club der einsamen Neuharlingersieler Herzen gründen. Ja, das sollten sie wirklich tun. Morgens im Bett kommen ihr manchmal die besten Ideen! Eine Weile hängt sie noch den Erinnerungen an ihre Treffen mit den Krabbenkuss-Kandidaten nach, als ihr Blick wieder auf den Wecker fällt. Ups. Gleich acht Uhr. Sie sollte sich sputen.

Der Chef hat Rudi und Schnepel damit beauftragt, heute Morgen den Immobilienmakler aufzusuchen, obwohl Rudi noch gar nicht alle Zeugen wegen der Demonstration in Aurich befragt hat. Rudi ist außerdem der Meinung, dass er das genauso gut alleine machen kann, aber Haueisen hat gesagt, vier Ohren hören besser als zwei, und zwei Polizisten schinden mehr Eindruck als einer. Die Zeit, bis Schnepel kommt und sie zusammen loskönnen, verbringt Rudi damit, Bernie beim angefallenen Papierkram der letzten Tage zu helfen. Bernie scheint froh zu sein, dass er da ist, und redet ununterbrochen, wenn er nicht gerade in sein Mettbrötchen beißt.

«Nicht böse sein, aber ich kann dir heute nichts abgeben. Marga meckert dauernd rum, dass ich abnehmen soll. Deshalb hol ich jetzt nur noch drei halbe Mettbrötchen», berichtet er Rudi stolz.

«Meinst du, das bringt was?»

«Bestimmt.»

Bis letzte Woche hat sich Bernie morgens immer drei ganze geschmierte Brötchen geholt. Trotzdem noch ziemlich viel, denkt Rudi. Aber ihm soll's egal sein, jeder nach seiner Fasson.

Draußen wütet der Sturm weiter. Rudi befürchtet, dass es heute gar nicht richtig hell wird. Als Schnepel um neun Uhr die Polizeistation betritt, ist der Himmel tatsächlich noch grau meliert, die Wolken fliegen nur so dahin.

«Wir können los», sagt Schnepel zur Begrüßung. «Kannst bei mir einsteigen.»

«Wieso das denn? Das Maklerbüro liegt in der Fußgängerzone, da können wir bequem hinlaufen. Dauert keine zehn Minuten.»

Murrend folgt Schnepel ihm. Als sie auf Höhe der Sparkasse sind, fängt es an zu regnen, und sie beschleunigen ihren Schritt. Schnepels Daunenmantel saugt den Regen förmlich auf und hängt patschnass an ihm, als sie die Tür des Maklerbüros öffnen.

Die junge Frau am Tresen blickt überrascht auf, als sie den nassen Schnepel und den uniformierten Rudi sieht.

«Polizei», sagt sie mit glockenheller Stimme. «Was ist denn passiert?»

«Wir möchten mit Herrn van Graaf sprechen.» Schnepel streicht sich über den nassen Kopf, als hätte er dort noch Haare. Aber diese Zeiten sind lange vorbei, Rudi kennt ihn nur mit diesem schwarzen Haarkranz.

«Einen Moment, bitte.» Schnell steht sie auf und geht in den hinteren Bereich.

«Der meint sicher, mit seinem holländischen ‹van› Eindruck schinden zu können.» Prüfend blickt Schnepel sich um. «Alles sauteuer, was hier steht. Jaja, Klappern gehört zum Handwerk. Und wenn es teuer aussieht, muss es ja auch gut sein. Na, wir werden uns den Typen mal vornehmen.»

Er hat kaum zu Ende gesprochen, als ein hochgewachsener, gut gekleideter Mann in den Empfangsbereich tritt, gefolgt von der attraktiven Brünetten.

«Gestatten, van Graaf.» Ein vornehmes Kopfnicken ersetzt den Händedruck. «Was kann ich für Sie tun?»

«Es geht um den Leibrentenkauf Kramer. Wir hätten da ein paar Fragen», sagt Schnepel.

Van Graaf hebt die Augenbrauen. «Nun gut. Ich habe zwar gleich einen Termin, aber ein paar Minuten kann ich erübrigen.»

«Sie werden so lange Zeit für uns haben, wie wir es für nötig erachten», erwidert Schnepel.

Van Graaf blickt ihn eisig an. «Wenn es sein muss. Kommen Sie.»

Rudi ist sofort klar: Das ist einer, der immer das letzte Wort haben muss. Sie gehen nach nebenan in ein ebenfalls elegant wirkendes Büro. Vor einem massiven Mahagonischreibtisch stehen zwei moderne Stühle aus Chrom und grauem Leder, an den Wänden hängen großformatige Fotos von modernen Häusern. Alle sind auf Acrylglas aufgezogen. «Nehmen Sie Platz. Also, was wollen Sie wissen?»

«Sie hatten mit Herrn Lennard Kramer einen Leibrentenkauf für dessen Haus in Neuharlingersiel vereinbart.» Schnepel hält sich wacker in seinen nassen Klamotten, Tropfen rinnen aus dem Mantel auf Stuhl und Perserteppich. Ob die Feuchtigkeit dem Leder des Stuhls bekommt?

«Das ist korrekt. Die Verträge sind vorbereitet, in den nächsten Tagen schreiten wir zur Unterschrift.» Van Graaf lächelt jovial. «Aber was geht Sie das an?»

«Tun Sie nicht so», zischt Schnepel. «Wenn Sie glauben, Sie können uns hinters Licht führen, haben Sie sich geschnitten. Kramer wollte nicht unterschreiben. Mehr noch: Er hat Ihnen seinen Widerruf sogar per Einschreiben zukommen lassen.»

«Das ist mir neu. Und deswegen schickt er gleich die Polizei, statt selbst zu erscheinen? Ein ziemlich schwaches Bild, finden Sie nicht?» Van Graaf hebt die Augenbrauen. Das scheint er gern zu machen, fällt Rudi auf. Soll wohl selbstsicher wirken, kommt aber eher arrogant rüber. Doch vielleicht ist das Absicht. Vielleicht will er sich genau so inszenieren, als Mann von Welt, dem niemand was anhaben kann. Aber da hat er mit Schnepel den Falschen erwischt. Bei solchen Leuten läuft sein Kollege zur Hochform auf.

«Lennard Kramer ist tot. Und das wissen Sie.» Schnepel hebt nun seinerseits die Augenbrauen.

Van Graaf tut überrascht. «Ach. Herr Kramer ist verstorben? Das tut mir leid. Soviel ich weiß, hat er keine Erben. Ich werde mich also mit der Gemeinde in Verbindung setzen, damit wir den bereits verabredeten Verkauf umsetzen können. Vertrag ist schließlich Vertrag.»

«Das können Sie nicht, wie Ihnen hinlänglich bekannt sein dürfte. In einem solchen Fall wird von Amts wegen weltweit nach möglichen Verwandten geforscht. Außerdem hat Herr Kramer einen Erben. Das hat er Ihnen auch geschrieben. Wir haben eine Kopie des Briefes und den Einlieferungsbeleg der Post.» Noch einmal wischt Schnepel sich über seinen nassen Haarkranz. «Wo waren Sie letzte Woche zwischen Dienstag zwanzig Uhr und Mittwoch zehn Uhr?»

Van Graafs selbstgefälliges Lächeln wirkt wie eingemeißelt. Aber Rudi kommt es so vor, als würde es hinter der glatten Fassade des Mannes tüchtig arbeiten. «Wieso sollte ich Ihnen darüber Auskunft geben?»

«Weil wir Sie im Rahmen laufender Mordermittlungen befragen. Ganz einfach.» Schnepels Tonfall ist noch eine Spur forscher geworden.

«Nun gut. In meiner Sauna. Sie können Frau Liesegang fragen. Sie war dabei. Nach entspannenden Saunagängen haben wir uns in meinem Schlafzimmer erholt. Weitere Details benötigen Sie sicherlich nicht?»

«Zu diesem Vorgang nicht. Aber wir wüssten schon gerne, was mit dem Einschreiben passiert ist», sagt Rudi, weil Schnepel mal wieder das Wichtigste vergessen hat.

Die Feuerwehrsirene heult. Eingemummelt in Daunenjacke und Ostfriesennerz, macht sich Rosa auf den Weg zu Lenny Kramers Haus. Der Sturm wirbelt letzte Blätter aus den Blumenbeeten und treibt sie über die Straße. Im Radio wurde gesagt, dass die Feuerwehren seit gestern Abend überall unermüdlich im Einsatz sind, um umgefallene Bäume von Fahrbahnen zu entfernen. Jetzt kommt ihr ein Feuerwehrauto entgegen. Hoffentlich ist nichts Schlimmes passiert.

Rosa geht am Haus von Hoyko vorbei. Aus dem Küchenfenster fällt helles, warmes Licht. Drinnen bewegt sich aber nichts. Vermutlich liest Rudis Vater die Zeitung bei einer kräftigen Tasse Tee. Er hat sich in den letzten Monaten viel Mühe gegeben, sein neues Domizil ganz nach seinem Geschmack zu gestalten. Drinnen wie draußen. Das kann man von seinem Nachbarn nicht gerade sagen. Das Haus von Lenny Kramer sieht etwas vernachlässigt aus. Rein äußerlich stimmt zwar alles, aber dem Haus fehlt die liebevolle Hand. Das ist Rosa schon am Samstag aufgefallen. Dabei ist die Lage am Deich wunderbar, da könnte man richtig was draus machen.

Rosa steht schon eine Weile in Lennys Vorgarten, als Clara vorfährt. Auf dem Kombi prangt in großen Buchstaben: *Alles sauber?* Henners Schwester arbeitet in der Reinigungsfirma als Vorarbeiterin. Gewöhnlich kümmert sie sich mit ihrem Team vor allem um die Reinigung von Ferienwohnungen. Durch ihre Zusatzausbildung als staatlich geprüfte Desinfektorin wird sie auch humorvoll die «Tatortreinigerin von Ostfriesland» genannt, was Clara gar nicht gefällt.

«Moin, Rosa, wartest du schon lange?»

«Nee, bin eben erst gekommen.»

«Da bin ich aber froh. Hinterm Campingplatz ist heut Nacht ein Baum auf die Straße gekracht. Die Feuerwehr ist dabei, ihn klein zu sägen.» Clara nimmt Rosa in den Arm. «Schön, dass du mir an deinem freien Tag helfen willst.»

«Das mache ich doch gerne.»

Clara nimmt einen Schlüssel aus ihrer Tasche. «Dann wollen wir mal schauen, was hier zu tun ist. Lass deine Jacke im Auto, sonst stinkt die nachher, und zieh dir die über.» Sie reicht Rosa ein Paar Plastikhandschuhe.

Mit dem Schlüssel durchtrennt Clara das Siegel der Polizei und schließt auf. Ein unangenehm süßlicher Geruch fällt ihnen entgegen.

«Das stinkt ja noch schlimmer als Samstag.»

«Ach, das geht doch noch. Da habe ich schon ganz andere Dinge erlebt.»

Rosa ist froh, dass Clara jetzt nicht mit der Geschichte kommt, wie der Bestatter beim Abholen auf der ausgelaufenen Leichenflüssigkeit ausgerutscht ist und sich den Arm gebrochen hat. Die erzählt sie nämlich immer wieder gern.

«Da ist aber noch etwas anderes.» Clara bleibt im Flur stehen und schnüffelt. «Riecht nach Marihuana.»

«Du hast wirklich eine gute Nase.» Rosa zeigt zur Toilette. «Da drinnen stehen ein paar Pflanzen.»

Clara öffnet die Tür und schaut hinein. «Hat natürlich keiner gegossen. Die sehen verdammt schlapp aus», sagt sie verständnislos und kippt mit einem Zahnputzbecher jeweils einen Schluck Wasser auf die Pflanzen.

Im Wohnzimmer bleiben Clara und Rosa vor den Kreppbandklebestreifen auf dem Boden stehen. «Ist ja nicht viel Blut zu sehen», sagt Clara nach einem fachmännischen Blick auf den Teppich. «Aber Leichenflüssigkeit ist ausgelaufen, wie man riecht. Zum Glück wohl nicht viel. Ich denke, wir rollen den Teppich zusammen und bringen ihn in den Garten. Mit Fleckenentfernung müssen wir uns bei dem abgetretenen Stück nicht lange aufhalten.» Kurz entschlossen hebt Clara die Kante des Teppichs an. «Hilf mal mit. Zu zweit geht das besser.»

Sie tragen die Rolle nach draußen. Clara dirigiert sie hinters Haus. «Muss ja nicht im Vorgarten liegen.»

Sie legen den Teppich neben dem Beet mit üppig blühenden Schneeglöckchen ab. «Weißt du eigentlich, was mit dem Haus passieren soll?»

«Lenny hat es einem Makler verkauft. Auf Leibrentenbasis.»

«Echt?» Clara öffnet den Kofferraum ihres Lieferwagens. «Da hat er ja nicht lange was von gehabt.»

«Genau. Und das finde ich seltsam. Zwei andere, die solche Verträge unterschrieben haben, sind auch kurz danach gestorben. Vielleicht steckt da Methode hinter. Aber Rudi will davon nichts wissen.»

«Verstehe.» Clara nimmt eine Sprühflasche und einen Eimer aus dem Auto. «Und jetzt spielst du wieder Miss Marple.»

Rosa lacht auf. «So kann man das nun auch nicht sagen. Ich halte nur meine Augen offen.»

«Und das rein zufällig im Haus des Toten.» Clara verzieht ihren großen Mund zu einem breiten Lächeln. «Dann wollen wir mal loslegen.»

«Womit denn?»

«Na, ich vertreibe den Geruch, und du suchst nach was weiß ich auch immer.»

«Danke, Clara, du bist ein Schatz!»

Clara verdünnt das Spezial-Reinigungsmittel und versprüht es in der ganzen unteren Etage, während Rosa sich um den Inhalt des Wohnzimmerschranks kümmert. Viele Dinge scheinen noch von Lennys Eltern zu stammen. Kaffeetassen mit Goldrand, gravierte Zinnbecher. Ein Fotoalbum liegt auf einem Stapel bestickter Tischdecken. Rosa schlägt es auf. Als Erstes blickt sie auf ein schwarz-weißes Hochzeitsfoto. Ein ernst dreinschauendes Brautpaar, daneben die Jahreszahl «1954». Auf dem Foto darunter stehen feierlich angezogene Menschen in Zweierreihe aufgestellt. Sie blättert weiter durch die Seiten, bis ihr Blick auf die junge Frau mit einem Baby im Arm fällt. «Lennard ist da», steht in ordentlicher Schrift daneben.

Es folgen Fotos von ihm als Kind am menschenleeren Strand, dann mit einer Schultüte, schließlich im Konfirmationsanzug. Lennard vor einem Mofa. Lennard mit Gitarre. Noch ein paar Aufnahmen von Schiffen im Hafen, dann bleiben die Seiten leer. Dazwischen liegt ein Umschlag. Rosa greift hinein und zieht Fotos heraus. Es sind Aufnahmen von fröhlichen jungen Leuten. Die Männer haben lange Haare und Bärte, tragen Jeans und locker fallende, karierte Hemden. Die Frauen haben noch längere Haare und stecken in bunt gemusterten weiten Kleidern. Es sind Farbbilder, aber die Farben sind ins Rötliche gegangen, die Schärfe hat sich verloren. Schade. Trotzdem betrachtet Rosa die Fotos genauer. Einer der jungen Männer sieht aus wie Janko.

«So, fertig! Das muss jetzt einwirken.» Clara tritt neben sie. «Und? Hast du was Interessantes gefunden?»

«Nee, nur alte Fotos. Guck, so hat Lenny früher ausgesehen.»

Clara wirft einen Blick auf die Bilder. «Die müssen aus der Kommune im Deichgrafen stammen. Adelheid hat immer davon geschwärmt. Ich wollte da unbedingt auch hin, aber sie hat mich nie mitgenommen.»

Rosa steckt die Fotos wieder in den Umschlag. «Meinst du, ich kann die haben?»

«Klar. Das Haus ist von der Polizei freigegeben, und ich hab die ja auch nicht um Erlaubnis gebeten, als ich den Teppich rausgeschmissen habe.» Clara grinst. «Von mir aus können wir übrigens Schluss machen. Ich komme morgen wieder. Dann haben die Bakterien Zeit genug zum Arbeiten gehabt, und der Geruch ist hoffentlich neutralisiert. Sonst muss ich das Einspritzen wiederholen. Wenn gar nichts hilft, müssen die Möbel raus.» Clara greift nach einer Tüte und geht zur Toilette.

«Was machst du?», fragt Rosa verwundert.

«Ich pack die Pflanzen ein. Die gehen ja sonst ein, wenn keiner die gießt.»

Zurück in der Polizeistation, drückt Rudi Schnepel ein Handtuch in die Hand, nachdem der den pitschnassen Mantel ausgezogen hat. Auch sein Pullover ist feucht, aber im Sanitärraum befindet sich ein Föhn. Den hat Rudi vor Urzeiten mal mitgebracht, und nun leistet er Schnepel gute Dienste, der in Unterhemd und Hose seinen Pulli trocken föhnt.

«Van Graaf stinkt zum Himmel», sagt Schnepel über das laute Pusten des Föhns hinweg.

«Also, so schlimm fand ich sein Rasierwasser nun nicht», sagt Rudi schmunzelnd.

«Du weißt, was ich meine. Der hat uns eiskalt belogen. Der hat das Einschreiben doch gelesen. Da kann seine kleine Geliebte noch so beschämt tun und behaupten, sie hätte vergessen, es ihm zu geben. Ha! Wer's glaubt, wird selig.»

«Aber er hat ein Alibi. Und als Makler wird er wissen, dass der Verkauf ohne beglaubigten Notarvertrag unwirksam ist. Du glaubst doch nicht allen Ernstes, dass der was mit Kramers Tod zu tun hat?»

«Man muss mit allem rechnen. Hast du die beiden Objekte gesehen, die der auf seiner Internetseite zum Kauf anpreist?» Schnepel testet, ob der Pulli trocken ist, zieht ihn über, bückt sich und pustet mit dem Föhn nun auf die unteren Hosenbeine.

Man kann's auch übertreiben, denkt Rudi. Seine Hosenbeine sind auch feucht, aber er macht keinen solchen Aufriss deswegen.

«Nee. Hab ich nicht geguckt.»

«Siehste, das unterscheidet uns. Du bist und bleibst eben ein kleiner Streifenpolizist, während ich das große Ganze im Blick habe. Van Graaf und sein Kompagnon haben zwei

Häuser in ausgezeichneter Deichlage abreißen lassen und bauen dort nun Häuser mit Eigentumswohnungen. Jede dieser exquisiten Wohnungen mit Blick aufs Wattenmeer wird auf deren Homepage zum Kauf angeboten. Für hundert Quadratmeter wollen sie siebenhunderttausend Euro haben.»

«Wahnsinn.» Rudi ist platt. Natürlich hat er gewusst, dass die Immobilienpreise in den letzten Jahren gerade an den Küsten explodiert sind, aber dass man so viel Geld für eine Wohnung bezahlen soll…? Puh. Da kommt ihm ein Gedanke. «Moment mal. Wir haben doch den Vertragsentwurf. Darin stand nichts von siebenhunderttausend oder noch mehr. Da stand was von monatlichen Raten.» Rudi ist immer noch fassungslos. «Das ist doch Beschiss! Ein Haus für so wenig zu kaufen, während man beim Verkauf der eigenen Neubauprojekte Millionen scheffelt.»

«Tja. Vielleicht hat Kramer das auch gemerkt. Oder das überraschende Auftauchen dieses ominösen Erben hat einen Sinneswandel bewirkt. Wir müssen unbedingt herausfinden, wer dieser Erbe ist, wenn wir mit dem Tatort schon nicht weiterkommen.» Schnepel stellt sich wieder gerade hin, zieht den Stecker des Föhns und rollt das Kabel um den Griff. «Hier.» Er reicht Rudi den Haartrockner. «Und nun auf zu Gerhard Janßen. Der hat uns hinsichtlich der Telefonate mit Kramer schließlich belogen. Wir sollten uns bei der Gelegenheit auch gleich noch seinen Sohn wegen des Vorfalls in Aurich vornehmen.»

Wie schon bei Rudis letztem Besuch ist Gerhard Janßen im Stall bei den ablammenden Schafen. Schnepel, dem Rudi eine Regenjacke gegeben hat, die für Notfälle immer an der Garderobe hängt, besteht darauf, in den Stall zu gehen, weil es draußen zu windig und kalt ist. Eine Regenjacke ist schließlich kein Daunenmantel. Wieder staunt Rudi über die Menge der Mutterschafe und die süßen kleinen Lämmer mit weißem und schwarzem Fell, die in den Boxen stehen, die den Mittelgang säumen. Aus jeder Box strecken Schafe ihre Köpfe in Richtung Gang, um das Futter zu fressen, das auf dem Boden liegt.

«Herr Janßen, Sie haben uns belogen», beginnt Schnepel das Gespräch nicht gerade vertrauensfördernd. Wahrscheinlich ist ihm kalt, und er möchte so schnell wie möglich wieder nach Wittmund. «Sie haben behauptet, nur ein Mal mit Lennard Kramer gesprochen zu haben. Tatsächlich haben Sie jedoch mehrmals miteinander telefoniert.»

Erschrocken guckt Janßen Schnepel an.

«Na kommen Sie schon. Worum ging es bei den Gesprächen? Was wollte er von Ihnen?»

«Hab ich doch schon gesagt. Er wollte an die alten Zeiten anknüpfen. Aber ich wollte nicht. Das ist lang vorbei. Ich führe ein anderes Leben.»

«Hat Herr Kramer Ihnen gegenüber erwähnt, dass er sein Haus auf Leibrentenbasis verkaufen wollte?», fragt Rudi.

Nun wirkt Gerhard Janßen ehrlich verwundert. «Nein. Davon weiß ich nichts.»

«Aus dem Kauf ist dann auch nichts geworden», wirft Schnepel ein. «Kramer hat plötzlich einen Erben aufgetan und ist deshalb vom Vertrag zurückgetreten. Sie wissen nicht zufällig, wer dieser Erbe ist?»

Wieder verschließt sich Janßens Miene. «Nein.»

«Nun gut. Aber kommen wir zurück auf die Anrufe. Lennard Kramer war der Gründer der hiesigen Wolfsbefürworter-Gruppe. Wir haben einige interessante Fotos auf Facebook gesehen. Unter anderem war Ihr Sohn Janko Teilnehmer einer Demonstration, bei der es zu Auseinandersetzungen mit den Wolfsfreunden kam. Er musste sogar im Krankenhaus wegen einer Platzwunde an der Stirn behandelt werden. Worüber haben Sie mit Herrn Kramer am Telefon gesprochen? Versuchen Sie die ganze Zeit, uns zu verschweigen, dass sich die Anrufe in Wirklichkeit um Wölfe drehten?»

«Wölfe? Ich weiß gar nicht, was Sie von mir wollen.»

Ein Pick-up fährt auf den Hof. Janko Janßen steigt aus. Das trifft sich gut.

Wieder zurück in ihrer Wohnung, versucht Rosa, im Internet etwas zum Tod von Elimar Winkler herauszubekommen. Über den Sturz von der Leiter hat Ludwig berichtet und natürlich auch einen Nachruf geschrieben.

Elimar Winkler war ein Kind Ostfrieslands. Als Krabbenfischer ist er lange zur See gefahren. Den Tod seiner geliebten Frau Meta im letzten Jahr hat er nicht verkraftet. Nun ist das langjährige Mitglied der Freiwilligen Feuerwehr und des Boßelvereins «Free weg Westerende 1910 e. V.» durch einen tragischen Unfall von uns gegangen. Wir werden ihm ein ehrendes Andenken bewahren.

Bei einem tödlichen Unfall muss doch die Polizei hinzugezogen werden, wundert sich Rosa. Warum weiß Rudi dann nichts davon? Sie wirft einen Blick auf das Datum. Anfang Januar. Ach so. Zu dem Zeitpunkt hat Rudi Urlaubsvertretung auf Spiekeroog gemacht. Kein Wunder, dass er das nicht mitbekommen hat.

Als sich der Sturm gelegt hat und die Sonne vom Himmel strahlt, hält Rosa es nicht länger zu Hause aus. Sie sollte Janko einen Besuch abstatten. Die letzte Begegnung ist ja ziemlich dramatisch gewesen. Da ist keine Zeit geblieben, den Ausflug mit den Schülern zu besprechen.

Rosa kommt ohne Probleme zur Deichschäferei durch. Der umgestürzte Baum liegt bereits zersägt am Straßenrand. Hoffentlich ist Janko da. Sie hat sich nicht angemeldet, aus Angst, dass er ihr absagt, weil er keine Zeit hat. Manchmal ist es besser, es einfach drauf ankommen zu lassen.

Vor der Scheune parkt Jankos Auto. Sie steigt aus, und einer der beiden Border Collies kommt ihr schwanzwedelnd entgegengelaufen. Sie bleibt stehen und krault seinen Kopf. «Wo ist denn dein Herrchen?»

Der Hund bellt kurz, dann läuft er zum Stall.

«Was ist denn los, Humphrey?», hört Rosa Janko aus dem Stall rufen.

Sie steckt den Kopf durch die Tür. «Hallo, Janko, ich wollte noch mal nach den Schafen sehen. Passt es gerade?»

Janko lächelt sie an. «Klar. Aber komm mit ins Haus. Ich hab 'ne Suppe auf dem Herd köcheln. Da muss ich eben das Fleisch rausnehmen. Die Schafe laufen ja nicht weg.»

In der Küche duftet es verlockend. Das tut gut, Rosa hat noch immer den Verwesungsgeruch in der Nase. «Riecht lecker. Was ist das?»

«Rindfleischsuppe. Die hab ich heute Morgen aufgesetzt. Jetzt muss ich nur noch die Kartoffeln kochen, damit das Essen fertig ist, wenn mein Vater von der Weide zurückkommt.»

«Ich bewundere Männer, die kochen können.»

«Da gibt's nichts zu bewundern. In einem Männerhaushalt bleibt einem ja nichts anderes übrig, wenn man nicht gerade den Bringdienst abonniert.»

Janko fischt mit der Lochkelle das Rindfleisch, die Knochen und das mitgekochte Gemüse aus dem Topf und gibt es in eine Schüssel.

«Ich hab heute Vormittag im Haus von Lenny Kramer übrigens ein Foto von früher gefunden. Da ist dein Vater drauf. Du siehst ihm unglaublich ähnlich.» Rosa zieht das Foto aus der Tasche und hält es ihm hin. Interessiert wirft Janko einen Blick darauf.

«Stimmt.» Noch einmal geht er mit der Kelle durch die Brühe. «Gibt nicht viele Fotos aus der Hippie-Zeit meiner Eltern. Die müssen im Deichgrafen ordentlich die Sau rausgelassen haben, obwohl mein Vater nur wenig von damals erzählt.»

Janko gießt das Wasser aus der Schüssel und gibt die klein geschnittenen Kartoffeln in die Brühe.

«Das war, bevor ich geboren wurde und mein Vater die Deichschäferei seines Onkels übernommen hat. Für ihn war das der richtige Schritt. Er ist eigentlich immer bodenständig gewesen, auch wenn er das eine Zeit lang nicht wahrhaben wollte. Vielleicht, um meiner Mutter einen Gefallen zu tun. Im Unterschied zu ihm liebte sie es flippig, wollte durchs Leben tanzen oder zum Himmel fliegen, am besten beides gleichzeitig. Das hat mein Vater mir jedenfalls erzählt. Ich selbst war ja zu klein, als sie gegangen ist.»

Janko sieht Rosa an, und ein ernüchterter Zug legt sich auf sein Gesicht.

«Ich konnte kaum laufen, da langweilte meine Mutter das Leben als Deichschäferin offenbar schon zu Tode. Vielleicht hätte sie es ertragen, wenn es Ziegen in Nepal gewesen wären.» Er lacht auf, aber das Lachen klingt nicht echt. «Ostfriesland war für sie wohl nur eines: öde. Eines Tages war sie fort. Hat uns einen Zettel dagelassen: ‹Ich muss weg. Ich kann nicht anders. Verzeiht mir.›» Janko hält inne und starrt in den Topf. «Ich hab den Zettel noch. Hab ihn in unser Fotoalbum geklebt, als ich in der ersten Klasse war. Meine Mutter ist durch die Welt getingelt und hat nur ab und an eine Postkarte geschickt. Immer ohne Absender. Sie wollte keinen Kontakt. Wir haben uns damit abgefunden. Kamen ja auch so zurecht.» Die Suppe beginnt zu kochen. «Nach der Schule war ich lange in Australien. Ich dachte, ich müsste auch was von der Welt sehen. Vielleicht dachte ich, ich müsste mein mütterliches Erbe ausleben. Keine Ahnung. Und wo bin ich gelandet? Auf einer australischen Schaffarm. Letztlich aber hat es mich dort nicht gehalten. Als ich zurückkam, war meine Mutter wieder hier. Ich meine, nicht bei uns, aber in Ostfriesland. Auf Juist. Zu Weihnachten hat sie uns besucht. Jetzt im Alter scheint sie wohl zu merken, dass Familie nicht das Schlechteste ist.»

Janko dreht die Temperatur der Herdplatte runter.

«Lass uns zu den Schafen gehen. Ich habe eine Viertelstunde Zeit. Hat sich alles gedrängt, weil die Polizei mir und meinem Vater unbedingt noch ein paar Fragen stellen musste.» Janko deutet auf das Foto, das Rosa auf den Tisch gelegt hat. «Kann ich das behalten? Ich würd es nachher gern meinem Vater zeigen.»

Viel haben die Befragungen der Mitglieder der Wolfsgegner-Gruppe nicht ergeben, auch die Nachbarn wussten kaum etwas über Lennard Kramer. Selbst Rudis Vater Hoyko nicht, obwohl die beiden öfters über den Gartenzaun hinweg miteinander gesprochen haben. Der Wolf ist offenbar nie ein Thema gewesen. Alle sind sich einig: Lenny war nicht einfach, eine Mordswut hatte aber niemand auf ihn.

«Herrschaftszeiten, irgendwo muss er doch ums Leben gekommen sein», flucht Haueisen, als Schnepel und Rudi ihm von ihren Gesprächen mit dem Makler, dem Deichschäfer und den anderen berichtet haben. «Aber gut, wir müssen mit dem arbeiten, was wir haben. Janßen könnte also verschwiegen haben, dass es in den Telefonaten um den Wolf ging», fasst er zusammen. «Meinen Sie, da liegt das Motiv, Bakker?»

«Schwer vorstellbar. Nur weil der eine für den Wolf ist und der andere dagegen, bringt man ja keinen um. Außerdem gibt es bislang gar nicht so viele Wolfsrisse in der Gegend.»

«Das stimmt nicht!», widerspricht Schnepel. «Erst Sonntag hat Janßen Wolfsrisse gemeldet. Hast du doch vorhin gehört.»

«Da war Kramer aber bereits seit ein paar Tagen tot», kontert Rudi. «Also kann das kein Motiv sein.»

«Vergiss nicht: Kramer hat Janßens Sohn bei der Demonstration in Aurich derartig verletzt, dass die Wunde im Krankenhaus genäht wurde.» Schnepel gibt nicht auf. «Vielleicht war das der Auslöser für den Streit.»

«Das können wir aber nicht beweisen», entgegnet Rudi. «Janko hat lediglich bestätigt, dass Kramer ihn verletzt hat.»

Haueisen seufzt laut, als er das hört. «Eine Sackgasse nach der anderen. Haben wir inzwischen alle Telefonkontakte des Toten befragt?»

Das *wir* stößt Rudi sauer auf. «Nein. Erstens waren *wir* heute den ganzen Tag unterwegs, und zweitens ist nicht jeder ständig erreichbar. Einige der Gesprächspartner haben zudem von einem Festnetzanschluss mit Kramer telefoniert.»

«Ja, dann …» Haueisen tut verwundert. «Was sitzen Sie denn noch hier? Bewegen Sie Ihre Hintern und erledigen Sie den Rest!» Er dreht sich um und schaut aus dem Fenster. «Ich will Ergebnisse, meine Herren. Und das zügig!»

Wie ausgeschimpfte Schüler verlassen Rudi und Schnepel das Büro.

«Der soll sich bloß nicht so aufspielen», sagt Schnepel beleidigt. «Was unternimmt er denn, um den Fall zu lösen? Der verkriecht sich in seinem warmen Büro und lässt uns die Fleißarbeit erledigen. Und wer heimst hinterher die Lorbeeren ein? Seine Gnaden, Fürst Haueisen. Nee, der sollte endlich in den Ruhestand gehen. Wollte der das nicht schon in diesem Jahr tun?» Er stößt die Tür zu seinem eigenen Büro auf.

«Keine Ahnung, ich denke, er müsste doch noch ein paar Jahre haben», sagt Rudi. «Wo ist denn die Liste?»

«Hier.» Schnepel zieht ein Blatt aus dem Stapel neben dem Bildschirm seines Computers. «Fang du schon mal an, ich checke erst die Mails. Nicht, dass uns was Wichtiges durch die Lappen geht.»

Rudi wirft einen Blick auf die Liste. Auch die Frau von Janßen steht drauf. Die jetzt als Schmuckdesignerin auf Juist lebt. Kramer hat sie ein paar Tage vor seinem Tod angerufen. Wollte er mit *der* auch über alte Zeiten reden? Rudi beschließt, mit ihr zu beginnen. Es ist eine Festnetznummer. Er greift zum Hörer und tippt die Nummer ein. Macht sich besser, über die offizielle Leitung der Polizei anzurufen als von seinem privaten Handy.

«Juister Strandschmuck, Uschi Janßen am Apparat, guten Tag.»

«Kripo Wittmund, Kommissar Bakker. Moin, Frau Janßen.»

«Kripo?»

«Keine Angst, es ist nichts passiert, ich habe nur ein paar Fragen an Sie», sagt Rudi beruhigend. «Herr Lennard Kramer ...»

«Oh. Es geht um Lenny?», unterbricht sie ihn. «Da kann ich Ihnen eigentlich gar nicht helfen. Mit dem hab ich vor dreißig Jahren das letzte Mal zu tun gehabt.»

«Ach so? Sie haben nicht zufällig kürzlich telefoniert?» Schweigen. «Sind Sie noch dran, Frau Janßen?»

«Ja.»

«Lassen Sie uns gleich zur Sache kommen. Was wollte er denn nach all den Jahren von Ihnen?»

«Warum interessiert Sie das überhaupt?»

«Herr Kramer ist tot. Er wurde ermordet.»

«Oh.» Wieder folgt Schweigen. Die Schmuckdesignerin hat anscheinend noch nichts von seinem Tod mitbekommen.

«Wir sprechen jetzt mit allen, mit denen er in den Tagen vor seinem Tod Kontakt hatte. Also: Weswegen hat Herr Kramer Sie mehrfach angerufen?»

Wieder ist es etliche Sekunden still. Rudi hört nur schweres Atmen am anderen Ende der Leitung. Endlich spricht Uschi Janßen. «Lenny war aufgeregt. Und wütend. Er hatte sich mit Gerd gestritten. Leider hat er in dieser Hinsicht bei mir in die richtige Kerbe geschlagen. Gerd ist so ein Fall für sich. Und da habe ich zu Lenny in einem unbedachten Moment gesagt, dass theoretisch auch er der Vater von Janko sein könnte.» Wieder schweigt sie. «Es war eine andere Zeit damals in der Kommune. Wir fühlten uns frei und wollten die Konventionen unserer Eltern über Bord werfen. Freie Liebe, alles easy. Ein paar Joints und die Welt ist dein Freund. Ich hätte ihm das nicht sagen dürfen. Lenny war danach komplett aus dem Häuschen.»

Henner und Rudi sitzen gemütlich bei einem Bier im Dattein. Im vorderen Teil des Gastraums bauen die beiden Musiker gerade ihre Anlage auf.

Das gefällt Henner. Dann muss er nicht so viel reden. Und die Jungs sind einfach prima. Er mag die Gitarrenklänge des Duos. Die sind bodenständig und passen hierher.

«Auf'm Hof sind wir bei dem Sturm noch mal mit 'nem blauen Auge davongekommen. Sind nur ein paar Bockpfannen runtergeflogen, und ein Zaun ist umgekippt», sagt er. «Vaddern hatte Angst, dass es schlimmer kommt. Der hat heute Mittag von der großen Sturmflut 62 in Hamburg erzählt. Da sind damals über dreihundert Leute gestorben.»

«Schlimm, wenn die Deiche brechen», sagt Rudi und trinkt einen großen Schluck Bier. «Zum Glück wird ja ständig daran gearbeitet. In der Zeitung stand, dass die Deiche an der ostfriesischen Küste dem steigenden Meeresspiegel auch bei Stürmen gewachsen sind. Nur zwischen Wilhelmshaven und Hooksiel müssen sie noch erhöhen.»

Die Eingangstür fällt mit lautem Krachen ins Schloss. Henner und Rudi sehen sich an. Ist klar, wer jetzt kommt.

Sie haben sich nicht getäuscht.

«Hab ich mir gedacht, dass ich euch hier treffe. Wo bei euch beiden zu Hause keiner aufgemacht hat», sagt Rosa und zieht den Barhocker vom Schiffsbug der Theke dichter zu Henner heran. «Das war vielleicht ein Tag.»

«Jo», sagt Henner.

«War ordentlich stürmisch», ergänzt Rudi.

«Das mein ich nicht.» Rosa bestellt sich ein Glas Grauburgunder beim Wirt. «Ich meine mehr die Ermittlungen.»

«Was weißt du denn von meinen Ermittlungen?», fragt Rudi verdattert.

«Nichts. Du erzählst mir ja kaum was. Aber ich halte meine Ohren offen. Weißt *du* eigentlich, dass ein anderer Mann, der sein Haus hier in Neuharlingersiel ebenfalls an van Graaf verkauft hat, keine vier Wochen später von seiner Leiter gefallen und gestorben ist? Hat Henner mir erzählt.»

Fragend schaut Rudi Henner an. Der zuckt mit den Schultern. «Ist ja nu kein Geheimnis.»

«Ja, und?» Rudi greift zu seinem Bierglas. «Unfälle passieren.»

«Der Winkler, so hieß der, war ziemlich neben der Spur nach dem Tod seiner Frau», ergänzt Henner. «Der hatte Probleme mit Bluthochdruck und musste 'ne Menge Tabletten nehmen.» Henner weiß das, weil er mit dem alten Mann ab und zu ein Schwätzchen gehalten hat. Winkler war immer froh, wenn Henner nicht nur Dienst nach Vorschrift gemacht hat, sondern ein offenes Ohr für seine Nöte hatte.

«Aha.» Rudi trinkt einen Schluck und bestellt bei Berthold einen Wattwurm, die lange, dünne Salami, die so hervorragend zum Bier schmeckt.

«Mir auch einen», sagt Henner und ergänzt mit Blick auf Rosa: «Nee, zwei bitte.»

Die nimmt den Faden wieder auf. «Es gab keine weiteren Untersuchungen zu dem Todesfall. Keine Obduktion.

Nichts. Obwohl – wie üblich in so 'nem Fall – die Polizei hinzugezogen wurde.» Rosa nippt an ihrem Glas. «Und warum nicht?»

Rudi zuckt mit den Schultern.

«Weil *du* zu der Zeit den Inselpolizisten auf Spiekeroog vertreten hast. Dein lieber Kollege Schnepel hat den Unfall aufgenommen und schnellstens zu den Akten gelegt.»

«Ach», sagt Rudi. «Jetzt meinst du also schon, per Ferndiagnose sagen zu können, was korrekte Polizeiarbeit ist und was nicht?»

Er klingt etwas angefasst. Wahrscheinlich ist das gerade ein bisschen viel für seinen Kumpel, die Arbeit und dann auch noch die Trennung von Susanne.

«Wenn Schnepel festgestellt hat, dass es ein Unfall war, dann war es einer», fährt er fort. «Und zu den Ermittlungen: Stell uns nicht dümmer hin, als wir sind. Ganz untätig waren wir heute nämlich auch nicht. Wir sind an einigen Ungereimtheiten dran. So viel darf ich dir verraten. Kramer hat den Vertrag mit van Graaf kurz vor seinem Tod gekündigt. Dieses Thema hat sich also erledigt.» Rudi sieht Rosa triumphierend an.

«Und warum hat er ihn wieder aufgelöst?» Rosa ruckelt mit dem Po auf ihrem Barhocker herum.

«Weil plötzlich ein Erbe aufgetaucht ist.»

«Ist nicht wahr?» Sie will mehr erfahren, aber plötzlich ertönen Gitarrenklänge. Der Musiker mit dem blauen Fischerhemd steht am Mikrofon. Er winkt Rosa zu. «Moin allerseits. Letzten Samstag konnten wir diesen Musikwunsch nicht erfüllen, aber wir haben geübt. Hier kommt *der* Kultsong der Flower-Power-Zeit: *California dreamin'* von den Mamas und Papas.»

Langsam zupft er an den Saiten der Gitarre, dann singt er:

> *All the leaves are brown*
> *And the sky is gray*
> *I've been for a walk*
> *On a winter's day*
> *I'd be safe and warm*
> *If I was in N'siel*
> *California dreamin'*
> *On such a winter's day.*

Plötzlich wird Henner ganz warm ums Herz. In seiner Kindheit hat er dieses Lied ständig gehört. Auch wenn damals natürlich immer L. A. besungen wurde. Und nicht N'siel.

DONNERSTAG

Auch heute Morgen tauscht Rudi seine Ente in Esens gegen die Ape. Macht sich erstens besser, in einem Polizeiauto unterwegs zu sein – wie klein es auch immer ist –, und zweitens spart er Benzin. Bei den Spritpreisen heutzutage ist das nicht unerheblich. Außerdem freut Bernie sich, wenn sie bei einem Kaffee durchsprechen können, was gestern in der Polizeistation angefallen ist. Bernie berichtet gerade, dass in den letzten Tagen mehrmals ein streunender Hund gesehen wurde, als Janko Janßen hereinkommt.

Eigentlich ist Janko stets die Ruhe in Person, aber heute wirkt er ziemlich durch den Wind.

«Moin, Janko. Was führt dich denn her?», fragt Rudi und tritt an den Empfangstresen. «Ist dir noch was eingefallen?»

«Mein Vater ist verschwunden.» Janko reibt sich die Augen und macht den Eindruck, als könne er selbst nicht glauben, was er gerade sagt.

«Wie? Verschwunden?» So einfach verschwindet schließlich niemand.

«Heute Morgen war er nicht da. In den letzten Tagen, also seit ich die Nachtwache am Deich halte, hatte er morgens den Kaffee fertig und löste das Kreuzworträtsel in der Zeitung, wenn ich heimkam. Heute nicht. Ich bin in sein Schlafzimmer, aber das Bett ist unbenutzt. Unser Auto steht auf dem Hof. Seine Schlüssel hängen am Brett in der Diele. Alles ist da, nur er nicht.»

«Hast du versucht, ihn übers Handy zu erreichen?»

Janko blickt Rudi an, als sei er nicht ganz bei Trost. «Na klar. Was denkst du denn? Aber er geht nicht ran. Ich hab den ganzen Hof abgesucht, bin in jeder einzelnen Box im Stall gewesen, hätte ja sein können, dass er einen Herzinfarkt bekommen hat, aber keine Spur von ihm. Ich weiß mir keinen Rat. Rudi, ich möchte ihn als vermisst melden.»

«Hm.» Rudi runzelt die Stirn. «Das hört sich in der Tat sehr merkwürdig an. Und du hast keine Ahnung, wo er hin sein könnte?»

Janko schüttelt den Kopf.

«Fehlt sonst irgendwas? Schuhe, Jacke, Mütze oder so? Kann er sich mit jemandem getroffen haben?»

«Keine Ahnung. Er hat mir nichts davon gesagt. Ich hab mich aber auch am Mittag hingelegt und Ohrstöpsel benutzt, damit ich schlafen kann, ich musste ja für die Nachtwache fit sein. Als ich aufgestanden bin, war er nicht da. Ich hab mir weiter keine Gedanken gemacht, dachte, er ist mit dem Rad noch mal los, um nach dem Teil der Herde zu sehen, der zum Nachweiden bei Siebels steht. Nur, wie gesagt, heute früh war er noch immer nicht zurück. Sein Rad ist fort. Die dicke Jacke auch. Damit wird er wohl losgefahren sein. Ich mach mir wirklich Sorgen. Er hat doch Vorhofflimmern und muss Medikamente nehmen. Ich hab Angst, dass ihm was passiert ist. Ihr müsst was unternehmen.»

«Ich will sehen, was ich machen kann.» Rudi muss mit dem Chef sowieso noch über den Unfalltod von Winkler reden. Denn Rosa hat mal wieder ihren Finger in eine Wunde gelegt, von der Rudi gar nicht gewusst hat, dass es die gibt.

«Okay. Wir geben eine Meldung an die Presse raus.»

Der Sturm hat sich gelegt. Ab und zu linst die Sonne durch die Wolkenlücken, als Rosa zur Schule fährt. Heute hat sie jedoch für das gelbrot leuchtende Himmelsschauspiel keine Augen. Seit dem Aufwachen drehen sich ihre Gedanken um Lenny Kramer. Wer hat ihn getötet? Beim ersten heißen Strahl der Dusche hatte sie das Gefühl, den richtigen Zipfel zur Lösung erwischt zu haben, doch schon im nächsten Moment wusste sie nicht mehr, welcher der vielen Fäden es gewesen ist. Ging es um Lennys Haus? Wer könnte dieser ominöse Erbe bloß sein? Ein verschollener Verwandter? Rosa hat gestern Abend alles versucht, Rudi den Namen zu entlocken, aber er ist stur geblieben.

Am Ortsausgang beschleunigt sie. Und dann gibt es noch diesen selbstgefälligen Makler, der gute Geschäfte mit dem Tod anderer Leute zu machen scheint. Der hätte das stärkste Motiv. Durch den Widerruf des Kaufvertrages geht ihm eine nicht unerhebliche Summe durch die Lappen, da muss sie nur an dieses neue Projekt denken, das er auf dem Grundstück des verstorbenen Winkler bauen lässt. So etwas macht Appetit auf mehr … Allerdings hat er ein Alibi, immerhin das hat Rudi ihr später am Abend verraten – obwohl Rosa die Worte von van Graafs Assistentin nicht unbedingt auf die Goldwaage legen würde. Wer weiß, welche persönlichen Interessen sie mit dem anscheinend gut situierten Mann verfolgt. Aber wenn van Graaf Lenny Kramer tatsächlich auf dem Gewissen haben sollte, warum bringt er seine Leiche dann zurück ins Haus? Das macht keinen Sinn. Außerdem hätte er gesehen werden können.

Im Radio sind die Nachrichten zu Ende, und eine Frau beginnt, mit voller, aber heller Stimme zu singen.

Rosa erkennt die Melodie sofort und ist wie elektrisiert.

Am Tag, als Conny Kramer starb, und alle Freunde weinten um ihn.

Kann das Lied ein Wink des Schicksals sein?

In diesem Moment läuft ein Hund über die Straße.

Sie steigt in die Eisen. Puh! Das war knapp. Um Haaresbreite hätte sie ihn erwischt. Wo kommt der denn her? Rosas Herz wummert. Und wo ist das Herrchen? Sie blickt nach rechts und links, aber weit und breit ist kein Mensch zu sehen. Merkwürdig. Sie sieht noch, wie der Hund über einen Graben springt und übers Feld läuft. Sieht aus wie ein Schäferhund. Oder sollte das … nein, das wird kein Wolf sein. Nicht am helllichten Tag. Sie schaut dem Tier weiter hinterher. Täuscht sie sich, oder hinkt der?

Rosa fährt weiter. Ist ja alles gut gegangen. Schnell sind ihre Gedanken wieder bei Lenny Kramer. Irgendetwas müssen sie alle übersehen haben. Vielleicht sollte sie noch einmal genauer in seinem Haus nachschauen. Bislang hat sie sich ja nur das Wohnzimmer gründlich vorgenommen. Über die Freisprechanlage ruft sie Rudis Vater an. «Moin, Hoyko! Entschuldige, dass ich dich so früh störe.»

«Aber nicht doch. Nur der frühe Vogel … Du weißt schon. Was kann ich denn für dich tun?»

«Sag, hast du den Schlüssel für das Haus von Lenny Kramer? Clara hat so etwas in der Richtung gesagt, dass sie ihn dir geben soll, wenn sie fertig ist.»

«Ja, sie war vorhin hier und hat ihn mir gebracht. Warum?»

«Ich würde mir den gern ausleihen.» Rosa fährt auf den Schulparkplatz. «Erklär ich dir heute Mittag. Ich komme nach der Schule vorbei.»

Der Suchaufruf für Radio und Presse ist tatsächlich raus. Rudi hat Haueisen überzeugen können, dass Gefahr im Verzug ist. Er will sich schließlich nicht nachsagen lassen, dass eine frühere Fahndung möglicherweise Schlimmeres hätte verhindern können. Rudi hofft sehr, dass das alles nur ein Sturm im Wasserglas ist. In Wittmund angekommen, parkt er die Ape vor dem Polizeigebäude und beeilt sich. Jacke und Mütze legt er in Schnepels Zimmer ab und eilt zu Haueisens Büro. Der Chef und Schnepel sind schon bei der Arbeit.

«Moin», grüßt Rudi.

«Moin, Bakker.» Haueisen klopft auf einen Aktenordner. «Schnepel und ich reden gerade darüber, dass wir die Sache mit Winkler doch noch mal genauer beleuchten müssen. Sie haben recht. Was dem Kollegen Schnepel damals wie ein simpler Unfall vorkam, kann unter Berücksichtigung der neuesten Erkenntnisse auch ganz anders gewesen sein. Wobei immer noch fraglich ist, wie van Graaf es angestellt haben sollte, diesen Unfall zu inszenieren.»

«Das ist doch ganz einfach, Chef», sagt Schnepel, eifrig wie immer. «Van Graaf ist zu Winkler. Oder besser noch: einer seiner Lakaien. Denn ich glaube nicht, dass der Schnösel sich selbst die Finger dreckig macht. Auf jeden Fall hat da jemand die Gunst der Stunde genutzt und die Leiter zum Kippen gebracht. Ist ja keine kurze Leiter gewesen. Und da Winklers Grundstück gut eingewachsen war, konnte niemand den Garten einsehen. Als ich hinkam, lag Winkler wie ein Käfer auf dem Rücken, das Genick an der mit Wackersteinen eingefassten Kante der Rabatte gebrochen. Alles passte zu einem Unfall. Da war sich der Rettungsarzt hundertprozentig sicher. Deswegen bin ich gar nicht auf den

Gedanken gekommen, das infrage zu stellen», redet sich Schnepel in atemberaubender Geschwindigkeit aus der Verantwortung. «Wir sollten Winkler exhumieren lassen. Vielleicht finden wir doch noch einen Hinweis auf Fremdeinwirkung. Vielleicht war ein Elektroschocker im Einsatz. Hab ich erst vor Kurzem im Fernsehen gesehen.»

«Unsinn», widerspricht Haueisen. «Solange wir nicht mehr haben, kriegen wir nie im Leben die Genehmigung zu einer Exhumierung.»

«Aber wir haben doch mehr», behauptet Schnepel. «Wir wissen, dass van Graaf nach dem Tod von Winkler durch den Abriss des alten Hauses und den Neubau von Eigentumswohnungen einen Wahnsinnsreibach macht. Das ist doch ein 1-a-Motiv. Wir müssen nur weiterbohren. Dann kriegen wir ihn am Schlafittchen.»

Einen Moment herrscht Schweigen, Haueisen scheint diese Möglichkeit in Erwägung zu ziehen. Schließlich hat er beste Beziehungen zur Staatsanwältin.

Rudi nutzt die kurze Pause. «Ich hab noch mal über das Gespräch mit Uschi Janßen nachgedacht. Sie hat Lenny Kramer gegenüber fallen gelassen, dass auch er der Vater von Janko sein könnte. Jedenfalls kam mir in diesem Zusammenhang in den Sinn, dass Kramer vielleicht gar nicht wegen der Wolfsgeschichte bei Janßen angerufen hat, sondern wegen Janko. Er könnte der Erbe sein, der plötzlich aus dem Nichts aufgetaucht ist und wegen dem Kramer den Vertrag mit van Graaf widerrufen hat. Ich gehe noch einen Schritt weiter: Könnte Gerhard Janßen Lenny Kramer getötet haben, damit sein Sohn nicht erfährt, wer wirklich sein Vater ist?»

Staunend sieht ihn Haueisen über den Rand seiner Brille

an. Rudi fährt fort: «Ich hoffe sehr, dass der alte Janßen im Laufe des Vormittags wieder auftaucht und wir ihn befragen können.»

«Blödsinn», meint Schnepel. Dann jedoch blitzen seine Augen auf, als hätte er eine Offenbarung gehabt. «Natürlich! Das ist es! Der alte Janßen ist verschwunden! Aber nicht einfach so! Der ist abgetaucht, weil er zu Recht befürchtet, dass wir ihm auf die Schliche kommen. Jawoll! Das ist des Pudels Kern! Bei Winkler war's ein Unfall. Van Graaf ist zwar ein Widerling, hat aber weder Winkler noch Kramer auf dem Gewissen. Gerhard Janßen war's», macht Schnepel im nächsten Augenblick die Kehrtwendung. «Wir müssen die Fahndung nach ihm rausgeben.»

«Nun mal nicht so schnell mit den jungen Pferden», bremst Haueisen ihn. «Bakker sagte doch gerade, dass die Suche nach ihm bereits angelaufen ist. Wir sollten zunächst einmal überprüfen, ob Janßen ein Gewehr besitzt, das die Tatwaffe gewesen sein könnte. Erst dann können wir weitere Schritte einleiten. Sie beide fahren sofort zur Deichschäferei und klären das.»

Rudi und Schnepel finden Janko im Stall. Ein Mutterschaf bringt Drillinge zur Welt, sie sehen gerade noch, wie das letzte geboren wird. Ehrfürchtig bestaunt Rudi, wie achtsam das Muttertier mit den Lämmern umgeht. Janko steht in respektvollem Abstand und lässt die Mutter die ersten zarten Bande zu ihrem Nachwuchs knüpfen.

«Ist dein Vater wieder aufgetaucht?», fragt Rudi einfühlsam.

Janko schüttelt den Kopf. «Noch immer nicht.»

Rudi gibt sich einen Ruck. «Wir müssen mit dir reden.»

«Gleich. Ich muss erst die vier in eine eigene Box bringen. Dann bin ich für euch da.»

Eine Viertelstunde später kommt Janko zurück. Rudi und Schnepel haben solange im Mittelgang des Stalls gewartet.

«Was wollt ihr denn wissen?» Janko trocknet sich die Hände an einem Handtuch ab.

«Habt ihr Waffen auf dem Hof?»

Janko nickt. «Sicher. Mein Vater und ich sind beide Jäger.»

Bevor Rudi weiterfragen kann, sagt Schnepel schneidend: «Wir brauchen Zugang zu Ihrem Waffenschrank.»

«Warum?»

«Weil wir überprüfen müssen, ob eines Ihrer Gewehre die Tatwaffe im Fall Kramer ist.»

«Aber warum sollte mein Vater Lenny Kramer erschießen?»

Rudi haut Schnepel mit dem Ellbogen in die Seite. Zum Glück stehen sie nah genug beieinander, sodass Janko das kaum bemerkt haben dürfte.

Erstaunlicherweise versteht Schnepel den Wink und mäßigt seinen Tonfall. «Ihr Vater war dagegen, dass die Wölfe hier heimisch werden, Lennard Kramer hingegen dafür. Sie selbst hatten kürzlich bei der Demo in Aurich eine nicht gerade freundschaftliche Begegnung mit Herrn Kramer, die in einem kurzen Krankenhausbesuch gipfelte.»

Automatisch wandert Jankos Hand an seine Stirn. «Deswegen würde mein Vater aber doch niemanden erschießen. Und im Übrigen muss ich Ihnen die Waffen nicht geben. Bringen Sie mir so einen Beschluss oder wie das heißt. Freiwillig rücke ich die Dinger nicht raus.»

«Wissen Sie was? Ich glaube nicht, dass Ihr Vater verschwunden ist», trumpft Schnepel auf. «Für mich sieht das ganz anders aus. Ihr Vater ist untergetaucht, weil er nicht für den Mord an Kramer zur Rechenschaft gezogen werden will.»

Der Vormittag in der Schule vergeht wie im Fluge. Auf dem Heimweg ertönt die Miss-Marple-Melodie ihres Handys.

«Rosa, ich bin's», sagt Tante Hildegard aufgeregt. «Es geht los. Der Makler war eben da. Er hat mir sein Angebot gebracht.»

«Du solltest ihn doch nicht ins Haus lassen, das haben wir lang und breit besprochen», sagt Rosa besorgt.

«Hab ich ja auch nicht.» Tante Hildegard kichert. «Ich war oben im Schlafzimmer und hab sein Auto gehört, diesen röhrenden Hirsch. Als er geklingelt hat, hab ich nicht aufgemacht. Er hat mir den Briefumschlag in den Kasten gesteckt. Es ist wirklich das Angebot.»

Van Graaf scheint es tatsächlich eilig zu haben, überlegt Rosa. Vielleicht steht er unter Zugzwang, weil das Grundstück von Lenny Kramer jetzt nicht mehr zur Verfügung steht. «Alles klar. Ich komme nachher vorbei, dann sehen wir uns das Angebot in Ruhe an.»

Wenig später klingelt Rosa bei Hoyko.

«Darfst du denn einfach so da rein?», fragt er und gibt ihr den Schlüssel zu Kramers Haus.

«Ist doch jetzt freigegeben. Clara hat schon geputzt, das heißt, die Polizei ist mit ihren Untersuchungen fertig.» Rosa strahlt ihn an. «Und bislang gibt es niemanden, der Anspruch auf Haus und Grund erhebt. Den Vertrag mit van Graaf hat Kramer ja widerrufen.»

«Wenn du das sagst.»

«Weißt du, ich hab einfach das Gefühl, da könnte was sein, was die Kripo nicht bemerkt hat. Deswegen würde ich gern noch mal ganz allein und in Ruhe gucken», sagt sie treuherzig.

«Mach, was du machen musst. Du bist ja unsere Spürnase. Wirf mir den Schlüssel nachher einfach in den Briefkasten, ich weiß ja nicht, was nun mit dem Haus passieren soll.»

«Ich glaub, das weiß die Polizei zum gegenwärtigen Zeitpunkt selbst nicht.»

«Na, hoffentlich wirst du fündig.»

«Danke.» Rosa nimmt den Schlüssel und haucht Hoyko einen Kuss auf die Wange.

Als sie kurz darauf das Haus betritt, hat sich der penetrante Geruch weitestgehend verflüchtigt. Da haben die Bakterien über Nacht ganze Arbeit geleistet. Rosa schaut sich in der Küche um. Bis auf die eine schmutzige Tasse in der Spüle steht nichts herum. Auch die anderen Räume sind aufgeräumt gewesen. Nur im Wohnzimmer hat irgendjemand für Chaos gesorgt. Wahrscheinlich hat der Täter verzweifelt etwas gesucht.

Lenny jedenfalls scheint Ordnung geliebt zu haben. Wichtige Dinge wird er dementsprechend nicht einfach so herumliegen gelassen haben. Die Fotos von früher waren ja auch ordentlich im Fotoalbum eingeklebt. Bis auf die verblichenen Farbfotos im Umschlag. Rosa sieht noch einmal alle Fächer des Schranks durch, findet aber nichts von Bedeutung. Also geht sie in die obere Etage. Dort befindet sich das Schlafzimmer. Auf der einen Seite des Doppelbetts liegt ein zerwühlter Bettbezug, auf der anderen ein Haufen Schmutzwäsche. Rosa öffnet den Kleiderschrank. Links hängen ein paar Hemden, in den Fächern liegen zusammengelegte Hosen übereinander. Ein Paar Cowboystiefel und mehrere Turnschuhe reihen sich auf dem Schrankboden aneinander. In einem Fach sind T-Shirts ordentlich gestapelt, im anderen Unterwäsche und Socken.

Rosa schließt die Schranktür und geht in das kleine Zimmer nebenan. An der Wand hängt ein großes Poster vom jungen Bob Dylan. Im Bücherregal stehen Notenbücher und Bände von Karl May eng an eng, weiter unten befinden sich Kartons mit Gesellschaftsspielen. Davor lehnt eine Akustikgitarre, drei elektrische Gitarren sind auf speziellen Ständern untergebracht. Auf einer entdeckt Rosa ein «D», das Markenzeichen der Duesenberg-Gitarren aus Hannover. Die bekanntesten Musiker der Welt spielen damit, auch Bob Dylan. Ingo, ihr ehemaliger Freund, war Mitglied in einer Band und hat ihr ständig davon vorgeschwärmt. Mein Gott, ist das gefühlt lange her. Dieser selbstverliebte Ingo! Die Katastrophenbeziehung mit ihm hatte nur ein Gutes: Sie ist in den Norden gezogen, um ihn endlich loszuwerden. Und das ist die beste Entscheidung ihres Lebens gewesen, fühlt sie sich doch hier in Ostfriesland pudelwohl.

Ingo. Fast hat sie ihn vergessen. Für ihn waren seine selbst komponierten Songs das Wichtigste. Sein zukünftiges Kapital. Rosa greift nach dem obersten Notenheft. *Songs by Lenny Kramer* steht in geschwungener Schrift darauf. Rosa blättert darin. Gitarrengriffe sind notiert, darunter stehen Liedzeilen auf Englisch. Sie will das Heft schon wieder zurücklegen, als ein zusammengefaltetes Papier aus der Mitte rutscht. Rosa faltet das Blatt auseinander. Sofort bleibt ihr Auge an der Überschrift hängen.

Mein Letzter Wille

Für meinen Sohn. Daneben das Datum von letzter Woche Montag.

Es kribbelt in ihr, als sie zu lesen beginnt. Von den Zehennägeln bis zu den Haarspitzen.

Es wird langsam Zeit, Bilanz zu ziehen, damit Du zumindest etwas über mich weißt, wenn es mit mir mal aus sein sollte. Die besten Jahre sind vorbei. Leider. Dabei hat sich alles gerade für mich zum Guten geändert.
Ich bin zurück in meine alte Heimat gekommen, der Kreis schließt sich. Die Jahre mit den Bands waren anfangs schön, später ödete mich das Vagabundenleben nur noch an. Hätte ich Erfolg gehabt, wäre es sicher anders gewesen. Aber ich habe von der Hand in den Mund gelebt. Ohne Bindung. Ohne Glauben.
Und plötzlich erfahre ich, dass es Dich gibt. Noch kennst Du mich nicht, aber ich hoffe, das wird sich ändern. Ich hoffe, dass Du Dich auf mich einlässt. Auf jeden Fall mache ich diesen Leibrentenverkauf rückgängig. Das Einschreiben bringe ich gleich zur Post.
Janko, Du hast von mir als Vater nichts gehabt. Jetzt sollst Du wenigstens nach meinem Tod erben. Obwohl ich hoffe, dass das noch nicht so bald ist und wir uns erst einmal kennenlernen.
Aber wie auch immer:
Hiermit sei für alle Zeiten festgelegt: Mein Sohn Janko Janßen ist mein Alleinerbe.

Es folgt die Unterschrift von Lenny Kramer.

Rosa lässt das Blatt sinken. Janko soll Lenny Kramers

Sohn sein? Die beiden sehen sich doch gar nicht ähnlich. Im Unterschied zu Gerhard und Janko. Sie liest das briefähnliche Testament noch einmal und ist unschlüssig, was sie nun tun soll. Soll sie es Janko geben? Rosa ist sich nicht sicher, ob das eine gute Idee ist, so Knall auf Fall zu erfahren, dass man einen anderen Vater hat. Plötzlich kommen ihr auch Zweifel, ob Rudi überhaupt weiß, wer der Erbe ist, von dem er gestern Abend geredet hat. Müsste sie ihm nicht als Erstes Bescheid sagen? Im Prinzip ja. Aber nicht sofort. Im Dienst soll sie ihn nicht stören, das hält er ihr ständig vor. Unterbrechungen bei der Arbeit sind für andere allerdings kein Problem, denkt Rosa und macht sich auf den Weg zum Frisör.

Henner stellt Berta vor der Hafenmauer ab und nimmt die Post für Ludwig heraus. «Is offen», ruft der bereits von oben.

Als Online-Reporter bekommt der ganz schön viele Prospekte und Kataloge, wundert sich Henner, während er die Stufen hochstapft.

«Moin!» Er legt den Stapel Post auf den Tisch neben der Tür. «Willste dir ein neues Haus kaufen?»

«Quatsch, ich informiere mich nur über diesen Leibrentenverkauf von den eigenen vier Wänden.»

Mit einem verwunderten Blick mustert Henner Ludwig. Klar, seit der Frühverrentung kommt weniger Geld in seine Kasse, dafür arbeitet Sigrid aber bei Adelheid im Andenkenlädchen. Ludwig muss seine Gedanken erraten haben.

«Doch nicht im Ernst. Das mach ich nur zur Recherche. Ich will diesem van Graaf und seinen Geschäftsmethoden ein bisschen auf den Zahn fühlen. Da muss ich mich vorher natürlich auch bei den anderen Anbietern informieren, um ihm Paroli bieten zu können.»

Ludwig könnte sich eigentlich gleich mit Rosa und Tante Hildegard zusammentun, findet Henner. Er verkneift sich diese Bemerkung aber.

«Willste 'ne Tasse Tee?» Ludwig zeigt auf das Stövchen mit der Teekanne. «Ist frisch aufgebrüht.»

«Gerne. Bei der Kälte draußen tut das gut.» Normalerweise muss Henner den Tee bei Ludwig immer selbst kochen, weil Ludwig so schlecht auf den Beinen ist.

Die Kluntjes wandern in die Teetassen, Tee und Sahne folgen. Als die Wulkjes aufsteigen, fragt Henner: «Hast du schon mitbekommen, dass Gerhard Janßen vermisst wird?»

«Nee. Seit wann denn?»

«Das weiß ich auch nicht so genau. Ich hab das eben beim Bäcker aufgeschnappt. Janko Janßen war wohl dort und hat nach seinem Vater gefragt. Soll sogar 'ne Durchsage im Radio gegeben haben.»

«Ich hör NDR 1. Da kam das nicht. Oder ich hab's überhört.» Ludwig trinkt einen Schluck Tee. «Und im Polizeifunk war davon nicht die Rede. Die Verkehrspolizei ist aber auch mächtig beschäftigt mit dem Unfall auf der Landstraße. L6 an der Abzweigung nach Werdum.»

Erschrocken blickt Henner auf. Das ist doch Rosas Strecke zur Schule. «Was ist denn passiert?»

«Ein Auto hat einen Wolf angefahren. Besser gesagt: totgefahren. Das Besondere an der Sache ist nur, dass das Vieh eine Schusswunde hat. Anscheinend ziemlich frisch. Ein Autofahrer hat ein Foto bei Facebook gepostet, das hat mir einer meiner Leser weitergeleitet.» Ein zufriedenes Lächeln huscht über Ludwigs Gesicht. «Hab ich natürlich gleich in der Mitmach-Zeitung gebracht.» Ludwig hält ihm sein Tablet hin. «Willste mal gucken?»

Henner wirft einen Blick auf das Foto. «Sieht aus wie ein Schäferhund.» Er verzieht den Mund. Tote Tiere kann er nicht gut ansehen. Tote Menschen noch viel weniger.

«Der scheint sich beim Aufprall das Genick gebrochen zu haben. Das Blut ist schon älter. Deshalb laufen die Leute bei Facebook und in der Mitmach-Zeitung jetzt Sturm. Einer schreibt, dass es schon der sechsundzwanzigste illegal geschossene Wolf in den letzten anderthalb Jahren ist.»

Henner stellt seine Teetasse zurück auf den Tisch. «Und woher wollen die das wissen?»

«Keine Ahnung. Aber es gibt Wolfsfreunde, die das haarklein auflisten. Die Behörden müssen die Tiere deshalb auch immer obduzieren. Für so einen illegalen Abschuss kannst du immerhin für fünf Jahre ins Gefängnis wandern.»

«Tatsächlich?»

«Zumindest theoretisch. Gab bislang aber kaum Bestrafungen. Deshalb sind die Wolfsfreunde so sauer. Die fühlen sich nicht ernst genommen. Die meinen, dass die Ängste der Menschen vor Wölfen bewusst geschürt werden und manch einer glaubt, mit der Tötung eines Wolfs was Gutes zu tun.»

Henner ist erstaunt, wie gut Ludwig informiert ist. Das hätte er ihm gar nicht zugetraut. «Gehörst du denn auch zu den Wolfsfreunden?»

Einen Moment ist es still, von draußen hört man nur das Tuten der von Spiekeroog ankommenden Fähre. «Sagen wir mal so.» Ludwig hält inne und sieht Henner in die Augen. «Allein im Wald möchte ich dem Wolf nicht begegnen.» Er legt sein Tablet auf den Tisch und grient. «Zum Glück bin ich ja nie allein im Wald.» Sein Mund zuckt bei diesen Worten selbstironisch. «Für irgendetwas ist meine Gehbehinderung dann auch mal gut.»

Im Frisörsalon ist am frühen Nachmittag fast nichts los. Henners Schwester Gudrun färbt gerade Gisela Frerichs die Haare, als Rosa unter dem Gebimmel der Glöckchen den Laden betritt. Sofort kommt Gudruns Hund Schecki angewetzt und macht Männchen, springt aber weder an ihren Beinen hoch, noch kläfft er. Die Hundeschule hat wirklich Wunder vollbracht.

Nach einer herzlichen Begrüßung lässt sich Rosa in den leeren Bedienstuhl neben Gisela fallen.

«Ist richtig ruhig heute», sagt sie.

«Sind ja keine Touristen da. Das merkt man.» Gudrun pinselt Giselas Haaransatz mit Farbe ein. «Und bei dem Schmuddelwetter der letzten Zeit hat ja niemand Lust darauf, an der Nordsee einen Kurzurlaub zu machen. Gestern war es so nass und windig, da hatte nicht mal Schecki Lust, am Strand Gassi zu gehen. Hätte nicht viel gefehlt, und der wär an der Leine durch die Gegend geflogen. Zum Glück hat Gisela mir Gesellschaft geleistet. Und hinterher haben wir es uns bei Tee und einem schönen Stück Torte gemütlich gemacht. Nich, Gisela?»

Die nickt. «Jo. Erst hatte ich eigentlich überhaupt keine Lust. Aber Erwin ist bei dem Wetter so mies drauf, da musste ich mal raus. Hinterher fühlt man sich ja immer besser, wenn man sich ordentlich vom Wind hat durchpusten lassen. War aber außer uns keiner da. Nur Gerhard kam uns entgegen. Der lässt sich auch nicht vom schlechten Wetter abbringen. Als Schäfer ist er ja allerhand gewohnt.»

«Hast du schon gehört?», wechselt Gudrun das Thema. «Susanne verlässt uns. Sie geht nach Bremen in einen ganz modernen Salon in der Innenstadt.»

«Mit Rudi hat sie Schluss gemacht», ergänzt Gisela, die größte Klatschtante von Neuharlingersiel. «Und Susanne ist ganz hin und weg von ihrem neuen Chef.»

«Ach. Na denn. Reisende soll man nicht aufhalten», sagt Rosa ohne große Emotionen. So ist das also. Diesmal nicht cherchez la femme, sondern cherchez … wie heißt der Mann noch mal auf Französisch? Richtig warm geworden ist sie mit Susanne Schnepel sowieso nie. Die hat Rudi immer viel zu sehr mit Beschlag belegt. Aber sie ist ja nicht gekommen, um zu tratschen, sondern um etwas zu erfahren. «Sagt mal, der Lenny Kramer – war der auch bei dir im Salon zum Schneiden?

«Nur ein Mal. Der wollte ja keinen akkuraten Schnitt.»

«Wann war das?»

«Ich glaube, im Dezember. Zappel nicht so rum, Gisela, sonst verschmier ich die Farbe.» Gudrun dreht sich im gleichen Augenblick um und guckt Rosa an. «Wieso fragst du?»

«Lenny Kramer hat den Leibrentenverkauf rückgängig gemacht, weil er nun doch einen Erben hat.» Damit verrät Rosa ja nicht zu viel. Das wissen die Polizei und der Makler, also kann sie es auch sagen.

«Ach nee», sagt Gisela. «Hat er irgendwo auf der weiten Welt einer Frau seinen Samen eingepflanzt.»

«Sieht so aus.»

«Komm schon, du weißt garantiert mehr. Das seh ich

dir an der Nasenspitze an!» Gudrun tunkt den Pinsel in die Farbe. «Schieß los. Weißt du, wer es ist? Vielleicht sogar jemand aus dem Ort?»

«Nee.» Gisela schüttelt den Kopf. «Dann wüsste ich das. Obwohl ... Damals schwärmten ja alle für ihn. Der brauchte nur mit dem Finger zu schnipsen, schon konnte er haben, wen er wollte. Ich glaub, Adelheid war auch ganz scharf auf ihn.»

Gudrun vergisst ihren Haarpinsel, Farbe tropft auf den Frisierumhang. «Du glaubst doch nicht ...?», fragt sie entsetzt, um sich gleich darauf zu entspannen. «Ach nein. Die Zwillinge sind ja erst viel später auf die Welt gekommen. Da gab's die Kommune nicht mehr, und Adelheid war schon längst mit Wilfried verheiratet.»

«Pass doch auf!» Gisela greift nach einem Kleenex und tupft die Farbe ab. «Also, Rosa: Wer ist denn nun der Erbe von Kramer?»

«Verrat ich nicht. Ich kann es euch doch nicht sagen, wenn derjenige es selbst nicht ahnt. Hätte aber ja sein können, dass ihr etwas wisst.»

Für einen Moment ist es still im Laden, nur aus der Ecke ist Scheckis Schnarchen zu hören.

«Ahh ... Nachtigall, ick hör dir trapsen!» Gisela bekommt glänzende Augen. «Die Mutter muss eine aus dem Ort sein! Ein Kuckuckskind! Gudrun, lass uns doch mal überlegen, ob wir da nicht selbst draufkommen. Ich denke, es ist Zeit für einen Prosecco!»

Rudi hat es sich in seinem Jogginganzug auf der Couch gemütlich gemacht, zwei Stullen mit Deichlammsalami und eine mit Leberwurst geschmiert, dazu Chili-Gewürzgurken und ein Bierchen. Heute will er keinen Menschen mehr sehen. So ganz kalt lässt ihn Susannes Entschluss, nach Bremen zu gehen, nämlich nicht. Zugegeben, er wollte es noch nicht so eng wie sie, aber deswegen gleich Schluss zu machen, schmerzt ihn schon.

Im Fernsehen ertönt die Melodie der Nachrichtensendung. Danach möchte er einfach nur entspannen und irgendeine Komödie gucken. Gerade begrüßt die Moderatorin die Zuschauer, da klingelt es an seiner Tür.

Och nö. Bitte nicht. Er will doch nur seine Ruhe! Andererseits: Vielleicht ist es Susanne. Sie könnte es sich anders überlegt haben. So 'n Schiet! Und er hat schon den Jogginganzug an. Egal, sie kennt ihn ja auch mit noch weniger Klamotten. Sein Herz pocht aufgeregt, als er mit einem breiten Lächeln die Tür öffnet.

«Rosa, was willst du denn hier?» Sein Lächeln erstirbt auf der Stelle.

«Na, das ist ja keine schmeichelhafte Begrüßung! Willst du mich nicht erst mal reinbitten?»

«Äh, doch. Komm rein. Ich bin nur total überrascht. Du tauchst doch sonst nicht unerwartet auf. Ist was passiert?» Er schließt die Tür hinter ihr.

«Hast du Besuch?» Der Ton ihrer Stimme ist irgendwie anders als sonst. Unsicherer.

Er kneift die Augen zusammen. «Nein», sagt er schroffer als beabsichtigt.

Rosa wirkt gleich viel entspannter. «Das ist gut. Ich muss nämlich was mit dir besprechen.» Sie geht ins Wohnzimmer vor und setzt sich auf einen der beiden Sessel. Aus ihrer Handtasche zieht sie einen Umschlag. «Hier. Das habe ich heute im Haus von Lenny Kramer gefunden.» Sie reicht ihm den Umschlag.

«Was ist das?»

«So was wie sein Testament.»

Rudi blickt sie ernst an, greift zur Fernbedienung und schaltet den Fernseher aus. «Kannst du mir erklären, wieso du da warst?» Er lässt sich auf die Couch plumpsen.

Rosa holt tief Luft. «Also …» Sie atmet schnaufend durch die Nase aus. «Ich hatte das Gefühl, dass da noch irgendwas sein muss, das Licht ins Dunkel bringt. Ich hab hin und her überlegt, wer denn der Erbe sein kann, wegen dem Kramer den Vertrag mit van Graaf rückgängig gemacht hat. Und ich hab mir gedacht, die Lösung wird in seinem Haus zu finden sein. Also hab ich mir von deinem Vater den Ersatzschlüssel geben lassen und nachgeschaut.» Sie senkt den Blick.

Rudi ist entsetzt. «Du bist allen Ernstes ohne Berechtigung in das Haus und hast da rumgeschnüffelt?»

Trotzig schaut sie ihn an. «Ich wollte helfen. Du hast gesagt, ihr wisst nicht, wer dieser Erbe ist. Und da hab ich mir gedacht, Kramer muss es irgendwo notiert haben. Oder es muss ein Dokument oder sonst was geben. Und dann hab ich das hier gefunden. In dem Zimmer oben, wo die Gitarren stehen. Der Brief war in einem seiner Notenhefte. Guck ihn dir an. Und dann lass uns gemeinsam überlegen, was wir machen.»

Rudi öffnet den Umschlag und nimmt das Blatt heraus. Während er liest, ist Rosa still.

«Das ist ja echt der Hammer.» Rudi legt das Schreiben auf den Tisch. «Und nun?»

«Keine Ahnung», gesteht Rosa.

«Wenn du es Janko gibst, wird seine komplette Vergangenheit in ein anderes Licht gerückt.»

«Genau, das hab ich mir auch gedacht. Hab ich – oder haben wir – überhaupt das Recht dazu? Diese Frage beschäftigt mich, seit ich das Testament gefunden habe.»

«Das stimmt.» Rudi schießt allerdings wieder der Gedanke durch den Kopf, den er schon heute in Wittmund hatte. «Was, wenn Gerhard Janßen davon gewusst hat?»

«Dann stellt sich die Frage», überlegt Rosa laut weiter, «wie er darauf reagiert hätte, dass Lenny mit Janko darüber reden wollte. Wollte er vielleicht verhindern, dass sein Sohn erfährt, wer sein leiblicher Vater ist?»

Rudi sieht sie ernst an. «Darüber haben wir heute bei der Dienstbesprechung auch schon spekuliert. Zumal Gerhard spurlos verschwunden ist. Du kannst dir vorstellen, welche Theorien Schnepel präsentiert hat.»

Fassungslos schaut Rosa ihn an. «Meinst du wirklich, Gerhard könnte der Mörder sein?»

«Was ich meine, ist ziemlich egal. Fakt ist, dass er verschwunden ist und drei Langwaffen besitzt.»

FREITAG

Die Nacht war nicht gerade erholsam. Erst konnte Rudi nicht einschlafen, dann war er um halb sechs schon so wach, dass er aufgestanden ist. Die Zeitung war zum Glück bereits im Briefkasten, und der heiße Tee hat ihm gutgetan. Ist aber auch alles ziemlich verzwickt momentan. Seine Gedanken zum Testament von Lenny Kramer hat Rudi gestern Abend noch in den PC getippt, damit er die heute in Wittmund auch genau so präsentieren kann, wenn er Haueisen den Brief auf den Tisch legt. Vielleicht haben sie jetzt das Mordmotiv. Kommt doch keiner drauf, dass sich nach so vielen Jahren rausstellt, dass der Vater nicht der Vater ist. Obwohl, das hat es sicher schon seit Anbeginn der Zeiten gegeben. Nur Adam konnte sich sicher sein, der Erzeuger von Kain und Abel zu sein. Oder doch nicht? Immerhin gab's ja noch Gott. Aber darüber nachzudenken, führt Rudi entschieden zu weit.

Er spült gerade das Frühstücksgeschirr ab, als die Fanfare seines Handys losschmettert. Bernie ist dran.

«Moin, Rudi. Bist du noch zu Hause?»

«Jo. Wieso?»

«Ich hab 'ne Meldung gekriegt: In Neuharlingersiel ist ein Mann am Strand angespült worden. Kannste da gleich mal hinfahren? Der Rettungsdienst ist schon vor Ort, aber die konnten nichts mehr machen. Brauchst dich also nicht zu beeilen.»

«Alles klar. Hast du schon einen Namen?»

«Mike Schnabel heißt der Rettungsassistent.»

«Ich meinte, ob du weißt, wie der Tote heißt.»

«Nee. Kommst du danach in die Station, oder fährst du gleich wieder durch nach Wittmund?»

«Ich werd wohl nach Wittmund fahren. Warum?»

«Nur so. Dann lass ich nicht so viel Kaffee durchlaufen. Bis dann.»

«Tschüs.» Mit einem mulmigen Gefühl hängt Rudi das Geschirrtuch über die Heizung. Ein männlicher Toter. Hoffentlich ist das nicht Gerhard Janßen. Schnell bindet er sich die Koppel um, schnürt die Stiefel, zieht die Jacke an und setzt die dicke Strickmütze auf.

Es wird langsam etwas heller, als er das magnetische Blaulicht auf den linken Kotflügel seiner Ente setzt und hinter dem BadeWerk die schräge Deichüberführung hochfährt. Von oben sieht er den Rettungswagen, daneben den Notarztwagen. Im Schritttempo fährt Rudi den Deichsicherungsweg zum Strand runter. Wo in der Saison Strandbar und Surfschule aufgebaut sind, ragen jetzt nur Holzpfähle in die Luft. Der aufgeschüttete Strandbereich ist an manchen Stellen durch die Regenfälle der letzten Wochen überflutet. Rudi lässt die Ente auf dem asphaltierten Weg stehen und hetzt über den nassen Sand.

Zwei Männer in grelloranger Rettungsdienstbekleidung lehnen gelassen am Auto, einer raucht eine Zigarette. Wenige Schritte vor ihnen liegt ein Körper unter einer silbern glänzenden Aludecke. Bei diesem Anblick wird Rudi das Herz schwer. An so was gewöhnt man sich einfach nicht.

«Männliche Leiche mittleren Alters», sagt der Notarzt. «Ist wohl ertrunken. Voll bekleidet. Vermutlich ist er irgendwo über Bord gegangen. Habt ihr in der Nacht einen SOS-Ruf erhalten?»

Rudi schüttelt den Kopf. «Keine Ahnung. Ich komm direkt von zu Hause.» Er lässt sich von einem der Sanitäter eine Taschenlampe geben, hebt die Decke hoch und leuchtet dem Toten ins Gesicht. Alles in ihm zieht sich zusammen. Seine Ahnung hat ihn nicht getrogen. Es ist wirklich Gerhard Janßen. Seine Gesichtshaut ist wächsern und aufgedunsen. Nasse Haarsträhnen kleben an der Stirn, Schürfwunden überziehen seine rechte Wange. Die Kleidung ist triefnass: Winterjacke, Hose, Handschuhe. «Könnt ihr sagen, wie lange er schon tot ist?»

Der Rettungsassistent schüttelt den Kopf. «Das ist durch die ständige Bewegung und den Druck des Wassers auf die Haut schwierig zu sagen. Da müssen Fachleute ran.»

«Wir lassen ihn in die Rechtsmedizin bringen. Der Wagen des Beerdigungsunternehmers kommt gleich.» Der Notarzt guckt vom Klemmbrett hoch, auf dem er die erforderlichen Formulare ausfüllt. «Portemonnaie und Ausweis hatte er dabei. Sein Name ist ...»

«Gerhard Janßen», sagt Rudi tonlos. «Sein Sohn hat ihn gestern Morgen als vermisst gemeldet.»

Als Rudi in Wittmund eintrifft, sitzt Schnepel in Haueisens Büro. Der Chef legt gerade den Telefonhörer auf, und ein zufriedenes Lächeln umspielt seine Lippen.

«Gut, dass Sie kommen, Bakker», begrüßt ihn Haueisen. «Es gibt Neuigkeiten, die es in sich haben.»

«Wissen Sie schon, dass am Strand ...», fängt Rudi an, doch Haueisen unterbricht ihn.

«Das Tier, das gestern auf der Landstraße zwischen Neuharlingersiel und Esens überfahren wurde, ist der Wolf, der für die Lämmerrisse der letzten Woche verantwortlich ist. Das hat die tiermedizinische Untersuchung ergeben. Er ist zwei Jahre alt. Vermutlich war er auf der Suche nach einer Wölfin, um ein eigenes Rudel zu gründen. Aber die Untersuchung hat noch mehr ergeben.» Haueisen klopft mit der flachen Hand auf den Tisch. «Das Kaliber der Waffe, mit der der Wolf verletzt wurde, stimmt mit dem der Waffe überein, von der Lenny Kramer getroffen wurde.»

Jetzt blitzen Schnepels Augen auf. «Ich wette meinen Arsch drauf, dass die Tatwaffe Gerhard Janßen gehört.»

Rudi wirft Schnepel einen schrägen Blick zu. Auf diese Wette möchte er lieber nicht eingehen.

«Chef, bevor Sie weiterspekulieren: Gerhard Janßen ist tot.»

Für einen Moment ist es still. Haueisen muss die Nachricht wohl erst einmal sacken lassen.

«Janßen ist tot. Wieso wissen Sie das, und warum erfahre ich das erst jetzt?», fragt er verärgert.

Rudi berichtet in aller Ausführlichkeit von dem morgendlichen Einsatz. Kaum ist er fertig, läuft Schnepel endgültig zur Hochform auf.

«Ha! Ich hab's doch gesagt! Janßen ist der Mörder von Kramer!» Doch gleich darauf verzieht er den Mund, als ob ihm irgendetwas nicht schmecken würde. «Allerdings hatte ich gehofft, er wäre nur getürmt und wir könnten ihn zügig verhaften. Dass er sich durch Suizid der Strafe entzogen hat, finde ich unschön.»

«Seine Schuld ist doch noch gar nicht bewiesen!», verteidigt Rudi den toten Janßen.

«Ach was! Das ist ein ganz klares Geständnis. Sollst mal

sehen, wir werden das ruckzuck beweisen. Wir haben ja nun Täter und Opfer. Heutzutage kann die Kriminaltechnik alles Mögliche feststellen. Zum Beispiel belastende Fasern oder Fingerabdrücke. Und bestimmt finden wir auf dem Janßen-Hof die Waffe, mit der Kramer und der Wolf angeschossen wurden. Der Kreis schließt sich und die Akte dann auch bald. Wir sind einfach gut.» Schnepel strahlt selbstgefällig.

«Nun, das wird sich herausstellen», sagt Haueisen bedächtig. «Meine Herren, sichern Sie die Waffen. Dann sehen wir weiter.»

Henner stellt Berta an der Hafenmauer ab. Weit und breit ist kein Tourist zu sehen. Kein Wunder bei dem Schietwetter. Regen und Sturm satt. Auf den Inseln hat das Meer mächtig viel Strand weggerissen. So schlimm wie diesen Winter haben die Stürme schon lange nicht gewütet, sagen die einen. Die anderen meinen, das hat es seit Beginn der Wetteraufzeichnungen immer schon mal gegeben. Egal, wer recht hat: Wech is wech. Die Bürgermeister suchen mit den Experten auf Hochtouren nach Lösungen, wie sie den Sand bis zum Beginn der Saison wieder aufschütten können. Henner sieht jetzt schon die vielen gelben Radlader vor sich, die wie die Ameisen hintereinander weg den Sand vom Ostende der Inseln an den Hauptstrand fahren. Auf Wangerooge ist besonders viel weggerissen worden. Zum Glück soll die Wetterlage ab morgen besser werden.

Henner wirft einen Blick nach oben zu Ludwigs Fenster, aber er entdeckt ihn nicht. Vielleicht ist der gerade wieder mit einem seiner investigativen Artikel beschäftigt und hat keine Zeit, um über das Hafenbecken zu blicken. Er fischt die Briefe für den Online-Reporter aus der Tasche, überquert den Weg entlang der Hafenmauer und wundert sich, dass Ludwigs E-Scooter vor der Haustür steht. Normalerweise stellt er den immer im Hausflur ab, aus Angst, dass ihm jemand seinen Flitzer klaut. Zügig erklimmt Henner die Treppenstufen und klopft an die Wohnungstür. «Post ist da.»

«Komm rin», ruft Ludwig. Flink flitzen seine Finger über die Tastatur seines Tablets, als Henner das Wohnzimmer betritt. «Ich muss dringend den Artikel schreiben. Du glaubst nicht, was passiert ist.»

«Meinst du den Vorfall beim BadeWerk?» Henner hat nur von Weitem mitgekriegt, dass Rettungswagen und Notarztwagen mit Tatütata zum Kurzentrum gefahren sind.

«Jo. Ein Toter am Strand. Ertrunken, wie es aussieht.»

Henner legt den Stapel mit den Briefen auf den Tisch. Noch ein Toter. Hört das mit den schrecklichen Nachrichten denn gar nicht mehr auf?

«Ich hab Rudi am Strand getroffen. Da kam gerade der Leichenwagen zum Abtransport.» Ludwig guckt Henner an, als habe er etwas ganz Besonderes geleistet.

«Hast du mal wieder den Polizeifunk abgehört?»

Ludwig grient. «Als Online-Reporter musst du dein Ohr am Puls der Zeit haben. Also am Polizeifunk. Versteht sich von selbst, oder?»

«Wenn du es sagst. War bei diesem Sturm etwa ein Kiter unterwegs?» Henner wundert sich darüber schon lange nicht mehr. Die Jungen – und manchmal auch die Älteren – gehen bei den widrigsten Wetterverhältnissen aufs Wasser. Sogar an Tagen, an denen niemand auch nur seinen Hund hinter dem bollernden Kachelofen hervorlocken könnte.

«Nee, das war keiner von diesen Verrückten.» Auch Ludwig kann mit dem Kitesurfen ganz und gar nichts anfangen. «Das war der Deichschäfer.»

«Ach du grüne Neune!» Henner schaut aus dem Fenster aufs Hafenbecken, und Erinnerungen an Gerhard Janßen steigen auf. Er sieht ihn plötzlich inmitten seiner Schafherde auf dem Hof stehen, seine beiden Hunde springen um ihn herum. Auf Janßens Gesicht ein zufriedenes Lächeln. Und jetzt: erst vermisst und nun tot. Abrupt dreht er sich zu Ludwig um. «Weiß man schon, wie das passiert ist?»

Ludwig nimmt die Finger von der Tastatur. «So schnell geht das nicht. Der war vollständig angezogen. Muss irgendwo ins Wasser gefallen sein. Wurde ja erst mit der Flut angespült. Rudi meint, der kann seit Mittwoch von der Strömung hin und her gezogen worden sein. Er sah ganz schön ramponiert aus. Ich durfte aber kein Foto machen. Hat Rudi mir verboten.» Ludwig verdreht die Augen. «Dabei sind Bilder so wichtig für gute Artikel. Deswegen habe ich gerade schon online einen Aufruf gestartet, ob jemand etwas beobachtet oder fotografiert hat.» Ludwig schaut Henner mit seinen kleinen, funkelnden Augen an. «Könnte ja sein … Mit 'nem Teleobjektiv oder einer Drohne oder so, als die Rettungskräfte schon vor Ort waren. Du weißt ja: Der kleinste Hinweis kann unerwartete Dinge ins Rollen bringen.»

Gemeinsam mit Schnepel fährt Rudi im Dienstwagen nach Neuharlingersiel.

Janko schaut sie besorgt an, als sie vor dem riesigen Stallgebäude aus dem Fahrzeug steigen. Er hat dunkle Ringe unter den Augen, wahrscheinlich hat er kaum geschlafen. «Habt ihr meinen Vater gefunden?»

Ganz leicht nickt Rudi. «Wir haben leider keine guten Nachrichten. Er wurde heute Morgen am Strand angespült. Es war nichts mehr zu machen.»

Janko beißt sich auf die Lippen. «Ich hab mir schon gedacht, dass etwas passiert sein muss.» Er schließt für einen Augenblick die Augen, als müsste er sich sammeln. «Danke, dass ihr hergekommen seid. Bei welchem Bestatter ist er?»

«Noch bei keinem», bringt sich Schnepel ins Spiel. «Zunächst wird er in der Rechtsmedizin obduziert. Wir müssen die genaue Todesursache feststellen lassen, obwohl ich das für überflüssig halte. Ihr Vater wird den Freitod gewählt haben, um nicht für den Mord an Lennard Kramer zur Rechenschaft gezogen zu werden.»

Janko sieht Schnepel entgeistert an. «Wie bitte?» Er wendet sich an Rudi. «Das ist doch nicht euer Ernst! Warum sollte mein Vater seinen alten Kumpel töten? Die haben sich seit Ewigkeiten nicht gesehen. Das ist doch völlig hirnrissig!»

«Im Gegenteil!», kontert Schnepel. «Die beiden hatten mehrfach telefonisch Kontakt. Und sie lagen im Streit wegen der Wölfe. Wie weit die Kampfbereitschaft in dieser Sache ging, haben Sie in Aurich ja selbst zu spüren bekommen.»

«Da ist mein Vater doch gar nicht dabei gewesen», protestiert Janko.

«Das tut nichts zur Sache», winkt Schnepel herablassend ab. «Wir haben einen toten Wolf, der zwar überfahren wurde, aber eine noch frische Schussverletzung aufweist. Und jetzt kommt's: Die passt vom Kaliber her auch zu der Wunde von Lennard Kramer. Und deswegen müssen wir nun die Waffen konfiszieren, die Ihr Vater besaß.» Schnepels Zeigefinger schießt vor, und er fuchtelt damit in der Luft herum, um seinen Worten Nachdruck zu verleihen.

«Das ist nicht euer Ernst», wiederholt Janko und macht einen Schritt zurück, wohl um Schnepels Finger auszuweichen. «Ihr wollt meinem Vater was in die Schuhe schieben, weil ihr den wahren Täter nicht findet!»

«Das stimmt nicht», versucht Rudi ihn zu beruhigen. «Aber es ist in der Tat so, dass die Verletzungen bei Lennard Kramer und dem Wolf vermutlich von der gleichen Waffe stammen. Deswegen müssen wir dich bitten, uns eure Waffen zu geben.»

Ungläubig schüttelt Janko den Kopf. Er atmet ein paar Mal tief durch, um sich zu beruhigen. Im Stall blöken Schafe, alles wirkt friedlich und gleichzeitig unwirklich. «Nun gut. Folgt mir.» Er geht voran zum Wohnhaus. Automatisch tritt er sich die Stiefel auf der Sisalmatte ab, bevor er die Tür öffnet. Er deutet nach links. «Geht schon mal in die Küche. Ich hole die Waffen.»

«Ich muss mit», sagt Rudi. «Du darfst sie nicht mehr anfassen wegen der Fingerabdrücke.» Er zieht die Einmalhandschuhe aus der einen Uniformtasche und einen zusammengefalteten blauen Sack aus der anderen. Zu dritt marschieren sie durch die Diele zum Hauswirtschaftsraum, in dem ein schmaler hoher Metallschrank in der Ecke steht. Janko zieht ein Schlüsselbund aus der Hosentasche und öffnet den Schrank. Drei Langwaffen befinden sich darin.

«Die müssen wir mitnehmen», sagt Rudi. «Und die Munition.»

«Ich glaube zwar nicht, dass eine davon die Waffe ist, die ihr sucht, aber bitte.» Janko tritt zur Seite. «Ihr braucht mich dann nicht mehr. Oder?»

«Doch», sagt Rudi, während er die Waffen samt Munition in den Plastiksack steckt. «Wir hätten da noch ein paar Fragen.»

Kurz darauf sind die Gewehre im Kofferraum verstaut, und die drei Männer gehen in die Küche. Die Einrichtung ist in die Jahre gekommen, aber funktional. Mittelpunkt des Raums ist ein blauer Kachelofen, der eine angenehme Wärme ausstrahlt. Rudi und Schnepel stehen direkt davor.

«Denk noch mal nach», bittet Rudi Janko, der an der Arbeitsfläche lehnt. «War dein Vater in der letzten Zeit verändert? Ist irgendetwas vorgefallen?» Er sieht förmlich, wie Janko krampfhaft versucht, sich zu erinnern.

«Ich kann es dir wirklich nicht sagen. Zurzeit stehen wir massiv unter Stress. Das Ablammen. Du bist Tag und Nacht im Einsatz, froh um jede Stunde Schlaf, die du kriegst. Kann sein, dass er ein wenig wortkarger war als sonst, aber er ist … er *war* ohnehin nie übermäßig gesprächig.» Janko stößt sich ab, geht zum Kühlschrank und nimmt eine Flasche Cola heraus. «Von euch auch jemand?»

Rudi und Schnepel schütteln den Kopf. Janko setzt die Flasche an den Mund und trinkt einen großen Schluck. Dann sagt er: «Ich hab mir natürlich in der Zwischenzeit auch jede Menge Gedanken gemacht. Und immer wieder versucht, ihn auf seinem Handy zu erreichen. Aber er ist nicht rangegangen. Deshalb hab ich mir ja auch solche Sorgen gemacht.»

«Er hatte kein Handy dabei, als er angespült wurde», sagt Rudi.

«Nicht?» Janko kneift die Augen zusammen. «Komisch.»

«Na ja», wendet Rudi ein, «es wird sicher im Meer verloren gegangen sein.»

Janko stutzt. «Er wird es doch nicht hiergelassen haben? Daran hab ich überhaupt nicht gedacht. Vielleicht, weil ich selbst nie ohne Handy aus dem Haus gehe. Warte, ich schaue nach.» Janko verlässt die Küche und kommt kurz darauf zurück, ein Mobiltelefon in der Hand. «Tatsächlich. Es hing in seinem Schlafzimmer am Ladekabel. Das konnte ich von der Tür aus nicht sehen, als ich gestern in sein Zimmer geguckt hab. Und es ist auf lautlos gestellt.» Schnell tippt Janko eine Zahlenfolge ein. Augenblicklich erscheinen auf dem Display jede Menge entgangene Anrufe und Nachrichten.

«Geben Sie mal her», fordert Schnepel. «Wir werden nachschauen, mit wem er in den letzten Tagen telefoniert hat.»

Janko blickt Rudi an. «Muss ich das Telefon wirklich rausrücken? Ich meine, aus welchem Grund? Mein Vater ist tot, ertrunken, wie ihr sagt. Ihr beschuldigt ihn, auf Lenny Kramer und einen Wolf geschossen zu haben, aber bewiesen ist davon nichts. Ich hätte das Gefühl, ihn zu verraten, wenn ich euch das Handy gebe.»

«Papperlapapp, Handy her!» Schnepel streckt ihm die geöffnete Hand entgegen.

«Vielleicht finden wir etwas, das ihn entlastet», versucht Rudi zu vermitteln.

«Wir machen es anders. Ich gucke, mit wem er telefoniert hat, und sage es euch.»

Rudi blickt Schnepel um Nachsicht bittend an.

«Meinetwegen.»

Rudi stellt sich neben Janko. Der öffnet die Anrufliste. «Fünfzehn verpasste Anrufe von mir.» Er scrollt hinunter. «Am Mittwochmorgen ein Telefonat mit der Tierärztin. Einem Lamm ging es nicht so gut, da wollte er was fragen, ich erinnere mich dran. Dann ein Gespräch mit irgendwem, von dem nur die Nummer angezeigt wird, und», Janko stutzt, «ein Telefonat mit Uschi.»

«Uschi?» Rudi sieht ihn verwundert an. «Warum verblüfft dich das? Wer ist das?»

«Meine Mutter. Wir haben aber so gut wie keinen Kontakt zu ihr.» Janko presst die Kiefer aufeinander. In ihm arbeitet es, das sieht Rudi genau. Bevor er etwas sagen kann, tippt Janko auf die Nummer. Nach wenigen Sekunden wird das Gespräch angenommen.

«Gerd!» Rudi kann die Frauenstimme hören, obwohl Janko das Gespräch nicht auf laut gestellt hat. «Hast du mit ihm gesprochen?»

Janko schluckt. «Hier ist Janko», sagt er. «Warum hast du meinen Vater am Mittwoch angerufen?»

«Janko? Warum rufst du von Gerds Handy aus an?»

«Das ist keine Antwort auf meine Frage. Warum hast du ihn angerufen? Worüber habt ihr geredet?»

«Das ist eine Sache zwischen Gerd und mir. Gib ihn mir mal.»

«Er ist tot.»

Schweigen.

Dafür streckt Schnepel erneut die Hand aus und Janko reicht ihm widerstrebend das Handy. «Oberkommissar Schnepel, Kripo Wittmund», schnarrt er. «Worum ging es in dem Telefonat mit Gerhard Janßen?»

Schnepel hält Rudi wortlos das Telefon hin. «Aufgelegt. Na, das ist mir ja eine. Wenn die glaubt, sich um ein Gespräch drücken zu können, hat sie sich geschnitten.» Er wendet sich an Janko. «Nun zu Ihnen. Dass Ihr Vater nicht bei einem Badeunfall ums Leben kam, liegt ja auf der Hand. Ich gehe davon aus, dass er Lennard Kramer getötet und aus Angst davor, dafür zur Rechenschaft gezogen zu werden, den Freitod gewählt hat. Gibt es einen Abschiedsbrief?»

Entsetzt blickt Janko Schnepel an und wird kreidebleich. «Einen Abschiedsbrief?»

«Ist keine Seltenheit, dass Selbstmörder ihren Verwandten erklären wollen, warum sie sich das Leben nehmen. Also, gibt es einen solchen Brief?»

Janko schüttelt den Kopf. «Ich hab keinen gefunden.» Nun kommt wieder Farbe in sein Gesicht. «Aber eines kann ich Ihnen sagen: Mein Vater hat weder Lennard Kramer noch sich selbst getötet. Ich verbitte mir diese Unterstellungen!»

Schnepel verschränkt die Arme vor der Brust. «Dann erklären Sie mir doch, wie Ihr Vater ertrinken konnte. Man muss ja schon ein ganzes Stück laufen, um am Strand überhaupt in so tiefes Wasser zu gelangen, dass man da untergehen kann. Zudem ist es arschkalt. Dieser Tod war Vorsatz. Wahrscheinlich ist er beim Eingang zum Hafenbecken ins Wasser gesprungen. Da ist es ja tief genug.»

Nach Unterrichtschluss fährt Rosa erst zur Schlachterei in Esens und dann auf den Steffens-Hof. Mudder Steffens hat sie gebeten, ihr frisches Schinkenmett mitzubringen. Und diese Bitte ist Rosa Befehl. Kleine Botengänge erledigt sie gerne für Henners Mutter – schließlich wird sie oft genug in der gemütlichen Bauernküche zum Essen eingeladen.

Als Rosa vor dem Bauernhof parkt, blinzelt die Sonne gerade durch eine Lücke, und vorwitzig blühende Forsythien erstrahlen in sattem Gelb. Rosa sieht sich um. Auf dem Hof rührt sich nichts. Alles ist ruhig. Fast wie vor einem gewaltigen Sturm. Hofhund Butscher liegt nicht wie gewohnt vor der Tür, und kein einziges Huhn ist zu sehen. Ist allen wohl zu kalt und windig draußen.

Sie öffnet die Haustür. Auf dem Steffens-Hof wird nicht geklingelt, man marschiert einfach herein. In der Diele schnuppert Rosa. Ein würziger Duft nach kräftiger Fleischbrühe lässt ihr das Wasser im Mund zusammenlaufen, und ihr Magen meldet sich sofort knurrend zu Wort. Kein Wunder, seit dem Frühstück hat sie nichts gegessen. Aus der Küche hört sie Stimmen.

«Moin allerseits!», grüßt sie beim Eintreten. Außer Muddern und Vaddern sitzen auch Henner, Adelheid und Gudrun am Küchentisch. In der Mitte steht die Suppenterrine mit dem Delfter Muster. Ein Erbstück von Mudderns Urgroßmutter.

«Das riecht ja gut.» Rosa legt das Paket mit dem Schinkenmett auf den halbhohen Schrank neben dem Herd, auf dem ein großer Topf steht, aus dem der duftende Dampf aufsteigt.

«Wie lieb, dass du ans Mett gedacht hast», sagt Muddern. «Setz dich. Ich hol dir noch einen Teller. So eine kräftige Rindersuppe ist genau das Richtige bei diesem Wetter.»

Ehe Rosa sich's versieht, steht ein gut gefüllter Teller vor ihr. Die kross angebratenen Fleischstücke zergehen auf der Zunge. «Hast du Filet für die Suppe genommen?»

«Nein, sind Beinscheiben und Suppenfleisch. Aber alles vorher angebraten und dann sechs Stunden geköchelt. Gut Ding braucht Weile.» Stolz schwingt in Mudder Steffens' Stimme mit. «Ist ein Rezept von meiner Großmutter.»

Als der erste Teller geleert ist, gibt's einen Nachschlag, und das Gespräch am Tisch nimmt wieder Fahrt auf. Rosa fühlt sich rundum wohl in dieser Familie und greift erneut zum Löffel, als Muddern ihr den gefüllten Teller hinstellt. «Danke, das schmeckt wunderbar.»

Die anderen nicken. «Stimmt, Muddern. Keine kocht die Rindersuppe so gut wie du!», sagt Adelheid. «Ach, wie seltsam das Leben doch ist. Da genießen wir die Suppe, und Gerhard Janßen liegt tot im Leichenschauhaus. Ich komm gar nicht drüber weg. Der arme Kerl.»

«Ja, man soll das Leben genießen, man weiß nie, wie schnell es vorbei sein kann», sagt Gudrun bedröppelt.

Sofort spitzt Rosa die Ohren. «Gerhard Janßen ist tot?»

Adelheid nickt. «Er wurde heute Morgen tot am Strand entdeckt.»

«Was ist denn passiert?», fragt Rosa alarmiert und blickt nacheinander Henner, Adelheid, Gudrun und deren Eltern an. «Wurde er erschlagen? Erstochen? Erschossen?» Wie aus der Pistole feuert Rosa ihre Fragen ab.

«Das weiß ich doch nicht. Wenn einer am Wasser liegt, ist er in der Regel ertrunken.» Henner schaut auf die Suppenterrine, als hätte die die Antworten parat. «Ludwig wusste nur, dass der Leichenwagen ihn nach Oldenburg bringt. Dort wird er dann wohl untersucht.» Er wirft Rosa einen schnellen Blick zu. «Du kennst ja den Ablauf. Obduktion und so. Das dauert.»

Stimmt. Der arme Janko. Rosa fühlt sich hin- und hergerissen und würde am liebsten sofort zu ihm fahren, um ihn zu trösten. Aber das ist vielleicht doch ein bisschen aufdringlich.

«Der arme Gerd.» Gudrun stößt erneut einen tiefen Seufzer aus. «Mittwoch hab ich ihn noch gesehen, als ich mit Gisela und Schecki am Strand spazieren gegangen bin.»

Rosa kann sich erinnern, dass Gudrun das im Frisörsalon erwähnt hat.

«Das war vielleicht ein Wetter. Bei dem Seenebel konnte man kaum die Hand vor Augen sehen, fast wären wir an Gerhard und dem anderen vorbeigelaufen.»

«Er war gar nicht allein?» Rosas Finger kribbeln augenblicklich. «Wer war denn sein Begleiter?»

«Gisela hat gemeint, es wäre Rainer. Sie hat ihn erst erkannt, als wir schon vorbei waren. Der hat sich vielleicht verändert, hat sie noch gesagt.» Gudrun faltet ihre Hände. «Aber ganz sicher bin ich mir nicht, ob Gisela recht hat. Die hatte ihre Brille nicht auf.»

«Außerdem ist Rainer ewig lange nicht hier gewesen. Wie soll sie ihn da erkennen?», wendet Adelheid ein.

Rosa stutzt. «Rainer? Welcher Rainer?»

«Du kennst ihn nicht», erklärt Adelheid. «Rainer war in dieser Kommune. Seinen Eltern gehörte der Deichgraf. Nachdem sich die Kommune aufgelöst hat, ist er mit einem umgebauten Bulli Richtung Indien aufgebrochen. Heute könnten wir seine Tour vermutlich auf Facebook oder Instagram verfolgen. Aber damals war er einfach weg. Mit Jutta.» Adelheids Augen bekommen einen verklärten Ausdruck. «Die wollten in einem indischen Aschram ihre innere Mitte finden. Haben sie vielleicht auch. Jedenfalls kamen sie nicht mehr zurück.» Sie schaut Rosa an. «Jetzt trudeln sie langsam alle wieder ein. Und ein Unglück passiert nach dem anderen.»

Die kurze Mittagspause verbringen Rudi und Schnepel zusammen. Der Imbiss an der Ecke macht knusprige Pommes, und auch die Currywurst schmeckt klasse. Der selbst gemachte Ketchup ist eine Wucht, aber Curry-Carl verrät das Rezept nicht. Schnepel behauptet ja, dass Carl nur deshalb so ein Geheimnis daraus macht, weil er den Ketchup fertig kauft und einfach nur vorgibt, er sei selbst gemacht, um für eine Portion stolze siebzig Cent zu kassieren. Das glaubt Rudi aber nicht, er hält Carl für einen ehrlichen Menschen. Während sie Pommes und Wurst vertilgen, schafft Schnepel es mit vollem Mund, seine Theorie lang und breit zu wiederholen.

«Ich finde, das passt nicht», widerspricht Rudi. «Du gehst von Vorsatz aus, aber mal angenommen, Gerhard Janßen hat wirklich was mit Kramers Tod zu tun, könnte es auch ein Unfall gewesen sein. Um den zu vertuschen, hat er die total bescheuerte und riskante Idee gehabt, den Toten zurück in dessen Haus zu verfrachten.» Rudi pikst ein paar Pommes auf und kaut sie genüsslich. «Ja, so könnte es gewesen sein. Vielleicht wurde ihm seine Schuld dann doch zu viel, und er konnte damit nicht leben. Das könnte ich mir vorstellen.» Rudi schiebt sich die nächste Pommes in den Mund. «Aber Gerhard Janßen hat seinen Sohn geliebt. Hätte er nicht einen Abschiedsbrief hinterlassen, um Janko alles zu erklären und um Verzeihung zu bitten? Ich bin ja auch alleinerziehender Vater. Da hat man eine ganz besondere Bindung zum Kind. Du würdest es nicht mit so vielen offenen Fragen zurücklassen.»

Schnepel wirft Rudi einen eher mitleidigen Blick zu, wischt mit der letzten Wurstscheibe auch den Rest des Ketchups von der Pappe, fährt sich mit der dünnen Papierserviette über den Mund und wirft alles in den großen Mülleimer neben der Tür des mit Plexiglas verkleideten Vorbaus des Imbisswagens. «Du bist ja auch kein richtiger Mann. Eher ein Weichei», sagt er spöttisch.

Rudi reagiert gelassen. «Tja. Immerhin habe ich einen Sohn gezeugt, was man von dir nun nicht sagen kann.» Er grinst breit. «So viel also zum ‹richtigen Mann›.»

Schnepel kneift die Augen zusammen, Rudi schmeißt seinen Pappteller auch in den Müll und öffnet die Tür. «Was ist, woll'n wir? Die Arbeit ruft.»

Zurück in Wittmund, bringen sie die Waffen zu Klaus Kröver in die Kriminaltechnik.

«Na endlich», begrüßt er sie. «Ich hab schon viel eher damit gerechnet. Haueisen will schnellstens Ergebnisse sehen.»

«Dauert eben alles seine Zeit», entgegnet Schnepel, während sich Rudi verstohlen einen verirrten Pommeskrümel vom Ärmel pult.

Wenig später stehen sie in Haueisens Büro und erstatten dem Chef Bericht.

«Ich würde gern mit der Mutter von Janko telefonieren», sagt Rudi. «Sicherlich musste sie den Schock vom Tod ihres Mannes erst einmal verdauen. Bestimmt kann man jetzt vernünftig mit ihr reden. Wie es in den Wald hineinruft, so schallt es heraus … Kollege Schnepel hätte die Sache vielleicht etwas sensibler angehen müssen.» Den Seitenhieb kann er sich nicht verkneifen.

«In Ordnung. Vielleicht weiß sie mehr über den Seelenzustand ihres Noch-Ehemannes», stimmt Haueisen zu. «Oder sie hat etwas gesagt, was bei Janßen das Fass zum Überlaufen brachte. Immerhin war sie eine der letzten Personen, mit denen er telefoniert hat.»

«Das ist es, Chef!», ruft Schnepel. «Sie hat ihn in dem Telefonat in den Tod getrieben. Es gibt doch diese Leute, die Menschen am Telefon so manipulieren können, dass die machen, was man ihnen sagt. In Terrorkreisen nennt man die Schläfer, das habe ich kürzlich erst im Fernsehen gesehen. Die führen ein ganz normales Leben, bis man ihnen am Telefon ein Codewort sagt, das die kriminelle Seite und das unter Hypnose vorbereitete Verbrechen auslöst.»

Rudi schüttelt den Kopf. «Helmut! Janßen war Deichschäfer mit Kind. Kein abgetauchter Terrorist.»

«Du hast ja keine Ahnung!» Schnepels Augen blitzen vor Tatendrang. «Genau das ist es doch. Je harmloser man nach außen wirkt, desto besser. Vergiss nicht, die waren früher alle in dieser Kommune zusammen. Wer weiß, welcher terroristischen Vereinigung sie damals wirklich angehörten. Und nun ruft die Noch-Ehefrau an, von der man sich fragt, warum hat Janßen sich nicht schon vor dreißig Jahren von der scheiden lassen, und kaum ist das Gespräch beendet, bringt er sich um. Das liegt doch auf der Hand, dass das zusammenhängt.»

Haueisen, der ihren Disput aufmerksam verfolgt hat, nickt. «Ganz unrecht hat Kollege Schnepel nicht. Zumal die Überprüfung der Finanzen der Deichschäferei ergeben hat, dass denen das Wasser bis zum Hals steht. Sie hatten Schwierigkeiten, ihre Kredite zu bedienen. Haben Sie die Auswertung der Funkzellen bereits beantragt?»

«Selbstverständlich», beeilt sich Schnepel zu sagen.

Haueisen nickt zufrieden. «Also, Bakker, telefonieren Sie

mit der Frau. Anschließend beratschlagen wir über das weitere Vorgehen.»

«In Ordnung, Chef.» Rudi tippt sich mit der rechten Hand an die Stirn und geht hinüber in Schnepels kleines Büro. Der folgt ihm auf dem Fuße, lässt sich noch im dicken Daunenmantel auf seinen Schreibtischstuhl fallen, verschränkt die Arme vor der Brust und blickt Rudi abwartend an.

Der lässt sich davon nicht irritieren, greift zum Telefon, wählt Uschi Janßens Nummer, die er sich vorhin notiert hat, und drückt die Lautsprechertaste.

«Juister Schmuckschatulle, guten Tag», meldet sich kurz darauf eine Frauenstimme.

«Polizei Wittmund, Kommissar Bakker. Ich würde gern mit Frau Janßen sprechen.»

«Am Apparat. Entschuldigung, dass ich heute Morgen einfach aufgelegt habe, aber die Nachricht von Gerds Tod hat mich eiskalt erwischt. Wir haben schließlich vorgestern noch miteinander telefoniert.»

«Und uns interessiert, worum es in diesem Telefonat ging.» Rudi registriert Schnepels zustimmendes Nicken bei der Frage.

«Ach, wissen Sie, das ... ähm ... ich weiß gar nicht, wie ich das sagen soll ...»

«Geradeheraus. Das ist immer das Beste», meint Rudi aufmunternd. «Ihr Sohn hat uns gesagt, Sie hätten kaum Kontakt zueinander gehabt. Und nun rufen Sie an, und am selben Tag verschwindet Herr Janßen. Sie müssen verstehen, dass uns das stutzig macht. Also: Worüber haben Sie mit Ihrem Mann gesprochen?»

«Mit Gerhard. Ich möchte ihn nicht als meinen Mann bezeichnen.»

«Aber Sie sind doch verheiratet», sagt Rudi.

«Auf dem Papier. War uns beiden aber nicht so wichtig. Also, weder die Hochzeit damals noch, dass man sich scheiden lassen könnte. Geheiratet haben wir nur, damit Gerd die Stelle als Deichschäfer bekommen konnte. Es machte sich für Gerds Onkel besser, dass wir eine ordentliche Familie waren. Aber mein Mann war er gefühlt nie, auch nicht, als wir zusammengelebt haben. Vielleicht war dieses Verheiratetsein letztlich der Grund, weshalb ich gegangen bin. Ich fühlte mich eingesperrt. Gerhard hat mich nicht vermisst, denke ich. Und Janko … Für den Jungen war es besser, ein richtiges Zuhause zu haben, als ständig mit mir herumzuziehen. Er musste dann ja auch in die Schule, das wäre alles gar nicht mit ihm gegangen, ich bin doch von einem Ort zum nächsten gezogen.»

«Und nun sind Sie auf Juist.»

«Erst seit fünf Jahren. Zu dem Zeitpunkt brauchte ich in der Deichschäferei auch nicht mehr aufzutauchen. Janko war da schon längst erwachsen und lebte in Australien.»

«Wenn Sie den Kontakt zu den beiden eigentlich gar nicht haben wollen, interessiert es uns umso mehr, worüber Sie am Mittwoch mit Gerhard Janßen gesprochen haben.» Als Uschi Janßen nicht antwortet, setzt Rudi schärfer hinzu: «Wir können Sie auch vom Kollegen auf Juist befragen lassen, wenn Ihnen das lieber ist.»

«Nein, nein, ich … ähm … also gut. Ich hab eine Dummheit gemacht, und die wollte ich ausbügeln. Vor anderthalb Wochen hatte ich Kontakt zu Lenny Kramer. Er gehörte damals auch zu unserer Kommune. Wir haben im Deichgrafen gelebt und dort ein paar richtig geile Jahre gehabt.»

«Das ist uns bekannt», sagt Rudi.

«Ach? Tatsächlich?» Uschi Janßen klingt ehrlich überrascht.

Diesmal ist es Rudi, der schweigt.

«Jedenfalls», fährt sie fort, «hat Lenny mir erzählt, dass er Haus und Grundstück in Neuharlingersiel an eine Immobilienfirma auf Leibrentenbasis verkaufen wollte, weil er keinen Erben hat. Die Verträge waren schon vorbereitet, es fehlte nur die Unterschrift beim Notar. Da hat mich irgendwie der Teufel geritten, denn ich weiß ja, was Eigentum hier an der Küste inzwischen wert ist. Und da hab ich Lenny so leicht flapsig gesagt, dass das ja schade ist, weil das Haus dann nicht in der Familie bleibt. Lenny war irritiert, und ich hab ihm erzählt, dass er Jankos Vater sein könnte. Das habe ich Ihnen ja schon neulich am Telefon gesagt. Das müsse er doch eigentlich wissen, habe ich zu ihm gesagt, damals führten wir ja offene Beziehungen in der Kommune. Das sollte nur ein Spaß sein, aber Lenny ist voll auf den Zug aufgesprungen. Zunächst hat er mich beschimpft, weil ich es ihm nicht früher gesagt hab, aber dann war er euphorisch und meinte, er werde den Leibrentenvertrag unter diesen Umständen nicht unterschreiben. Und sich mit Janko in Verbindung setzen. Natürlich würde er seinem Sohn das Haus vererben. Ich hab erst da gemerkt, was ich angerichtet hab.»

«Warum haben Sie nicht sofort aufgelöst, dass Sie ihn auf den Arm genommen haben?», fragt Rudi.

«Es ging alles so schnell. Er hat einfach aufgelegt, und ich habe noch versucht, ihn anzurufen, aber er ist nicht rangegangen. Deswegen hab ich dann direkt Gerd angerufen, um ihn vorzuwarnen, dass Lenny auftauchen und mit Janko reden könnte. Und um mich zu entschuldigen. Denn natürlich ist Gerd der Vater. Nicht Lenny. Der war ja damals immer so bekifft, dass nur heiße Luft kam, wenn wir mal Sex hatten.» Sie schweigt, und auch Rudi fällt so schnell nicht ein, was er darauf sagen könnte.

Dafür spricht Uschi Janßen nun leise weiter. «Sie glauben aber doch nicht, dass Gerd von der Möglichkeit, dass Janko nicht sein Sohn sein könnte, so getroffen war, dass er sich das Leben genommen hat?»

Am Nachmittag macht sich Rosa auf den Weg zu Tante Hildegard, die dringend um ein Treffen gebeten hat. Eigentlich wäre sie lieber zur Deichschäferei gefahren, aber sie hat sich selbst dazu verdonnert, die Füße still zu halten. Nicht, dass Janko sie noch für aufdringlich hält. Sie wird ihm morgen früh einen Besuch abstatten. Dann ist zumindest ein bisschen Zeit vergangen, seit er von dem furchtbaren Unglück erfahren hat.

«Rosa, schön, dass du Zeit hast.» Tante Hildegard hat den Tisch mit dem Service der ostfriesischen Rose gedeckt und einen Käsekuchen gebacken. Der frisch aufgebrühte Tee steht zum Warmhalten auf dem Messing-Stövchen, sie hält Rosa das Porzellangefäß mit den Kluntjes hin. Die schüttelt wie gewohnt ablehnend den Kopf. Zwar hat sie sich mit vielen ostfriesischen Traditionen angefreundet, aber süßen Tee mag sie einfach nicht.

«Hier ist übrigens das Angebot von diesem Makler, weshalb ich dich angerufen habe.» Tante Hildegard zeigt auf den Briefumschlag und gießt den Tee ein.

Während die Wulkjes aufsteigen, zieht Rosa das Angebot heraus und liest es durch. Nachdenklich lässt sie es nach einer Weile sinken. «Von dem Geld kannst du dir locker den Treppenlift einbauen, auch wenn du ihn noch gar nicht brauchst.» Sie lächelt Tante Hildegard verschmitzt zu. «Auch ansonsten hört sich das nicht schlecht an – falls du die Hundertermarke knackst und Jopi Heesters Konkurrenz machst.» Rosa legt das Angebot auf den Tisch. «Wenn du beim Fensterputzen von der Leiter fällst und dir das Genick brichst, sieht die Sache natürlich wesentlich gewinnträchtiger für den Makler aus.»

«Genau so ist es.» Tante Hildegard nimmt den Tortenheber und gibt Rosa ein Stück auf den Teller. «Und darum würde ich so etwas auch nie unterschreiben. Das ist ja wie ein Geschäft mit dem Tod.»

«Ganz so kann man das aber nicht sagen.» Rosa teilt mit der Kuchengabel die Spitze des Stücks ab und schiebt sie sich in den Mund. «Man könnte es auch als Wette auf ein langes Leben bezeichnen.»

«Stimmt. Aber ich würde mir lieber von Verwandten das Geld für nötige Renovierungen leihen und ihnen im Gegenzug das Haus vererben.» Tante Hildegard greift nun auch nach der Kuchengabel. «Auf diese Weise bleibt wenigstens alles in der Familie.»

Alles bleibt in der Familie. Rosas Gedanken wandern zu dem Testament, das sie in Kramers Haus gefunden hat.

«Das ist ja ein Hammer», sagt Schnepel, nachdem das Telefonat mit Uschi Janßen beendet ist.

Rudi läuft es heiß und kalt den Rücken runter. Bei all der Aufregung hat er heute Morgen vergessen, das Testament zu erwähnen. «Es passt allerdings zu dem, was ich gestern Abend erfahren habe», fängt er nun an und sortiert dabei seine Gedanken. «Ich bin durch den Tod von Gerhard Jan-ßen nur nicht dazu gekommen, euch von Kramers Testament zu erzählen.»

«Ein Testament?» Schnepel schaut Rudi entrüstet an. «Es gibt ein Testament, und du sagst nichts davon?»

«Hab ich doch gerade erklärt. Es liegt noch in meinem Auto. Ich hole es schnell, und dann gehen wir zum Chef.»

Auch Haueisen ist verblüfft, als er von Kramers Testament erfährt. «Wo kommt das denn plötzlich her?», fragt er verärgert.

Rudi räuspert sich. «Das hat mir Frau Moll gestern Abend gebracht.» Rudis Satz folgt eine kurze, bleischwere Stille.

«Die schon wieder?», donnert Haueisen los. «Wie kommt Frau Moll bitte schön daran?»

Rudi hält den Umschlag immer noch in seinen Händen. Jetzt bloß nichts Falsches sagen. «Sie hat die Tatortreinige-rin bei ihrer Arbeit unterstützt und es dabei in einem Noten-buch gefunden.» Das stimmt zumindest in groben Zügen.

«Sie hat *was*? Diese Frau treibt mich noch in den Wahn-sinn.» Haueisens Gesicht läuft rot an. «Geben Sie her.»

Rudi reicht ihm den Umschlag.

Immer noch verärgert, liest Haueisen sich das Testament durch und reicht es anschließend an Schnepel weiter, der in den letzten Minuten erstaunlich still gewesen ist.

«Eins ist klar, Bakker. Es ist ein Unding, dass Frau Moll *Ihre* Arbeit erledigt. Schließlich habe ich Sie extra noch mal in Kramers Haus geschickt. Da scheinen Sie es mit der Gründlichkeit nicht allzu genau genommen zu haben.» Haueisen nimmt seine Brille ab und reibt sich über die Au-gen. «Das grenzt an Unfähigkeit.»

«Genau», fällt Schnepel ein.

«Das gilt für Sie genauso, Schnepel. Sie haben das Testament ja auch nicht gefunden, oder?» Haueisen setzt seine Brille wieder auf, während Rudi und Schnepel bedröppelt schweigen.

Das Telefon klingelt, und Rudi ist regelrecht froh über diese Unterbrechung. «Kröver, schön, dass Sie so schnell sind», sagt Haueisen und hört konzentriert zu, was ihm der Kriminaltechniker berichtet. Schließlich legt er mit einem entspannten Gesicht den Hörer auf. «Nun gut, Schwamm drüber. Durch diese Nachlässigkeiten ist ja das Kind zum Glück nicht in den Brunnen gefallen.» Er reibt sich zufrieden die Hände. «So passt nun alles zusammen. Wir haben die Ergebnisse aus der Kriminaltechnik: Eine der drei Waffen vom Janßen-Hof ist die Tatwaffe im Fall Kramer. Krövers Details dazu erspare ich mir, die können Sie später in seinem Bericht nachlesen.»

«Jawoll, Chef», beeilt sich Schnepel zu sagen.

«Ich werde Ihnen nun erzählen, wie es abgelaufen ist», holt Haueisen aus, lehnt sich zurück, verschränkt die Hände und lässt die Knöchel knacken. «Lenny Kramer erfährt von Uschi Janßen, dass Janko in Wirklichkeit sein Sohn ist. Ihm, dem ewigen Verlierer, der es im Leben zu nichts gebracht hat, bedeutet diese Offenbarung die Erfüllung eines Traums. Er, nicht der bodenständige Gerhard, hat einen Sohn. Er wird weiterleben, wo Gerhards Linie ausstirbt.»

Haueisen strahlt bei diesen Worten, Rudi jedoch fragt sich, ob der Chef heimlich einen oder mehrere Schnäpse getrunken hat.

«Kramer geht zu Janßen und konfrontiert ihn mit der Neuigkeit. Vielleicht tritt er dabei zu forsch auf und reizt Janßen bis aufs Blut. Vielleicht hat Janßen da schon eine Waffe in der Hand, vielleicht aber geht Kramer auch wieder, und Janßen bittet ihn einen Tag später erneut um ein Gespräch. Wie auch immer, die beiden stehen sich gegenüber, als Janßen eine Waffe in der Hand hat. Es kommt zum Gerangel, ein Schuss löst sich, und Kramer verblutet.» Haueisen überlegt einen Moment. «Oder aber, Kramer wurde absichtlich in den Schafstall bestellt und dort vorsätzlich erschossen, denn in dem Stall, in dem derzeit eine Geburt auf die andere folgt, fällt Blut nicht weiter auf. Der ideale Tatort also.»

Die Idee ist gut, findet Rudi.

Haueisen redet weiter. «Um von sich und dem wahren Motiv abzulenken, befördert Janßen Kramer in dessen Haus. Vermutlich mit dem Pick-up der Deichschäferei. Am nächsten Tag erhält Janßen einen Anruf von seiner Frau, die ihm sagt, er solle Kramer nicht glauben, wenn der behauptet, Jankos Vater zu sein. Janßen erkennt, dass er völlig grundlos einen Menschen getötet hat. Da er mit dieser Schuld nicht leben kann, geht er ins Wasser.» Haueisen atmet zufrieden ein, steht auf, reckt die Arme und schaut, als habe er gerade den Stein der Weisen gefunden. «Der Fall Kramer ist damit erledigt, meine Herren. Wir schließen die Akte und gehen entspannt ins Wochenende.»

Das Dattein ist wie jeden Freitagabend rappelvoll. Henner und Rudi haben trotzdem einen Platz am Schiffsbug an der Ecke der Theke ergattert.

«Noch zwei Bier», ruft Rudi dem jungen Mann am Zapfhahn gut gelaunt zu. «Das muss gefeiert werden.»

«Was muss gefeiert werden?» Zu Henners Überraschung schiebt sich Rosa zwischen sie und lächelt ihn und Rudi an.

«Der Fall Kramer ist gelöst», sagt Rudi. «Was möchtest du trinken? Ich geb einen aus.»

«Gerne eine Weißweinschorle.» Rosa zieht einen Barhocker dichter an Henner heran und klettert drauf. Ihr Knie berührt dabei seinen Oberschenkel, da wird ihm plötzlich ganz warm. «Dann erzähl mal», sagt sie.

«Stell dir vor: Gerhard Janßen hat Lennard Kramer auf dem Gewissen. Erst schießt er auf einen Wolf, dann auf seinen alten Kumpel, und zum Schluss bringt er sich selbst um.» Rudi klingt begeistert und kann wohl noch immer nicht fassen, wie schnell sie alles aufgeklärt haben.

«Ich denke, Janßen ist ertrunken», sagt Rosa und nimmt das Glas entgegen, das ihr über die Theke gereicht wird.

«Eben. Der ist wohl von der Hafenmauer ins Wasser gesprungen und ertrunken. Geht ja bei dem eisigen Wasser ganz schnell.»

Rosa nippt an ihrem Glas und schüttelt dabei unmerklich den Kopf. «Seid ihr euch da ganz sicher?»

«Jo. Das Kaliber seiner Waffe stimmt mit der überein, mit der auf den Wolf und Lennard Kramer geschossen wurde. Wann und wie das genau passiert ist, werden wir wohl nie erfahren, es sei denn, sein Sohn findet doch noch einen Abschiedsbrief.» Rudi nimmt einen kräftigen Schluck Bier und wischt sich mit dem Handrücken den Schaum vom Mund.

«Und was soll das Motiv sein?»

Henner schmunzelt. So schnell gibt sich Rosa mit Rudis Erklärungen nicht zufrieden. Er selbst ist gar nicht auf die Idee gekommen nachzuhaken. Rudi scheint die Frage jedoch nicht aus dem Konzept zu bringen.

«Ist doch klar. Janßen ist durchgedreht, als Kramer ihm

unter die Nase gerieben hat, dass Janko eigentlich sein Sohn ist.»

«Aber deswegen bringt man doch niemanden um», beharrt Rosa.

«Was weiß ich, was in Janßens Kopf vorgegangen ist?» Rudi knibbelt an der feuchten Papiermanschette seines Bierglases. «Dabei stimmt das noch nicht mal mit der Vaterschaft. Seine Noch-Ehefrau Uschi hat das Kramer gegenüber zwar behauptet, aber es stimmt eben nicht.» Rudi dreht das zerknüllte Papier zu einer Kugel und rollt sie nachdenklich auf der Theke. «Ich bin jedenfalls froh, dass wir den Fall zu den Akten legen können.»

«Aber um das Testament müsst ihr euch noch kümmern. Ich kann Janko morgen gleich sagen, dass es eins gibt, in dem er als Erbe aufgeführt wird. Ich will ihn ohnehin besuchen.»

«Nee, lass mal, das mache ich Montag. Rennt ja auch nicht weg. Ich glaube, Janko hat jetzt andere Probleme.»

Zu Henners Verwunderung widerspricht Rosa nicht, sondern starrt nachdenklich auf ihr Glas. «Habt ihr eigentlich mit diesem Rainer gesprochen, mit dem Gerhard Janßen am Mittwochnachmittag am Strand gewesen ist?»

«Wer soll das denn sein?», fragt Rudi irritiert.

«Der wohnte damals mit Lenny Kramer und den Janßens in der Kommune», sagt Henner, um nicht die ganze Zeit still danebenzusitzen. Schließlich haben sich seine Schwestern heute Mittag ordentlich über die vergangenen Zeiten ausgelassen. «Gudrun und Gisela haben die beiden am Strand gesehen.»

«Nee, davon höre ich jetzt zum ersten Mal. Aber das ändert ja auch nichts. Der Fall ist abgeschlossen.» Rudi trinkt sein Glas leer und stellt es mit Schwung auf der Theke ab. Dabei guckt er plötzlich ganz nachdenklich. Henner kennt diesen Gesichtsausdruck. Den hat sein Kumpel, den er immerhin schon sein ganzes Leben kennt, nur dann, wenn ihm etwas quer liegt.

«Was ist denn?», fragt Henner.

«Mir fällt gerade der Anruf auf Janßens Handy von Mittwochvormittag ein. Da war nur eine Nummer, ich hab den Anrufer aber nicht erreicht. Na, das spielt ja jetzt auch keine Rolle mehr.» Mit Blick auf die leeren Gläser hebt Rudi die Hand. «Noch zwei Bier und eine Weinschorle.»

Sein Vater ist tot. Erschöpft stützt Janko den Kopf auf seine Hände. Eigentlich müsste er längst draußen sein und Wolfswache schieben. Aber dazu fehlt ihm heute die Kraft. Er fühlt sich leer und ausgelaugt. Natürlich hat er keinen Abschiedsbrief gefunden. Weil sein Vater keinen geschrieben hat. Weil er nicht Selbstmord begangen hat.

Janko steht auf und geht zum Küchenschrank. Er sollte jetzt unbedingt etwas essen, er hat den ganzen Tag noch nichts zu sich genommen, aber sein Magen ist wie zugeschnürt. Stattdessen greift er nach einem Wasserglas und stellt es auf die Anrichte. Aus dem oberen Fach nimmt er die Flasche Küstennebel, die dort schon seit ewiger Zeit steht, und gießt sich zwei Fingerbreit ein. Fast so neblig, wie der Schnaps aussieht, ist es am Mittwoch gewesen, als er seinen Vater das letzte Mal gesehen hat. Er nimmt einen Schluck vom milchig weißen Schnaps, und Wärme breitet sich in seinem Inneren aus. Dabei starrt er aus dem Fenster nach draußen. Was ist das? Was flackert denn da im Dunkeln?

Janko geht dichter an die Glasscheibe. Da sind Gestalten mit Fackeln. Bestimmt ein Dutzend. Sie bewegen sich aufs Haus zu. Alles in Janko zieht sich zusammen. Was haben die denn vor?

Er stürzt in den Flur. Die Hunde sind dicht auf seinen Fersen. Entschlossen reißt er die Tür auf.

Eisige Luft schlägt ihm entgegen.

«Was wollt ihr?», ruft er den ungebetenen Gästen zu. Beim Ausatmen bilden sich weiße Nebelschwaden vor seinem Gesicht, das unwirkliche Bild verschleiert.

«Mörder!» In verschiedenen Stimmlagen wird ihm das Wort entgegengeschleudert. «Mörderbande.»

Einer aus der Gruppe tritt hervor. Er trägt eine Mütze auf dem Kopf, und ein dünner Schal verdeckt sein Gesicht. Auch die anderen haben sich vermummt. «Den Wolf zu bejagen, hat euch nicht gereicht.» Die Gestalt reckt die Fackel in die Höhe. «Auch Lenny musste dran glauben. Aber jetzt seid ihr dran!»

Die flackernden Fackeln der anderen drehen sich in der Luft, schleifenförmige Lichtkreise bewegen sich durch das Dunkel des Hofes auf ihn zu. Fieberhaft schießen Gedanken durch seinen Kopf, aber er hat keine Ahnung, was er tun soll. Seine Beine fühlen sich wie gelähmt an.

«Wir haben Gerhard gewarnt. Und auch du wirst büßen ...!»

Der Rest des Satzes geht in einem lauten Schrei unter: «Mörder!» Eine Fackel fliegt auf den Heuballen vor der Scheune, dann eine zweite. Janko braucht einen Moment, um zu begreifen, doch dann kommt Leben in ihn. Ein scharfer Pfiff, und seine beiden Hunde stürzen auf die Vermummten zu. «Fass», ruft Janko. Der Border Collie stürzt sich auf den Vordersten der Gruppe und bekommt einen Tritt in die Flanke. Er taumelt zur Seite und bleibt liegen. Der andere Hund jagt kläffend, als wolle er die Schafe zusammentreiben, um die Vermummten herum. Die Gruppe ergreift die Flucht. Sie rennen vom Hof, und kurz darauf heult ein Motor auf.

Der Heuballen am Stall brennt schon lichterloh. Die Flammen springen auf die anderen Ballen über. Janko rennt in den Stall, dreht den Wasserhahn auf und zieht den Wasserschlauch aus dem Gebäude. Zischend prasselt das Wasser auf das brennende Stroh. Mit einer Hand holt er sein Mobiltelefon aus der Hosentasche und alarmiert die Feuerwehr, während er den Schlauch auf das Feuer hält.

Einige Minuten später, Janko hält immer noch den Wasserstrahl auf die brennenden Heuballen vor dem Stall, fährt der Löschwagen mit Blaulicht und lautem Tatütata auf den Hof. In Windeseile springen die uniformierten Männer der Freiwilligen Feuerwehr heraus. Sofort werden die Schläuche ausgerollt und aus dem Löschwassertank gespeist. Sekunden später schießt das Wasser mit voller Kraft auf die Heuballen. Stroh und Ruß wirbeln durch die Luft, der Qualm macht dem Küstennebel in seinem Glas von vorhin Konkurrenz.

Als schließlich die Polizei eintrifft, ist der Brand endlich gelöscht. Ein wohlgenährter Mann in Uniform steigt aus und wendet sich an einen Feuerwehrmann.

«Moin, Dieter. Hat leider ein bisschen gedauert. Ist lange her, dass ich das letzte Mal Nachtbereitschaft hatte», fügt er entschuldigend hinzu. «Was ist denn passiert?»

«Das war Brandstiftung. Die Heuballen sind mit Fackeln in Brand gesetzt worden. Wir haben die Fackeln gesichert.

Aber mit Fingerabdrücken kommt ihr da nicht weit. Die Griffe sind alle angekokelt.»

«Tja, denn.» Der Polizist schüttelt den Kopf. «Wird immer schlimmer.»

«Kannste sagen. Wir bleiben auf jeden Fall noch zur Brandwache. Sicherheitshalber. Glutnester sind gefährlich.»

SAMSTAG

Verschlafen blinzelt Rosa ins Sonnenlicht, das direkt auf ihr Bett fällt und helle Lichtflecken auf die Wand zaubert. Sie hat gestern Abend ganz vergessen, die Vorhänge zuzuziehen. Wahrscheinlich, weil es in letzter Zeit gefühlt überhaupt nicht hell wurde. Aber vielleicht sind die trüben Wintertage nun endlich vorbei, und der Frühling hält Einzug. Zeit wird es nach den langen dunklen Tagen mit viel Regen und Wind. Sie rekelt sich wohlig im Sonnenschein. Dabei denkt sie an den gestrigen Abend. Hoffentlich behält Rudi recht, dass der Fall gelöst ist. Seine Argumente wirkten stimmig, trotzdem hat Rosa tief in ihrem Innern leise Zweifel. Gut, die kann sie nicht begründen. Aber irgendetwas stört sie, und auf ihr Gespür kann sie sich eigentlich verlassen. Meistens jedenfalls.

Unter der Dusche wandern ihre Gedanken zu Janko. Wie er die ganze Geschichte wohl verkraftet? Es muss schrecklich für ihn sein: nicht nur, dass sein Vater tot ist, sondern dass er auch noch als Mörder dasteht. Eine gefühlsmäßige Achterbahnfahrt. Aber – plötzlich kommt Rosa ein Gedanke, der alles in einem ganz anderen Licht erscheinen lässt. Sie hält den Atem an.

Jankos Mutter hat Lennard Kramer mit der Nachricht, der Vater von Janko zu sein, belogen. Das wusste Gerhard Janßen aber nicht und hat Lenny umgebracht, um zu verhindern, dass rauskommt, dass Lennard Jankos Vater ist.

Das ist schlimm, beinhaltet aber auch die Möglichkeit, dass Janko sich so von dem Mörder Gerhard gefühlsmäßig lösen kann, weil er eben nicht sein Vater ist. Jedenfalls theoretisch.

Der Shampooschaum läuft Rosa über den Rücken, rinnt die Beine hinunter und sammelt sich im Duschbecken, bevor er gurgelnd im Ausguss verschwindet. Was für verschwurbelte Gedanken hat sie bloß am frühen Morgen! Gerhard hat Janko schließlich großgezogen, das ist, was zählt. Ach, manchmal ist das Leben einfach kompliziert. Sie sollte Janko schnellstens einen Besuch abstatten, um ihm seelisch und moralisch beizustehen. Rosa greift nach dem Handtuch. Während sie sich abtrocknet, wirft sie einen Blick in den Spiegel. Was soll sie bloß anziehen?

Die Fanfare seines Telefons schmettert los, und Rudi erwacht schweißgebadet. Im Traum hat er mit seiner Ex-Frau Denise gestritten. Sie behauptete steif und fest, er wäre nicht Svens Vater. Das wäre ihr neuer Partner, mit dem sie damals schon ein Verhältnis gehabt hätte. Selten war er so froh, aus einem Traum aufzuwachen.

«Bakker», meldet er sich.

«Hier Haueisen. Laut Emterbäumler hatte Janßen GHB im Urin und Wasser in den Lungen. Er ist wohl nicht freiwillig ins Wasser gegangen. Wir treffen uns in einer Stunde in meinem Büro. Schnepel habe ich auch schon informiert.»

«Aber ich habe den Tag heute schon verplant. Ich muss auf dem Steffens-Hof helfen.» Und es gibt Updrögt Bohnen zum Mittag. Das sagt er aber besser nicht.

«In einer Stunde in meinem Büro», wiederholt Haueisen unbeeindruckt und legt auf.

Rudi grunzt missmutig. Er ist noch gar nicht richtig wach. Eine kalte Dusche wird helfen. Im Badezimmer überlegt er es sich jedoch anders und duscht lieber heiß, endet aber mit einem kalten Guss an den Beinen.

Erfrischt und durch einen Kaffee gestärkt, ruft er auf dem Steffens-Hof an und sagt, dass er nicht mithelfen kann. Muddern zeigt Verständnis. «Ich heb dir eine Portion Updrögt Bohnen auf», verspricht sie. «Wurst natürlich auch.»

Schon etwas zufriedener, macht er sich auf den Weg nach Wittmund. Als Rudi im Kommissariat eintrifft, sitzt Schnepel bereits in Haueisens Zimmer. «Tja, meine Herren, das war wohl nix.» Haueisen verzieht das Gesicht. «Wir haben uns zu früh gefreut. Auch Janßen ist anscheinend nicht freiwillig aus dem Leben geschieden.»

«Dabei hat alles so gut zusammengepasst», sagt Schnepel, der sich heute noch nicht rasiert hat. Haueisen hat wohl auch ihn aus dem Tiefschlaf geklingelt.

«Es sind aber die Fakten, die zählen, nicht die frommen Wünsche.» Haueisen zeigt auf den Bericht der Rechtsmedizin und fasst noch einmal zusammen, was die Obduktion ergeben hat. «Janßen hatte nasse Lungen, kaum Wasser im Magen, dazu wurde GHB, also Gammahydroxybuttersäure, nachgewiesen. Diese K.-o.-Tropfen haben Janßen außer Gefecht gesetzt. Die Schürfwunden sind nach seinem Tod entstanden, vermutlich bei dem Hin- und Hergerolle des leblosen Körpers beim Anspülen an den Strand.» Haueisen lässt Emterbäumlers ausgedruckte Mail sinken. «Damit können wir Fremdverschulden nicht mehr ausschließen. Fragt sich nur: Wer hat ihm die Tropfen verabreicht? Und wie?»

Schnepel muss nicht lange überlegen. «Der Junior war's. Er weiß von seiner Mutter, dass in Wirklichkeit Lennard

Kramer sein Vater ist und ihn zum Erben eingesetzt hat, dass aber sein vermeintlicher Vater Gerhard alles dafür getan hat, damit Janko es nicht erfährt.»

Rudi ist durchaus ein bisschen beeindruckt, dass Schnepel sofort eine neue Theorie zur Hand hat. Aber Schnepel ist noch nicht am Ende angelangt.

«Ich gehe sogar noch einen Schritt weiter: Vielleicht hat Janko mit seiner Mutter gemeinsame Sache gemacht. Sowohl bei Lennard Kramer als auch bei Gerhard Janßen. Wie heißt es doch so schön: Der Apfel fällt nicht weit vom Stamm. Wenn die Mutter schon immer auf ihren Vorteil und ihren Egotrip bedacht war, kann es der Sohn ebenso sein. Gerhard ist dahintergekommen und musste deshalb sterben.» Schnepels Stimme steigt vor Begeisterung über seine eigene Kombinationsgabe in die Höhe. «Ja, Chef! So muss es gewesen sein! Sie waren der Wahrheit zwar ziemlich nah, nur haben Sie sich an einem Punkt geirrt: Der Sohn war's, nicht der Vater. Aber der musste nun auch weg und offiziell als Sündenbock herhalten.» Schnepel schüttelt sich. «Wie perfide! Aus reiner Geldgier mussten zwei Menschen sterben. Was sind das für Abgründe!»

«Aber Janko hat doch gesagt, er hat gar keinen Kontakt zu seiner Mutter», gibt Rudi zu bedenken. «Wie kann er dann mit ihr gemeinsame Sache gemacht haben?»

«Die belügen uns», wischt Schnepel Rudis Einwand zur Seite. «In Wirklichkeit sind sie ein mörderisches Team. Überleg doch mal: Wem, wenn nicht Janko, hat Gerhard Janßen am meisten vertraut? Sein Sohn war der Einzige, der ihm diese Tropfen verabreichen konnte, ohne dass Gerhard misstrauisch wurde.»

Haueisen hat Schnepels Ausführungen aufmerksam zugehört. «Es könnte tatsächlich so gewesen sein», sagt er schließlich. «Diese Schlussfolgerungen sind logisch.»

Rudi allerdings ist noch nicht überzeugt, findet aber auch kein passendes Gegenargument und hält deshalb den Mund.

Haueisen blättert in der Akte. «Haben wir eigentlich keine Fingerabdrücke von Janko Janßen?»

Schnepel schüttelt den Kopf. «Es gab bislang keine Veranlassung, sie zu nehmen.»

«Herrschaftszeiten», schimpft Haueisen. «Sie haben die Waffen der Janßens geholt, da müssen Sie doch auch von beiden die Fingerabdrücke nehmen! Das ist erste Lektion Polizeiarbeit!»

«Janko Janßen war überhaupt nicht verdächtig», rechtfertigt sich Schnepel, «sondern sein Vater. Und der war zudem abgängig. Wir sind doch davon ausgegangen, dass er sich vom Acker gemacht hat, um nicht für den Tod von Kramer verantwortlich gemacht zu werden.»

«Dann bewegen Sie Ihren Hintern und schaffen Sie uns die Fingerabdrücke von Janko Janßen her. Ach was, bringen Sie ihn gleich mit. Ich benachrichtige in der Zwischenzeit die KTU, dass die sich den Pick-up der Janßens vornehmen. Gut, dass ich gestern die Pressemeldung nicht mehr rausgegeben habe. Sonst würden wir jetzt wie Trottel dastehen.»

Der Himmel ist strahlend blau, und die Sonne bringt das grüne Gras der Deichlandschaft zum Leuchten. Schafe grasen auf der Deichkuppe, und alles wirkt wie eine Postkartenidylle, durch die Rosa mit ihrem roten Fiat braust.

Vor der Deichschäferei steht der Pick-up, daneben ein dunkler Geländewagen. Im Hof ist niemand zu sehen, allerdings riecht es verbrannt, und gefrorene Wasserpfützen säumen auf der rechten Seite etwas, was aussieht, als sei ein Osterfeuer vorm vollständigen Abbrennen gelöscht worden. Was hat das denn zu bedeuten? Rosa geht durch das geöffnete Tor in den Stall, aus dem sie das Blöken der Schafe hört. In der hintersten Ecke entdeckt sie Janko. Mit verwuschelten Haaren und Dreitagebart beugt er sich über eins der trächtigen Schafe. Neben ihm hockt eine Frau in rot-schwarz karierter Flanelljacke.

«Moin, was war denn hier los?», ruft Rosa, während sie durch den Gang zwischen den Stallboxen auf die beiden zugeht. «Sieht ja aus, als hätte es gebrannt.»

Janko hebt kurz den Kopf. «Hat es auch. Ich hatte Besuch von den Wolfsfreunden. Ist aber zum Glück nichts weiter passiert.»

«Um Himmels willen! Aber mit dir ist wirklich alles in Ordnung?», fragt Rosa entsetzt.

«Ja. Ich hab die Hunde auf sie gehetzt, und obwohl sie Humphrey attackiert haben, nahmen sie schnell Reißaus.»

«Da hast du ja noch mal Glück gehabt. Hast du jemanden erkannt?»

«Nein, waren alle vermummt.»

«Achtung, es kommt ...» Die Stimme der Frau klingt angespannt.

Janko beugt sich wieder zum Schaf hinunter, sein breiter Rücken versperrt Rosa die Sicht.

«Geschafft!» Die Frau in der karierten Jacke erhebt sich aus der Hocke. Sie ist genauso groß wie Janko, die langen blonden Haare hat sie auf dem Kopf zu einem lockeren Dutt gebunden. Sie streift die Gummihandschuhe ab, die bis zu den Ellenbogen gehen. «Das war's! Hat alles gerade noch rechtzeitig geklappt.» Zufrieden betrachtet sie das Lamm, das noch erschöpft von den Strapazen der Geburt im Stroh liegt. Das Muttertier leckt es ab, und schon stellt es sich wackelig auf seine Beine und beginnt, nach der Zitze zu suchen, um zu trinken.

«Du bist einfach die Beste.» Janko lächelt die Frau an, dass es Rosa einen Stich gibt. So hat Janko *sie* bislang noch nie angesehen. Läuft zwischen den beiden etwas? Rosa ist hin- und hergerissen. Eigentlich ist sie gekommen, um Janko zu kondolieren und ihm in dieser schweren Zeit zur Seite zu stehen. Im Moment kommt sie sich aber ziemlich fehl am Platz vor.

«Tja, also», sagt sie mit belegter Stimme, um nicht vollends dämlich dazustehen. «Ich wollte mich einfach melden, nach all den schrecklichen ... Ereignissen gestern. Und fragen, ob ich was helfen kann.» Sie streckt der Frau die Hand hin. «Ich bin Rosa Moll.»

«Das ist Charlotte Duvenberg. Aus der Tierarztpraxis Bellmann», stellt Janko die äußerst attraktive Frau vor.

«Ach, Sie sind die Neue», sagt Rosa mit einer gewissen Erleichterung. «Caro hat erzählt, dass eine zweite Tierärztin in ihre Praxis eingestiegen ist. Schön, Sie persönlich kennenzulernen.»

«Von Ihnen habe ich auch schon gehört.» Ein herzliches Lächeln zieht über das hübsche Gesicht, während die Tierärztin Rosa die Hand schüttelt. «Es gab so viel zu tun in letzter Zeit, da habe ich es nicht einmal bis in die Dorfkneipe geschafft.»

«Na, bald wirst du mehr Zeit haben.» Mit einer schnellen Handbewegung streicht Janko die Haarsträhne zurück, die ihm in die Stirn gefallen ist.

«Das glaube ich kaum. Das Ablammen dauert ja noch bis Ende April. Und auch sonst gibt es eine Menge Arbeit.» Die Tierärztin zwinkert ihm zu.

«Stimmt. Ob ich dann allerdings noch hier bin, weiß ich nicht.»

«Wie meinst du das?» Sie schaut ihn überrascht an, und auch Rosa runzelt die Stirn.

«Ich werde die Deichschäferei wohl dichtmachen beziehungsweise abgeben müssen.»

«Was redest du denn da? Das schaffst du auch ohne deinen Vater. Du stellst einfach jemanden ein. Und mach dir um mein Honorar erst mal keinen Kopf.»

«Danke, das weiß ich zu schätzen. Aber ich hab keine Ahnung, wie ich den Betrieb weiter am Laufen halten soll. Alleine ist das nicht zu schaffen, und einen Angestellten kann ich mir nicht leisten. Die Rückzahlung der Kredite drückt jetzt schon. Dazu kommt noch das Problem mit dem Wolf, der sich hier breitmacht ...»

«Der, der deine Schafe gerissen hat, ist doch tot», sagt Rosa. «Er hatte einen Zusammenstoß mit einem Auto.»

Janko schnaubt. «Wenn einer weg ist, kommt der nächste. Ich müsste am Deich Elektronetze stecken. Dafür bräuchte ich mindestens vier Arbeitskräfte, und dafür fehlt mir schlicht das Geld, da reichen auch die staatlichen Zuschüsse nicht.»

Rosa beißt sich auf die Lippe. Sie hat Rudi versprochen, nichts vom Testament zu sagen. Aber sie kann Janko doch nicht verschweigen, dass es eine Lösung für seine finanziellen Probleme gibt. Genau, sie könnte ihm das ein wenig verklausuliert stecken. «Ich glaube, ganz so schwarz brauchst du nicht zu sehen.»

Erstaunt sieht Janko sie an. «Wieso nicht? Willst du mir etwa Geld leihen?»

In diesem Moment fährt ein Polizeifahrzeug auf den Hof und hält vor dem weit geöffneten Stalltor. Rudi und Schnepel steigen aus.

Ganz wohl ist Rudi nicht dabei, als sie die Deichschäferei erreichen. Schnepels Theorie mag logisch klingen, gefallen tut sie ihm jedoch nicht.

Als sie auf dem Vorplatz parken, staunt er nicht schlecht über das Aufgebot an Fahrzeugen, den verbrannten Haufen und die Eispfützen. Was war denn hier los?

Er setzt die Dienstmütze auf und steigt aus. Aus dem Stall dringt das Blöken der Schafe.

Schnepel knallt die Autotür zu, als wäre der Dienstwagen eine steinalte Karosse, und marschiert los. Rudi folgt ihm in den Stall. Hier ist ja richtig was los. Überall blöken die Schafe, und Charlotte Duvenberg steht mit Janko in einer der Ablammboxen. Rosa im Gang davor. Zwei Border Collies kommen ihnen entgegen.

«Moin. Kripo Wittmund!», sagt Schnepel schneidend.

Janko dreht sich zu ihnen um. «Prima, dass Sie so schnell kommen. Ich kann Ihnen allerdings nicht wirklich viel dazu sagen.» Er verlässt das kleine, abgetrennte Gehege und macht ein paar Schritte auf sie zu.

«Herr Janßen, Sie brauchen bloß zu gestehen», sagt Schnepel und bleibt breitbeinig vor Janko stehen. Er strotzt dabei vor Selbstherrlichkeit. «Das macht es für uns alle einfacher.»

Verwirrt legt Janko die Stirn in Falten, und auch Rosa und

Charlotte scheinen nicht zu wissen, weshalb Schnepel und Rudi hier sind.

«Was soll ich denn gestehen?», fragt Janko. «Diese Typen kamen im Dunkeln und waren vermummt. Sie hatten brennende Fackeln in der Hand, haben ‹Wolfsmörder› gebrüllt und mir gedroht. Ich bekam verdammte Angst und habe die Hunde auf sie gehetzt. Das hat gewirkt. Die sind weggerannt, so schnell sie konnten. Dabei haben sie Fackeln in Richtung der Heuballen geworfen. Ich habe den Notruf gewählt und angefangen, die brennenden Ballen zu löschen. Ich verstehe nicht, was ich gestehen soll. Das hat Ihr Kollege doch gestern Abend schon alles aufgenommen. Ich dachte, Sie hätten die vielleicht schon gefasst.»

Nun ist es an Rudi und Schnepel, irritiert zu gucken. Schnepel hat sich jedoch schnell wieder im Griff. «Deswegen sind wir nicht hier. Wir brauchen Ihre Fingerabdrücke und die Schlüssel Ihres Fahrzeugs.» Er deutet auf den Pick-up.

«Warum das denn?», fragt Janko perplex.

«Weil es Grund zu der Annahme gibt, dass Sie am Tod von Lennard Kramer beteiligt waren.»

«Wie bitte?» Das Entsetzen in Jankos Augen ist echt. Das sieht Rudi genau. Auch Charlotte und Rosa fallen aus allen Wolken.

«Im Fall Kramer ist ein Testament aufgetaucht, in dem Sie als Alleinerbe benannt sind», fährt Schnepel fort. «Außerdem wurde bei Ihrem Vater GHB im Blut nachgewiesen. Im Klartext: Er war betäubt, als er ins Wasser fiel.»

«Wie bitte?» Janko greift sich unwillkürlich an den Kehlkopf.

«Ihr Vater hatte Grund, daran zu zweifeln, Ihr Vater zu sein.»

«Was reden Sie denn da für einen Schwachsinn?»

«Unterbrechen Sie mich nicht», herrscht Schnepel ihn an. «Lennard Kramer hat Ihrem Vater gesagt, Sie seien *sein* Sohn. Und das hat er ernst gemeint. Deswegen hat Kramer auch das Testament verfasst und den Verkauf seines Hauses annulliert.» Schnepels Finger schießt vor. «Als *Sie* das erfahren haben, mussten Sie nicht lange überlegen und haben Kramer getötet, damit Sie schnell ans Erbe kommen und Ihre Schäferei retten können. Gerhard Janßen hat das herausgefunden und Sie zur Rede gestellt. Er wollte vermutlich, dass Sie sich selbst anzeigen, damit er es nicht tun muss. Und deswegen haben Sie ihn mit den K.-o.-Tropfen außer Gefecht gesetzt und ins Wasser gestoßen. Um den einen Mord zu vertuschen, haben Sie einen weiteren begangen und den Mann getötet, der Sie wie seinen Sohn aufgezogen hat. Schämen sollten Sie sich!»

Rudi ist verblüfft, in welch atemberaubendem Tempo Schnepel solche Theorien entwickelt.

«Wo haben Sie Kramer erschossen? Hier im Stall?» Schnepel lässt seinen Blick über die Ablammboxen schweifen. «Wenn Sie geglaubt haben, Sie sind schlauer als wir, dann haben Sie sich getäuscht. Die Kollegen der Kriminaltechnik werden gleich hier sein und Ihren Wagen genauestens untersuchen. Ich bin mir mehr als sicher, dass wir dort das Blut von Lennard Kramer nachweisen können. Sie werden ihn ja nicht geschultert in sein Haus getragen haben.»

«Sie werden nichts finden», sagt Janko trocken. «Nach dem Wolfsangriff habe ich die toten Schafe mit dem Pick-up zum Hof gebracht, damit der Abdecker die Kadaver abholen und zur Tierkörperbeseitigungsanlage transportieren kann. Anschließend habe ich die Ladefläche natürlich abgekärchert.»

«Ha! Das Blutbad war wohl ein gefundenes Fressen für Sie», trumpft Schnepel auf. «Aber mit dieser Grundreinigung machen Sie sich erst recht verdächtig!»

«So ein Unsinn», widerspricht Janko und blickt Rudi an. «Das stimmt nicht. Das stimmt einfach nicht.»

«Anders gefragt: Haben Sie für den Mittwochnachmittag und -abend ein Alibi?», fragt Schnepel und schiebt herausfordernd das Kinn vor.

Janko nickt. «Am Nachmittag habe ich Büroarbeit erledigt und diverse Mails geschrieben. Das lässt sich ja leicht nachweisen. Am Abend bin ich an den Deich gefahren, weil ich die Information erhielt, dass der Wolf in unmittelbarer Nähe gesehen worden ist. Charlotte», er deutet auf die Tierärztin, «kam nach Feierabend und hat mir für ein Stündchen Gesellschaft geleistet.»

Schnepel wendet sich der jungen Frau zu. «Stimmt das?»

Sie nickt. «Ja. Ich bin so gegen zwanzig Uhr gekommen. Wir beide verbringen privat viel Zeit miteinander.» Mit einem zärtlichen Lächeln sieht sie Janko an.

Das überrascht Rudi. Auch Rosa hat offensichtlich keine Ahnung davon gehabt, wie er an ihrem enttäuschten Gesichtsausdruck bemerkt. Hat sie sich etwa in Janko verliebt?

«Wie auch immer, wir nehmen Sie mit nach Wittmund zum Verhör, Herr Janßen», sagt Schnepel kalt. «Denn das Projektil im Körper des Wolfes stammt aus einer Ihrer Waffen. Das kann Ihnen bis zu fünf Jahre Haft einbringen. Das ist Ihnen klar, oder?» Schnepels Augenbrauen schnellen wie zum Unterstreichen seiner Worte in die Höhe. «Außerdem sind Sie der Einzige, der durch den Tod der beiden Männer gewinnt. Selbst wenn die Deichschäferei mit Krediten belastet ist, allein der Verkauf des Grundstücks würde Ihnen ordentlich was einbringen. Zusammen mit dem Erlös von Kramers Haus sind Sie eine gute Partie. Nicht wahr, Frau Tierärztin?» Lauernd blickt Schnepel Charlotte an. «Wie lange sind Sie denn schon ein Paar? Und wo kommen Sie überhaupt her?»

Nun reicht es Rudi aber endgültig. Das wird ja immer wilder mit Schnepels Verdächtigungen. «Helmut, nun mach mal halblang», raunt er seinem Kollegen zu.

«Ach was», weist Schnepel seinen Einwurf zurück. «Du musst über den Tellerrand gucken. Das große Ganze erkennen. Die beiden Turteltäubchen könnten gemeinsame Sache machen. Wenn sie das Geld im Sack haben, verduften sie von hier und führen anderswo ein schönes Leben.»

Charlotte sieht Rudi konsterniert an. «Der hat 'ne Macke», sagt sie. «Der hat wirklich 'ne Macke.»

Nur unter starkem Protest lässt Janko sich ins Polizeifahrzeug verfrachten. Schnepel ist schon eingestiegen, als Rosa Rudi am Ärmel packt.

«Das ist ja wohl nicht euer Ernst», sagt sie aufgewühlt.

Rudi zuckt mit den Schultern. «Befehl von oben. Da kann ich nichts gegen machen.»

«Ihr könnt doch nicht … nur wegen dem Schuss auf den Wolf? Habt ihr euch schon um diesen Rainer gekümmert? Von dem wissen wir doch, dass er am Mittwochnachmittag mit Gerhard Janßen zusammen war.»

«Stimmt. An den hab ich bei all der Aufregung gar nicht mehr gedacht. Mach ich sofort, wenn wir in Wittmund sind.» Er senkt die Stimme. «Ich glaub ja auch nicht, dass Janko das war.»

«Es ist ja nicht zu fassen! Verdächtigt die Polizei jetzt allen Ernstes Janko!»

«Ich verstehe das alles auch nicht», sagt die Tierärztin und schaut dem abfahrenden Auto mit den Polizisten kopfschüttelnd hinterher. «Nie und nimmer hat Janko etwas mit dem Tod seines Vaters zu tun. Ich war doch an dem Abend bei ihm. Das hätte ich gespürt.»

Rosa zuckt beim letzten Satz zusammen und übergeht ihn dann schnell. «Anscheinend reicht der Wittmunder Kripo das nicht. Dabei stochern die ganz schön im Nebel. Jankos Vater könnte ja auch schon am Nachmittag mit diesen K.-o.-Tropfen außer Gefecht und ins Wasser geschubst worden sein.»

«Tagsüber war Janko im Stall und am Schreibtisch.» Die Tierärztin hält die beiden angeleinten Border Collies mit fester Hand.

«Bloß können die Schafe das nicht bezeugen.» Rosa hält kurz inne. «Aber ich.»

Überrascht schaut Charlotte Duvenberg Rosa an. «Du? Ich darf doch du sagen?»

«Na klar. Ich bin Rosa. Und ich war am Mittwoch nach dem Unterricht hier. Um mit Janko noch einmal den Besuch mit meinen Schülern in der Deichschäferei zu besprechen.» Und um Janko das uralte Foto von den Leuten der Kommune zu zeigen, fügt sie in Gedanken an. «Sein Vater ist nicht da gewesen, das weiß ich ganz genau.»

Aufregung packt die Tierärztin. «Das musst du unbedingt der Polizei sagen. Dann müssen die ihn sofort wieder gehen lassen.»

«Und ob ich das mache. Gleich nachher.» Rosa versucht, sich an jedes Detail ihres Besuches zu erinnern. Erst waren sie im Stall. Dann in der Küche. Danach wieder im Stall. Janko hat gesagt, er wolle das Foto seinem Vater später zeigen. Er hat aber nicht gesagt, wo der um diese Zeit gewesen ist. Rosa muss unbedingt herausbekommen, wann der genaue Todeszeitpunkt gewesen ist, erst dann kann man aus Gerhard Janßens Abwesenheit in der Deichschäferei Schlüsse ziehen. Andererseits ist er am Nachmittag noch mit diesem Rainer am Strand gewesen. Adelheid und Gisela sind sich da ganz sicher. Ach, das passt alles hinten und vorne nicht.

«Was ist?», fragt Charlotte. «Ist dir noch was eingefallen?»

«Ich bin mir nicht sicher. Es ist mehr so ein Gefühl. Vielleicht hat ein altes Foto etwas ans Licht gebracht, das vor langer Zeit unter den Teppich gekehrt worden ist.»

«Das verstehe ich nicht.»

«Ist ja auch nicht so wichtig. Aber ich glaube, dass alles mit Lennard Kramers Idee zum Verkauf seines Hauses angefangen hat.»

Eine melodische Tonfolge unterbricht sie.

«Entschuldigung.» Charlotte zieht ihr Mobiltelefon aus der Hosentasche. «Duvenberg, Tierarztpraxis Bellmann.» Aufmerksam hört sie zu. «Ja, ich komme sofort.» Sie steckt es wieder ein. «Ich muss los. Bringe eben nur noch die beiden Hunde in den Zwinger. Die können hier ja nicht alleine rumlaufen.» Sie zieht an den Hundeleinen. «Nachher schaue ich nach den Schafen. Im Moment ist ja alles ruhig.»

Augenblicke später ist die Tierärztin abgefahren, während Rosa immer noch unentschlossen vor dem Stall steht. Ablammen sieht auf Youtube nett aus, bei einer schwierigen Geburt möchte sie allerdings nicht alleine im Stall stehen. Aber sie ist ja auch weder Tierärztin noch Deichschäferin. Ihre Stärken liegen auf einem ganz anderen Gebiet. Sie muss dafür sorgen, dass Janko so schnell wie möglich wieder zurück ist. Am besten wäre es, wenn sie den wahren Täter zügig findet. Aber wie?

Als sie ihr Auto startet, fährt der Bulli der Spurensicherung vor. Kurz erwägt Rosa hierzubleiben, dann aber überlegt sie es sich anders. Die werden ohnehin nichts finden und ihr sowieso nichts erzählen. Da kann sie genauso gut losfahren. Noch während sie die schmale Zufahrt zur Landstraße nimmt, ist sie in Gedanken wieder im Deichgrafen. Was für ein Geheimnis trägt diese einst so verschworene Gemeinschaft mit sich herum? Lenny kommt nach Jahrzehnten wieder zurück in die Heimat und zieht in das Haus seiner verstorbenen Eltern. Gerhard arbeitet mittlerweile mit seinem Sohn in der Deichschäferei. Er trifft sich am Mittwoch mit Rainer, der ebenfalls jahrelang fort war. Genau wie Jankos Mutter, der die Schafzucht viel zu langweilig gewesen ist und die sich deshalb verabschiedet hat, bis sie sich vor einiger Zeit auf Juist niedergelassen hat. Als sogenannte Schmuckdesignerin. Es würde Rosa brennend interessieren, was die so designt. Vielleicht sollte sie einen Ausflug nach Juist machen und ihr auf den Zahn fühlen. Offensichtlich hatte Uschi Kontakt zu Gerhard *und* Lenny. Das ist es! Cherchez la femme!

Rosas Nase beginnt augenblicklich zu kribbeln. Lenny hat schließlich prompt sein Testament geändert, als er erfuhr, dass Janko sein Sohn ist. Noch einmal sortiert sie ihre

Gedanken und kommt wieder zu dem gleichen Schluss: Uschi kocht ihr eigenes Süppchen und hat es faustdick hinter den Ohren. Was ist, wenn es ein dunkles Geheimnis aus jener Zeit gibt, mit dem Uschi alle anderen erpresst? Haben sie damals vielleicht mit Drogen gehandelt? Oder Terroristen versteckt? Das war ja die Zeit der Baader-Meinhof-Bande. Mit Attentaten, Banküberfällen und Schießereien. Rosas Herzschlag beschleunigt sich. Kann es sein, dass die Kommune eine sprichwörtliche Leiche im Keller hat?

Auszuschließen ist das nicht. Aber wie soll sie diesem Geheimnis auf die Spur kommen? Die Idee mit der Boutique ist gut, aber dann müsste sie erst einmal nach Norden fahren und dort die Schnellfähre nehmen. Das wird heute nichts mehr. Besser, sie nimmt sich noch einmal Lennys Haus gründlich vor. Vielleicht hat sie bei ihren ersten beiden Besuchen doch etwas übersehen. Schließlich hat sie nicht gewusst, wonach sie suchen soll. Hat eher im Trüben gefischt. Nicht, dass sie jetzt wüsste, was der Schlüssel zu diesem verschütteten Geheimnis wäre. Aber allein der Gedanke, es aufzuspüren, versetzt sie in Aufregung.

Schnepel und Rudi bringen Janko schnurstracks in eines der Verhörzimmer.

«Der kann da jetzt 'ne Runde schmoren», sagt Schnepel und überlässt die Bewachung fürs Erste einem Kollegen. «Meistens sind unsere Pappenheimer viel gesprächiger, wenn sie einen Moment der Besinnung haben.»

«Wenn du meinst.» Rudi gefällt das alles ganz und gar nicht.

«Ja, das meine ich. Gib dem Chef Bescheid, dass wir in

zehn Minuten mit dem Verhör beginnen können. Ich muss noch mal eben zum Klo.»

Rudi nimmt die Treppe und klopft Augenblicke später an Haueisens Tür.

«Herein.» Haueisen sitzt an seinem Schreibtisch und blättert in den Papieren, die vor ihm auf dem Tisch liegen. «Na, Bakker, wie ist die Lage? Hat der Verdächtige bereits gestanden?»

«Nein, er streitet alles ab. Für den Mittag und den Abend hat er Zeugen, aber die Zeugin für den Mittag bedeutet ja erst einmal nichts, da sein Vater am Nachmittag noch gesehen wurde. Janko Janßen wartet im Verhörzimmer. Kollege Schnepel meint, dass er in etwa zehn Minuten mit der Vernehmung starten will.»

«Fein, fein.» Haueisen reibt sich die Hände. «Da komme ich gleich dazu.» Er erhebt sich und streicht sich über die Schläfe. «Sie schreiben derweil das Protokoll vom heutigen Besuch in der Deichschäferei. Sie können Schnepels Büro benutzen.»

Als Rudi die Tür öffnet, schlägt ihm ein unangenehm süßlicher Geruch entgegen. Er atmet flach und geht zum Fenster. Auch wenn es draußen trotz Sonnenschein bitterkalt ist, reißt Rudi das Fenster weit auf. Bei dem Gestank kann einem ja schlecht werden.

Dann tritt er an den Schreibtisch, um die Telefonliste von Gerhard Janßens Handy anzuschauen. Gestern Abend hat er noch gedacht, dass er sich da nun nicht mehr drum kümmern muss. Heute sieht die Sache aber anders aus. Und er will sich von Rosa nicht schon wieder Nachlässigkeit vorwerfen lassen. Die Liste liegt zuoberst auf einem Stapel mit Papieren, die noch nicht abgeheftet sind. Rudis Blick fällt auf einen länglichen Glasflakon in Form eines nackten, männlichen Oberkörpers. Alles klar. Schnepel hat sich mit dem Aftershave eingedieselt. Wann lernt er endlich, dass «viel hilft viel» nicht immer die richtige Entscheidung ist. Rudi stellt sich ans offene Fenster und saugt die frische Luft tief in die Lungen ein. Kaum kann er wieder frei durchatmen, geht er die Liste der Anrufer durch. Augenblicke später hat er die Nummer des unbekannten Anrufers gefunden und wählt sie von Schnepels Apparat an.

Es knackt in der Leitung, die Verbindung ist nicht wirklich gut.

«Rainer Eilerts.»

«Moin. Kommissar Bakker, Kripo Wittmund», stellt er sich laut und deutlich vor. «Herr Eilerts, Sie haben letzte Woche Mittwochvormittag mit Gerhard Janßen telefoniert?»

«Ja. Ist das neuerdings verboten?» Eilerts klingt nicht gerade kooperativ.

«Und am Mittwochnachmittag haben Sie sich mit ihm getroffen?»

«Nein.» Es knackt wieder in der Leitung.

«Nein? Das wundert mich. Es gibt Zeugen, die Gerhard Janßen und Sie zusammen am Strand gesehen haben.»

Für einen Moment herrscht Schweigen. «Nun gut. Es stimmt. Wir haben uns getroffen. Beim BadeWerk. Kelle wollte eine Runde am Strand laufen.»

«Kelle?»

«Ist Gerhards Spitzname. Weil seine Hände so groß wie Maurerkellen sind.»

«Ach so. Sie wollten trotz des schlechten Wetters an den Strand?»

«Ich nicht. Aber Kelle bestand darauf. Obwohl man bei

solchem Wetter ja eigentlich keinen Hund vor die Tür jagt. Er sagte, es sei wichtig.»

«Und? War es das?»

«Wie man's nimmt. Er hatte Zoff mit Lenny. Also mit Lennard Kramer. Wir haben vor ewigen Zeiten in einer Kommune zusammengelebt. Ganz bin ich da nicht durchgestiegen, was Kelle sagte, vor allem, weil Lenny ja wohl am Samstag ums Leben gekommen ist. Kelle war ziemlich durcheinander, aber bei dem Wind und Regen hab ich nur die Hälfte verstanden. Ich höre auf einem Ohr nur noch dreißig Prozent, müssen Sie wissen.»

«Was haben Sie denn verstanden?» Nun ist Rudis Neugierde endgültig geweckt. Vielleicht kommt er der Lösung des Rätsels näher.

«Irgendwas von einem schrecklichen Unfall. Und von seinem Sohn. Und dass er alles für den tun würde. Weil der sein Ein und Alles ist.»

Hm. Das hört sich irgendwie ziemlich dubios an. Da muss man anders rangehen. «Die Verbindung ist schlecht», sagt Rudi. «Ich glaube, es ist besser, wenn wir uns treffen. Wo wohnen Sie?»

«Ich bin derzeit im Urlaub», weicht Eilerts aus.

Das ist ja wirklich zum Mäusemelken, denkt Rudi. «Äh, na schön, wir melden uns noch mal bei Ihnen.»

Rudi hat das Protokoll des Besuches in der Deichschäferei längst fertig und noch ein wenig bei Facebook in der Wolfsgruppe geguckt, als Haueisen und Schnepel aus dem Verhörraum kommen. Der Chef wirkt nicht gerade zufrieden. Mit der linken Hand gibt er ihm ein Zeichen, mit in sein Büro zu kommen.

«Schließen Sie die Tür, Bakker», sagt Haueisen. Er lässt sich auf seinen Schreibtischstuhl fallen, Schnepel lehnt sich mit verschränkten Armen an die Platte des Besprechungstisches, Rudi bleibt stehen. «Und?», fragt er.

«Wir haben ihn gehen lassen», sagt Haueisen missmutig.

«Natürlich haben wir ihn vorher erkennungsdienstlich behandelt», ergänzt Schnepel. «Er glaubt, schlauer zu sein als wir, aber das ist er nicht. Ich hätte ihn ja dabehalten, aber der Chef sagt, es reicht nicht für einen Haftbefehl.» Das klingt in Rudis Ohren direkt ein bisschen vorwurfsvoll.

«Es reicht definitiv nicht. Auch wenn klar ist, dass der Schuss aus einer von Janßens Waffen abgegeben wurde.» Haueisen sieht Schnepel über den Rand seiner Brille mit müden Augen an. «Und mit Ihren Vorwürfen haben Sie uns das Verhör nicht gerade einfacher gemacht.»

«Vorwürfe?» Rudi schaut Schnepel an.

«Der hat uns doch von vorn bis hinten belogen», sagt sein Kollege wütend. «Vermummte Fackelträger! Wenn ich das schon höre, fühle ich mich verarscht. Das hat der Knispel sich ausgedacht, um unser Mitleid und unser Vertrauen zu erringen. Hundertpro. Da hat er sich aber geschnitten. Auf diese dummen Spielchen fallen wir nicht rein.»

«Na ja», meint Rudi. «Janko hat gesagt, die Meute hätte ihn bedroht, weil sie ihn und seinen Vater für schuldig am Tod von Lennard Kramer halten. Und der war, wie wir wissen, der Gründer der Facebook-Gruppe, die für den Erhalt des Wolfes in Ostfriesland ist. Von daher sollten wir das nicht als Fantasterei ansehen, sondern uns unter den Mitgliedern der Gruppe mal umhören. In den sozialen Netzwerken jemanden zu attackieren, ist zwar auch nicht schön, aber persönlich zu drohen, mit Fackeln bei Nacht, das ist schon eine andere Nummer. In jeder Gruppe gibt es doch einen, der den Lauten markiert. Den sollten wir mal genauer unter die Lupe nehmen. Wenn das mit den maskierten Rächern so stattgefunden hat, wird er dabei gewesen, wenn nicht gar der Anführer gewesen sein.»

Haueisen nickt, und ein Lächeln schleicht sich auf sein Gesicht. «Da haben Sie recht, Bakker. Kümmern Sie sich darum, sobald wir hier fertig sind. Und sehen Sie sich den Bericht des Kollegen an, der vor Ort war, als die Feuerwehr den Brand gelöscht hat. Obwohl ich nicht wirklich glaube, dass diese Wolfsfreunde etwas mit Gerhard Janßens Tod zu tun haben. Als Haufen sind sie sicher stark, aber einzeln? Und mit dem Tod von Kramer, dem Gründer ihrer Gruppe, werden sie garantiert nichts zu tun haben. Sie ziehen ja an einem Strang.»

«Das glaube ich eher nicht, Chef», sagt Schnepel geringschätzig. «Gerade weil das so absurd klingt, könnte einer der Typen Kramer vom Vorsitzthron der Gruppe verdrängen wollen. Und deswegen alles so arrangiert haben, dass wir den Mord Gerhard Janßen zuschreiben.»

«Was denn nun, Schnepel?», fragt Haueisen ungehalten. «Erst versteifen Sie sich auf Janko Janßen, und nun soll es plötzlich einer aus der Gruppe gewesen sein, die Sie eben noch als ein Fantasieprodukt von Janko Janßen bezeichnet haben?»

«Man muss nach allen Seiten offen denken, Chef.»

Jaja, wer nach allen Seiten offen ist, ist nicht ganz dicht, denkt Rudi. Und den Eindruck hat er ja durchaus schon das eine oder andere Mal bei Schnepels wilden Theorien gehabt.

«Ach, Schnepel.» Haueisen seufzt. «Im Fall seines Vaters hat Janko doch ein Alibi. Er war am Schreibtisch, was Mails belegen, und die Tierärztin kann bezeugen, dass er abends bei den Schafen gewesen ist.» Er wendet sich an Rudi. «Haben Sie in der Zwischenzeit etwas erreicht?»

«Jo. Der Anrufer auf Gerhard Janßens Mobiltelefon von Mittwochvormittag heißt Rainer Eilerts. Er hat sich gleich noch am Nachmittag mit Janßen senior getroffen, weil der mit ihm ein Problem besprechen wollte, das er mit Lenny Kramer hatte. Dabei ging es um seinen Sohn. Eilerts hat das aber nicht richtig verstanden, er hört schlecht, außerdem war der Wind so laut und kräftig. Es hat ihn aber gewundert, dass Janßen mit ihm über irgendwelche Probleme sprechen wollte, schließlich hatten sie jahrelang nichts voneinander gehört. Kramer war im Übrigen zu diesem Zeitpunkt schon tot.»

Bei diesen Worten schlägt Schnepel sich mit der flachen Hand an die Stirn. «Mensch, bist du blöd! Das ist doch wieder ein Beweis dafür, dass Janko Janßen den Kramer auf dem Gewissen hat! Gerhard Janßen wollte mit Eilerts darüber sprechen, dass es ihn belastet zu wissen, dass sein Sohn Kramer getötet hat. Vielleicht erhoffte er sich einen Rat von seinem alten Wohnkumpel. Wann kommt der ins Kommissariat?»

«Erst mal nicht. Der ist im Urlaub.»

«Sach mal, das ist doch nicht zu glauben! Der muss herkommen. Sofort. Du schreibst das Gesprächsprotokoll, und der muss das unterschreiben! Stimmt's, Chef?»

Haueisen nickt. «Jo. Das ist eigentlich selbstverständlich.» Er wirft einen Blick auf den Bildschirm seines PCs. «Gerade kommt eine Mail der KTU. War kein GHB im Pick-up. Kein Fläschchen und auch sonst nichts. Es sind zwar noch Blutreste in den Ritzen der Übergänge von der

Ladefläche zu den Seitenteilen gefunden worden, aber das dauert noch, bis man die richtig analysiert hat.» Er atmet schwer. «Also, Bakker. Sehen Sie zu, dass dieser Eilerts herkommt, und sprechen Sie mit den Wolfsfreunden. Reden Sie auch noch mal mit dem Kollegen Bütefisch, der die Anzeige wegen der Brandstiftung aufgenommen hat. Ich mach jetzt Feierabend. Mir reicht's für heute.»

Hoyko harkt in seinem Garten altes Laub und herabgefallene Birkenzweige zusammen, als Rosa vor dem Haus parkt. Die dunkelblaue Strickmütze bedeckt die Ohren, er trägt einen dicken Troyer, darüber eine Daunensteppweste. Gefütterte Handschuhe schützen seine Finger vor der Kälte, ein halb gefüllter grüner Laubsack steht vor ihm. Schwungvoll wirft Rosa die Autotür zu und schnuppert: Der Geruch von modrigem Laub und Holz hängt in der Luft.

«Moin, Rosa, das ist ja eine Überraschung», begrüßt Hoyko sie mit einem breiten Lächeln und einer weißen Atemwolke vor dem Mund. «Was verschafft mir denn die Ehre?»

Rosa blinzelt ihm spitzbübisch zu. «Ich würde gerne noch einmal den Schlüssel von deinem Nachbarn haben.»

Hoyko tritt an den Zaun. «Überlegst du etwa, das Haus zu kaufen?»

«Nee, ganz bestimmt nicht. Meine Wohnung gefällt mir super. Und außerdem verdiene ich als Lehrerin zwar ganz gut, aber so gut nun auch wieder nicht. Ein Haus am Meer. Da werden doch Spitzenpreise gezahlt.»

«Stimmt. Auch wenn Kramers Haus ein bisschen renovierungsbedürftig ist, wird da sicher ein ordentlicher Preis

aufgerufen. Du weißt doch: Was zählt, ist Lage, Lage, Lage.»
Hoyko beugt sich zu ihr vor. «Ich hab gehört, dass der junge
Deichschäfer der Erbe sein soll.»

Nicht nur Gerüchte, auch Tatsachen verbreiten sich ra-
send schnell in Neuharlingersiel. Das wundert Rosa schon
lange nicht mehr. «Sieht so aus. Und im Grunde bin ich auch
deswegen hier. Die Wittmunder Kripo hat aus dieser Erb-
schaft ein Mordmotiv für Janko gestrickt. Sie haben ihn zum
Verhör abgeholt. Da muss man doch was tun!» Rosa hat sich
derart in Rage geredet, dass ihre Wangen glühen. «Du hast
ja Tür an Tür mit ihm gelebt. Was für ein Mensch ist Lenny
Kramer eigentlich gewesen?» Rosa kennt ja vor allem Ge-
schichten aus der Vergangenheit.

Hoyko überlegt einen Moment, dann sagt er: «Lenny
ist ein verschlossener Mensch gewesen, aber er war nicht
unfreundlich. Er konnte gut für sich allein sein. Ab und zu
haben wir uns über den Zaun hinweg unterhalten, und ein
paarmal haben wir Schach bei ihm gespielt.» Hoyko streicht
sich übers Kinn. «Strategie und Taktik waren ihm wichtig.
Einmal hat er gesagt, wie schön es wäre, wenn sich alle Probleme nach solch festgelegten Regeln lösen ließen. Da hab
ich ein bisschen nachgebohrt, was er damit meint. An alles,
was er gesagt hat, kann ich mich nicht erinnern, aber eins
habe ich mir gemerkt. Sinngemäß deutete er an, dass in seinem Leben vieles falsch gelaufen sei, aber jetzt alles auf dem
richtigen Weg wäre. Das hat er beim vorletzten Seniorenessen im Haus am Hafen gesagt, als wir hinterher noch Karten
gespielt haben.»

Als Rudi und Schnepel dessen Büro betreten, eilt der Kollege sofort zum Fenster und schließt es. «Wer zum Henker hat das aufgerissen bei der Saukälte?»

«Ich war das. Es hat hier dermaßen gestunken ...» Rudi kann sich nicht zurückhalten und deutet auf den Flakon.

Schnepel kräuselt brüskiert die Lippen. «Das ist mein neues Aftershave.»

«Ach, du hast ein neues?»

Schnepel nickt. «Das hab ich mir gestern nach Feierabend in der Parfümerie gegönnt. Die Beratung war übrigens ausgezeichnet. Ich habe der Verkäuferin allerdings auch ganz klare Vorgaben gemacht, wie der Duft wirken soll: männlich markant. Sexy. Für jemanden, der weiß, was er will, und das auch durchsetzt. Mit erdiger Note, die für Bodenständigkeit steht. Und einem Hauch von Leichtigkeit, weil man das Leben in vollen Zügen genießt.»

Ah ja. Rudi grinst innerlich.

Schnepel hebt das Handgelenk und schnuppert daran. «Das Maskuline, sexy Wirkende, Bodenständige, ja geradezu Einzigartige dieses Rasierwassers passt perfekt zu mir. Und bei dem Preis werden nicht viele Männer in Wittmund damit herumlaufen.» Er lächelt ein wenig von oben herab. «Wie heißt es in der Werbung so schön: Ich bin es mir wert.»

Nun denn. Rudi findet allerdings dennoch, dass das Zeug stinkt. «Können wir trotzdem ein bisschen frische Luft reinlassen?» Er geht zum Fenster und hat schon den Griff in der Hand, aber Schnepel hält ihn zurück.

«Stopp! Es sind schon viele erfroren, aber noch keiner erstunken, hat unser alter Biolehrer früher gesagt. Das Fenster bleibt zu.»

Widerstrebend gibt Rudi nach und versucht, so flach wie

möglich zu atmen, während er neben Schnepel erneut die Facebook-Gruppe der ostfriesischen Wolfsfreunde durchforstet. Bald stoßen sie auf eine Frau, die sich Liesel Liesel nennt und häufig Beiträge postet. Rudi klickt das Profil an und stutzt, als er das Porträtfoto sieht. Das ist doch die Assistentin des eitlen Maklers aus Esens. Überrascht registriert er, dass sie sich unter anderem in der Tierschutzorganisation PETA engagiert. Er klickt weiter durch die Bilder. Plötzlich entdeckt er ein Foto mit brennenden Fackeln. Darüber steht: «Wer nicht hören will, muss fühlen». Er zeigt den Eintrag Schnepel. «Hier hast du den Beweis, dass Janko Janßen sich die Sache mit den Fackeln nicht ausgedacht hat.»

«Ach was. Das Foto ist von vorgestern», kontert Schnepel. «Das kann Janßen gesehen haben. Da hat er sich das vermeintlich perfekte Ablenkungsmanöver ausgedacht. Er hat nur nicht damit gerechnet, dass ich ihn durchschaue.»

«Wie auch immer», gibt Rudi zurück, «die Frau werde ich mir vornehmen.» Er hofft, dass er Schnepel nicht im Auto mitnehmen muss. Diese Parfümfahne ist einfach nicht zu ertragen.

«Ich komme mit», sagt Schnepel.

«Aber nur, wenn ich die Scheiben runterfahren kann», entgegnet Rudi.

Schnepel schüttelt den Kopf. «Wie kann man sich nur so anstellen.» Dennoch mosert er nicht, sondern zieht sich demonstrativ die Kapuze seines Daunenmantels über den Kopf, als sie mit geöffneten Fenstern zur Polizeistation in Esens fahren, wo sie mit Bernie über das Feuer bei der Deichschäferei sprechen, bevor sie sich zu Fuß auf den Weg ins Maklerbüro machen.

Frau Liesegang ist allein im Geschäft, als sie hereinkommen. «Moin», grüßt Rudi, Schnepel dagegen beginnt ohne Begrüßung: «Sie sind Mitglied der Facebook-Gruppe ‹Für den Wolf in Ostfriesland› und äußern sich aggressiv über jene, die den Wolf aus der Region vertreiben wollen.»

«Ja, und?»

«Waren Sie und andere Ihrer Gruppe am gestrigen Abend maskiert auf dem Hof der Deichschäferei Janßen und haben den Junior bedroht?»

Die attraktive Frau überlegt einen Moment, dann sagt sie schlicht: «Ja.»

«Ja?», wiederholt Schnepel verdutzt. «Und was weiter?»

«Nichts weiter. Ich war dort. Wir haben ein paar Parolen skandiert und sind wieder los.»

«Nee, nee, gute Frau, so leicht kommen Sie mir nicht davon. Sie und Ihre Gesinnungsgenossen haben Feuer gelegt. Geben Sie mir sofort die Namen der anderen Beteiligten», fordert Schnepel. «Rudi, schreib mit.»

Automatisch greift Rudi in seine Tasche und zückt sein Notizbuch. Von Frau Liesegang kommt aber nichts.

«Ich warte», sagt Schnepel scharf.

Frau Liesegang schmunzelt. Sagt aber immer noch keinen Ton. Dass sie so ruhig bleibt und überhaupt keine Regung zeigt, nötigt Rudi durchaus ein wenig Respekt ab. Endlich macht sie den Mund auf. «Ich muss Ihnen gar nichts sagen. Ich gebe zu, dort gewesen zu sein. Aber ich werde Ihnen keine Namen nennen. Außerdem ist der Vorwurf, wir hätten Feuer gelegt, falsch. Einem von uns ist die brennende Fackel aus der Hand gefallen, als Janßen die Hunde auf uns gehetzt hat. Wir haben Herrn Janßen unsere Position deutlich gemacht, dass wir nicht tatenlos zusehen, wenn er und seinesgleichen weiterhin gegen den Wolf angehen und ihn abknallen wie einen räudigen Hund. Nicht mehr und nicht weniger.»

«Sie haben ihn massiv bedroht», kontert Rudi, der nicht fassen kann, wie eiskalt die Frau ist.

«Das ist Auslegungssache. Und jetzt möchte ich Sie bitten, das Büro zu verlassen.» Sie erhebt sich hinter dem Tresen und deutet auf die Tür. «Sie finden den Ausgang sicher allein.»

Etwas perplex sehen Rudi und Schnepel sich an. In der Tür dreht Schnepel sich noch einmal um. «Sie werden von uns hören, das schwöre ich Ihnen.»

Bernie hat das übliche Mettbrötchen mit Zwiebeln am Wickel, als sie die Station betreten.

«Und?», fragt er mit vollem Mund. «Seid ihr weitergekommen? Habt ihr sie zum Reden gebracht? Kann ja wohl nicht angehen, dass diese Leute unbescholtene Bürger derart in Angst und Schrecken versetzen.»

«Ob Janko Janßen so unbescholten ist, lassen wir mal dahingestellt sein, aber diese Zicke hat es faustdick hinter den Ohren. Sie und die ganze Truppe von Wolfsfreunden werde ich zum Verhör einbestellen», kündigt Schnepel an.

«Bist du sicher, dass du das schaffst?»

«Ist der Kaffee fertig?», entgegnet Schnepel gereizt.

«Jo. In der Kanne ist noch was. Könnt ihr euch holen.» Bernie bleibt sitzen, als Rudi und Schnepel durch die Schranke treten. Während Schnepel nach hinten geht, um den Kaffee zu holen, greift Rudi zum Telefon und ruft ein weiteres Mal bei Rainer Eilerts an.

«Moin, Herr Eilerts. Ich bin's noch mal, Kommissar Bakker. Es tut mir leid, wenn Sie Ihren Urlaub unterbrechen müssen, aber wir brauchen dringend Ihre Unterschrift unter dem Protokoll, das ich von unserem Telefonat angefertigt habe. Immerhin geht es um Totschlag in mindestens einem Fall. Wo stecken Sie denn?»

Henners Posttasche ist fast leer. Jetzt noch die Post für Hoyko abgeben, dann kann er sich auf den Weg zum Mittagessen machen. Muddern hat angekündigt, Updrögt Bohnen zu kochen. Eines seiner Leibgerichte. Schon von Weitem erkennt er Rosa, die mit Hoyko am Gartentor steht.

«Moin», ruft er, stellt Berta am Zaun ab und zieht drei Briefe aus seiner Posttasche. «Ist aber nichts aus Kanada dabei.»

«Von dort bekomme ich eigentlich nur noch E-Mails. Geht viel schneller.»

Haben die Leute hier auch gemerkt. Persönliche Briefe verteilt Henner immer weniger. «Ich geh dann mal rüber und fang an», sagt Rosa zu Hoyko und dreht sich um. Sie marschiert direkt auf Kramers Haus zu, in dem sie zusammen vor einer Woche seine Leiche gefunden haben.

«Was willst du denn da?», ruft Henner ihr hinterher.

«Einfach noch mal schauen.» Rosa bleibt stehen. «Schnepel hatte vorhin seinen großen Auftritt in der Deichschäferei. Sie wollen Janko den Mord an seinem Vater und Lenny Kramer in die Schuhe schieben. Du kennst Schnepel doch. Geht ihm der eine Verdacht aus, zaubert er den nächsten aus dem Hut.»

«Jo.» Um den Kollegen beneidet Henner Rudi wahrlich nicht.

«Du hättest ihn auf dem Hof erleben sollen. Selbstherrlich und arrogant wie immer! Und dabei hat sich die Polizei noch nicht einmal um diesen Rainer gekümmert, mit dem Adelheid und Gisela Gerhard Janßen am Mittwochnachmittag am Strand gesehen haben. Du weißt schon.»

Henner kneift die Augen zusammen und guckt sie fragend an, doch dann fällt bei ihm der Groschen.

«Und deshalb möchte ich mich noch einmal im Haus umschauen. Ich hab so ein Gefühl, als würden alle den entscheidenden Hinweis übersehen, der endlich Licht in das Dunkel bringt.»

Rosa und ihre Ahnungen. Die kennt Henner zur Genüge. Damit hat sie sich nicht nur ein Mal in brenzlige Situationen hineinmanövriert. Zum Glück konnten Rudi und er sie aber jedes Mal retten.

«Ich komme mit», sagt er kurz entschlossen. Er ist zwar kein Kavalier alter Schule – bei acht Schwestern kann man das von ihm auch nicht erwarten –, aber er lässt Rosa nicht allein in ein Haus gehen, dessen Besitzer vor einer Woche ermordet wurde. Da steht er ihr zur Seite. Quasi als Ritter in Postuniform.

Rosa sieht ihn erstaunt an. «Wie, du kommst mit?»

«Ich begleite dich. Dann muss ich mir wenigstens keine Sorgen machen, dass du wieder in Schwierigkeiten gerätst.»

Das Haus sieht nicht großartig anders aus als letzte Woche. Natürlich liegt da keine Leiche mehr, und auch der abgetretene Teppich ist verschwunden. Rosa öffnet jede Tür vom Wohnzimmerschrank und inspiziert sorgsam den Inhalt aller Fächer.

«Da ist wirklich nichts von Bedeutung drin», sagt sie

nach einer Weile. «Aber irgendwo muss es etwas geben, das spür ich. Fragt sich nur: Wo?»

«Warst du schon im Keller?», fragt Henner.

«Wieso das?»

«Nur so. In Kellern sammeln sich immer die merkwürdigsten Dinge an. Was man noch nicht wegschmeißen will, landet da.»

«Du hast recht. Im Keller oder auf dem Dachboden.» Sofort knipst Rosa das Licht der Kellertreppe an und macht sich auf den Weg nach unten. Henner folgt ihr. Fast befürchtet er, dass sie im Keller eine weitere Leiche finden könnten. Aber das behält er lieber für sich. Schließlich ist die Polizei ja auch im Haus gewesen. Und so seltsam die Methoden von Schnepel sind, auf den Rest der Truppe ist Verlass.

Links von der Treppe ist die Tür zum Heizungsraum. Außer einer alten Ölheizung steht da nichts drin. Direkt daneben befindet sich ein Vorratsraum mit Einweckgläsern. Vor allem Bohnen und Birnen. So angestaubt, wie die sind, müssen die noch von den alten Kramers stammen. Die haben im Garten Gemüse angebaut, erinnert er sich.

«Was ist das denn?», ruft Rosa, als sie die letzte Tür öffnet. Schon im nächsten Augenblick steht Henner neben ihr. Der bestimmt zwanzig Quadratmeter große Raum ist mit Teppichboden ausgelegt, an den Wänden kleben Starschnitt-Plakate der Bravo aus längst vergangenen Tagen. Die meisten der Stars kennt Henner nicht. In der Mitte steht ein Billardtisch. So etwas hat sich Henner als Jugendlicher auch gewünscht, aber dafür hatten sie bei den vielen Kinderzimmern keinen Platz. Und es gibt nur einen Kriechkeller auf dem Steffens-Hof, in dem die Kartoffeln lagern.

Staunend betrachtet Henner den Spieltisch. «Das ist ja ein wahres Prachtexemplar.»

Der Queue liegt quer über dem grünen Filzstoff. Henner dreht eine der Billardkugeln in der Hand und lässt die Kugel über die Fläche rollen. Die klackert gegen eine andere Kugel und verschwindet anschließend im Loch.

«Schau mal hier!» Rosa zeigt auf die Regale an den Wänden. «Der Kramer hat offenbar gern gespielt.»

«Tatsächlich.» Henner tritt näher an die Regale und betrachtet die Unmengen an Gesellschaftsspielen. Die meisten sind aber uralt.

«Damit hätte Lenny Kramer ja einen Spiele-Laden aufmachen können», sagt Rosa beeindruckt.

«Für meine Schwestern und mich wäre so ein Keller ein Paradies gewesen. Auf unserem Hof wurde viel gespielt. Gudrun liebte Monopoly, ich Halma und Mühle, Adelheid war mehr für Mensch ärgere dich nicht, und Claras Favorit war Malefiz. An die Lieblingsspiele der anderen kann ich mich nicht erinnern. Doch! Rudi wollte immer Tipp-Kick spielen. Fußball war schon damals seine große Leidenschaft.»

«Das hat sich wirklich gehalten», sagt Rosa grienend. «Selbst als Werder Bremen in der Zweiten Liga gespielt hat.»

«Er hält sich eben konsequent an das Motto der Werder-Fans: Lebenslang Grün-Weiß!»

«Ja, treu ist er, unser Rudi. Zumindest dem Fußball.»

«Was willst du denn damit andeuten?», fragt Henner mit leichter Empörung.

«Nichts.» Rosa zieht die Spielekartons einen nach dem anderen heraus. Sie hebt sogar alle Deckel an, um nichts zu übersehen. Henner hat keine Ahnung, was diese Suche ergeben soll.

«Was ist das denn für ein Spiel?», fragt Rosa, als sie den Deckel einer mit Zeitungsbildern beklebten Schachtel anhebt.

Henner wirft einen Blick hinein. «Keine Ahnung. Scheint selbst gebastelt zu sein.»

«Und zwar ziemlich laienhaft.»

Nun schaut Henner genauer hin. Es ist ein Kartenspiel, das er nicht kennt. Aber das muss nichts heißen. «Zeig mal her.» Er nimmt die Karten in die Hand. Es scheint eine Art Quiz zu sein, bei dem Instrumente und bekannte Lieder erraten werden müssen. Die Zeichnungen sind zwar keine Meisterstücke, aber gar nicht mal so schlecht.

Auch Rosa greift nach den Karten und betrachtet sie eingehend. «Hey», sagt sie begeistert. «Das ist genau das Richtige für die Schule, damit krieg ich Leben in meine Klasse. Der Musikunterricht findet ja erst in der sechsten Stunde statt. Da sind meine Schüler meist schon ziemlich abgeschlafft.»

«Nimm es doch mit. Wird sicher keiner vermissen.»

«Stimmt. Oder sollte ich Janko fragen? Er ist jetzt immerhin der Erbe von all dem.» Sie blickt ihn fragend an.

«Kann mir nicht vorstellen, dass er den alten Kram behalten will. Er ist doch eher die Generation Computerspiele.»

«Ja, er wird sicher jetzt andere Dinge zu tun haben, als sich um den alten Krempel zu kümmern. Mal schauen, was ich noch so finde.» Sie geht zum nächsten Regal.

«Willst du dir jetzt wirklich alle ansehen?» Henners Magen knurrt. Er braucht keine Uhr, um zu wissen, dass auf dem Steffens-Hof gleich das Mittagessen auf den Tisch kommt.

«Na klar. Irgendwo hier steckt ein Hinweis darauf, weshalb Lenny Kramer sterben musste. Und vielleicht auch Gerhard Janßen.»

«Wenn du meinst ... Ich muss jetzt aber echt los. Hier lauert anscheinend keine Gefahr mehr, da kann ich dich beruhigt alleine lassen.»

«Jaja, geh nur. Ich komme gut allein zurecht.» Schon hat Rosa die nächste Schachtel geöffnet.

Völlig verstaubt ist Rosa aus Lenny Kramers Haus zurück gekommen. Weder im Keller noch auf dem Dachboden hat sie etwas von Bedeutung gefunden. Nachdenklich, aber voller Elan stürzt sie sich nun in ihre restliche Hausarbeit. Pepes Käfig hat sie heute früh schon sauber gemacht. Jetzt ist das Treppenhaus dran. Zwei Pflichten, die sie jeden Samstag erledigt, auch wenn beides nicht zu ihren Lieblingsbeschäftigungen gehört. Sie hat Pepe gerade noch eine Apfelspalte in den Käfig geschoben, da piept ihr Handy. Eine Nachricht von Rudi. Auf den ist sie im Moment nicht gut zu sprechen. Das war absolut nicht in Ordnung, wie er und Schnepel sich heute Morgen Janko gegenüber verhalten haben.

Henner kommt heute Abend zum Essen zu mir. Hast du auch Lust? Würde mich freuen. Gruß Rudi.

Soll das jetzt eine Entschuldigung sein? Rosa weiß nicht so recht, wie sie die Einladung einordnen soll. Sie geht zur Spüle und füllt den Eimer mit dem Wischwasser, dann schnappt sie sich Scheuerlappen und Schrubber. Gefegt hat sie schon. Gerade ist sie an der untersten Treppenstufe angelangt, da geht die Haustür auf. Henner kommt herein, in der Hand eine schwere Stofftasche. Vermutlich hat er bei seiner Mutter wieder Essensreste abgestaubt. Bei dem Gedanken an das Essen von Mudder Steffens knurrt Rosas Magen. Sie hätte lieber mit Henner zum Steffens-Hof fahren sollen, statt den Dachboden von Lenny zu durchforsten. Dann hätte sie jetzt wenigstens keinen Hunger.

«Kommst du jetzt erst von deinen Eltern?», fragt sie und wringt den Scheuerlappen aus.

«Jo.» Henner schließt seine Wohnungstür auf. «Wir haben ein paar Büsche beschnitten, weil wir morgen den Zaun erhöhen wollen. Vaddern will die Alpakas sicher vor dem Wolf wissen. Zur Teepause gab's Mudderns Streusel-Apfelkuchen. Stell dir vor, da hat sie jetzt ein veganes Rezept benutzt. Weil meine eine Nichte doch neuerdings nichts mehr vom Tier isst. So 'n Quatsch. Vegetarisch reicht doch vollkommen, finde ich. Wobei ich ja nix gegen ein ordentliches Stück Fleisch hab.» Er stellt die Tasche in seinem Flur ab und bemerkt ihren warnenden Blick. «Solange es von einem Biobauernhof ist, natürlich. Wann wollen wir denn los?»

«Wieso?»

«Rudi hat uns doch eingeladen.»

«Ich weiß gar nicht, ob ich dazu Lust habe. Eigentlich bin ich ziemlich sauer auf ihn», sagt Rosa ausweichend.

«Nun stell dich nicht so an. Für Schnepel kann Rudi doch nichts. Er versucht immer schon sein Bestes, damit der nicht ständig übers Ziel hinausschießt. Manchmal klappt's halt nicht.»

So kann man das natürlich auch sehen. Außerdem könnte sie versuchen, Rudi den aktuellen Stand der Ermittlungen zu entlocken. Den Todeszeitpunkt von Janßen senior kennt sie schließlich immer noch nicht. Geschweige denn weiß sie, wie die Sache für Janko aussieht. Steht er nun unter Mordanklage, oder wirft man ihm nur den Abschuss des Wolfes vor? War er das überhaupt, oder war es sein Vater? Hm. An sein Handy ist Janko vorhin nicht gegangen. Und zurückgerufen hat er auch noch nicht. Rosa holt tief Luft, um sich zu beruhigen. Die Wittmunder werden ihn ja wohl nicht gleich verhaftet haben.

Pünktlich um achtzehn Uhr klingeln Henner und Rosa bei Rudi. Ihr Kumpel trägt eine Schürze, als er die Tür öffnet, das Trockentuch hat er über die rechte Schulter geworfen. «Schön, dass ihr da seid.» Er wirkt regelrecht erleichtert, sie zu sehen. Das freut Rosa. Sie hat ihm nämlich *nicht* auf seine Textnachricht geantwortet. Es ist gut, Männer ein wenig zappeln zu lassen, wenn sie Mist gebaut haben. Diesen Rat hat Rosa von ihrer Oma.

«Hier. Deine Portion Updrögt Bohnen.» Henner reicht Rudi den Stoffbeutel, den er mitgeschleppt hat. «Hat Muddern eisern verteidigt.»

«Danke. Sie ist eben die Beste.» Rudi nimmt den Beutel entgegen.

In der Küche ist der Tisch bereits gedeckt, mittig thront eine Terrine, die auf einem Stövchen warm gehalten wird. Auf dem Herd köchelt ein Topf, der Deckel wackelt, und Dampfschwaden steigen hoch. Das schafft die alte Dunstabzugshaube gar nicht.

«Moment. Die Kartoffeln kochen über.» Rudi flitzt zum Herd und schaltet den Regler runter. Dann dreht er sich wieder um. «Ist mir schon klar, dass dir das heute Morgen nicht gefallen hat», sagt er zu Rosa. «Aber mir waren die Hände gebunden.»

«Mir kam es eher so vor, als hätte Schnepel Janko am liebsten Handschellen angelegt», entgegnet Rosa.

«Da hast du nicht ganz unrecht. Aber jetzt ist Janko wieder zu Hause. Die Anzeige wegen des Wolfes läuft zwar, aber selbst Haueisen hat eingeräumt, dass es genauso Gerhard Janßen gewesen sein könnte, der auf das Tier geschossen hat. Mit einem guten Anwalt ist diese Anklage im Nullkommanichts abgeschmettert.»

«Und warum dann dieser Aufstand? Das ist im Prinzip doch schon vorher klar gewesen», empört sich Rosa. «Janko hat gerade seinen Vater verloren. Sogar zwei, wenn man es genau nimmt. Und ihr holt ihn mitten beim Ablammen aus dem Stall. Das ist Menschen- *und* Tierquälerei!»

«Nun krieg dich mal wieder ein», sagt Henner, öffnet den Kühlschrank und nimmt zwei Buddeln Ostfriesenbräu heraus. Eine reicht er Rudi, und mit einem Plopp entkorkt er die Flasche. «Rudi hat nur getan, was getan werden musste.»

«Genau», pflichtet ihm sein Kumpel bei.

Ist ja klar. Sobald Rudi und Henner der Wind auch nur als Lüftchen entgegenbläst, halten die beiden zusammen wie Pech und Schwefel. Das bemerkt Rosa nicht zum ersten Mal, und es rührt sie durchaus.

«Der Verdacht war gegeben und musste überprüft werden. So ist das nun mal», nimmt Rudi den Faden auf. «Den Mann, mit dem Janßen am Mittwochnachmittag am Strand war, habe ich übrigens erreicht.» Rudi gießt Rosa ein Glas Grauburgunder ein.

«Und?» Sie nippt am Wein.

«Er hat den Spaziergang bestätigt. Mehr aber nicht. Es war auch wohl nur eine kurze Begegnung zwischen Janßen senior und Rainer Eilerts. Der nannte den Janßen übrigens die ganze Zeit Kelle. Hab mir direkt ein Grinsen verkneifen müssen.»

«Adelheid hat den Spitznamen auch erwähnt. Die haben ihn so genannt, weil er so riesige Hände hatte. Wie Maurerkellen», erklärt Rosa.

«Ja, das hat Eilerts auch gesagt.» «Eilerts ist danach jedenfalls in Urlaub gefahren.»

Rosa lehnt sich mit dem Po gegen die Arbeitsfläche und blickt Rudi an. «Urlaub? Wo ist er denn genau?»

Rudi zögert. «Das habe ich vergessen zu fragen. Aber ich hab den für morgen Vormittag eh vorgeladen. Er kommt noch mal und unterschreibt das Gesprächsprotokoll. Bei der Gelegenheit können wir ihn noch weiter befragen.» Rudis Mundwinkel zuckt. «Wie auch immer: Haueisen ist der Meinung, dass wir uns mit einigen Mitgliedern der Facebook-Gruppe, die Lennard Kramer geleitet hat, näher befassen sollten. Deren Drohungen und auch die Brandstiftung dürfen nicht unter den Tisch fallen. Auch wenn Schnepel das anfangs am liebsten gewesen wäre. Für ihn waren das alles Hirngespinste von Janko Janßen, um von seinen Taten abzulenken. Aber mittlerweile hat er seine Meinung geändert. Genau genommen, seit wir mit der Angestellten von diesem Makler gesprochen haben, mit dem Lennard Kramer den Hausverkauf abschließen wollte. Stellt euch vor, die war bei diesem obskuren Auftritt der Fackelträger dabei.» Rudi öffnet seine Bierflasche.

«Und was sagt die?», will Rosa wissen.

«Nicht viel.» Rudi nimmt einen großen Schluck aus seiner Flasche. «Aber wie eine Mörderin und Brandstifterin sieht die nicht aus.»

Meine Güte! Rosa seufzt laut. Wer sieht denn schon aus wie ein Mörder? Und diese Tussi vom Makler kam Rosa eher wie eine vor, die zu allem Ja und Amen sagt und sich danach zu einem Champagner einladen lässt. Rosa nippt an ihrem Wein. «Ist Janko denn wieder in der Schäferei?»

«Ja, ich hab ihn selbst zurückgefahren. Er muss wohl noch was in Wittmund erledigt haben. Als ich Feierabend gemacht habe, stand er an der Bushaltestelle, da hab ich ihn natürlich mitgenommen und ihm den Tipp gegeben, sich einen guten Anwalt zu besorgen. Selbst wenn auf der Waffe, mit der auf den Wolf geschossen wurde, seine Fingerabdrücke sind, könnte es dafür auch eine andere Erklärung geben. Die seines Vaters sind ja ebenfalls am Abzug nachgewiesen worden.»

«Ach.» Rosa versucht, sich klarzumachen, was das zu bedeuten hat.

«Da man nicht zweifelsfrei sagen kann, wer geschossen hat, kann man ihn deswegen auch nicht belangen», nimmt Rudi ihr die Schlussfolgerung ab. «Ist doch logisch.»

Die Küchenuhr klingelt. Die Kartoffeln sind fertig.

«Das war mal wieder richtig lecker.» Rudi reibt sich genussvoll über den Bauch. Der Matjes nach Hausfrauenart ist längst vertilgt, und alle sind pappsatt. Die Sahnesoße aus der Fischereigenossenschaft mit Apfelstückchen und Gürkchen ist aber auch ein Gedicht. Henner und er haben hinterher noch einen Schnaps getrunken. Rosa ist für scharfe Getränke weniger zu haben.

Dafür packt sie jetzt einen mit Buchstaben und Zeitungsbildern beklebten Karton auf den Tisch, den sie aus ihrer voluminösen Handtasche geholt hat. *Mehr als Musik* steht auf dem Karton. Die aus der Zeitung ausgeschnittenen und aufgeklebten Großbuchstaben sehen fast aus wie ein Erpresserschreiben.

«Ist das ein Spiel?», will Rudi wissen.

«Jo.» Henner nimmt einen Schluck Bier. «Hat Rosa heute in Lennys Haus entdeckt.»

«Und was sollen wir damit?» Rudi ist noch nie ein leidenschaftlicher Spieler gewesen. Im Unterschied zu Henners gesammelter Familie.

«Stellt euch nicht so an. Ich will nur ausprobieren, ob ich es Montag in der Schule einsetzen kann. Es geht um Melodien, Musikinstrumente und Musikstücke.» Rosa legt noch ein paar Zettel und drei Stifte auf den Tisch.

So hat sich Rudi den Samstagabend nach dem ungeplanten Diensteinsatz heute eigentlich nicht vorgestellt. Aber darauf nimmt Rosa keine Rücksicht. Sie hebt den Deckel an und holt die Karten raus. Rudi wirft einen Blick auf die selbst gemalten Bilder. Ganz nett. Aber was soll das? Vermutlich gibt's dazu eine komplizierte Spielanleitung, die er erst nach dem dritten Lesen und einer ausgiebigen Erklärung versteht. Das hat er ein paarmal erlebt, wenn sein Sohn Sven neue Spiele zum Geburtstag bekommen hat.

Es klingelt an der Tür. Rudi zuckt zusammen. Nanu, wer kann das denn sein?

«Erwartest du noch Besuch?», fragt Rosa.

«Nö. Keine Ahnung, wer das ist», sagt er und geht in den Flur.

Vor der Tür steht Susanne in einem neuen Wintermantel. Das dunkle Grün des Wollstoffs passt gut zu ihren roten Haaren. Sofort beginnt sein Herz zu klopfen. Ob sie es sich noch einmal anders überlegt hat und bei ihm bleiben will?

«Susanne ... wie schön ...»

«Moin, Rudi. Ich will gar nicht lange stören. Ich will nur meine Sachen aus dem Bad holen.» Sie sieht ihn aus Augen mit sehr dunkel getuschten Wimpern an. «Oder hast du sie schon weggeworfen?»

«Nein, wo denkst du hin!» In Rudi macht sich bleierne Leere breit. Es ist wohl wirklich endgültig vorbei mit Susanne. Er hat einfach kein Glück mit Frauen. «Komm rein. Henner und Rosa sind auch da.»

Angestrengt lauscht Rosa den Stimmen im Flur. Dann steckt Susanne Schnepel ihren Kopf ins Wohnzimmer. «Moin, ihr beiden! Ich will gar nicht lang stören, ich möchte nur ein paar Sachen holen.» Schon ist sie raus, und man hört Geklapper und Gemurmel aus dem Badezimmer. Rosa ist es direkt peinlich, Zeugin einer für Rudi so unangenehmen Situation zu sein. Sie nimmt sich vor, ihm wegen Janko nicht mehr böse zu sein. Er kann schließlich nichts für das, was sein Chef beschließt und Schnepel verbockt.

«Entschuldigt», sagt Rudi zerknirscht, nachdem die Wohnungstür ins Schloss gefallen ist. «Das war nicht geplant.» Er setzt sich wieder an den Tisch.

«Alles gut», sagt Henner und tippt auf den Deckel des Spiels. «Guckt mal hier.» *Kelle & Lenny Games* steht in ausgeschnittenen Buchstaben unter der Überschrift *Mehr als Musik*.

«Ja, und?» Rosa versteht nicht, worauf Henner hinauswill.

«Na, guckt auf die Namen. Fällt euch nichts auf?» Für seine Verhältnisse ereifert sich Henner regelrecht. «Kelle & Lenny.»

«Na klar! So hat dieser Rainer Gerhard Janßen genannt.»

«Kelle und Lenny», wiederholt Rudi. «Stimmt, die beiden haben früher zusammengewohnt. Ob die sich das Spiel zusammen ausgedacht haben?»

«Könnte doch sein. Und nun sind beide tot. Wie traurig.» Rosa wird ganz sentimental. «Aber lasst uns einfach mal anfangen. Hier auf der Karte ist ein Klavier abgebildet. Die Karte sehe ich im Normalfall aber nicht, sondern nur ihr. Ihr müsst mir jetzt Bewegungen vormachen, mit denen ich das Musikinstrument erraten kann. Oder einen Begriff aufschreiben, der damit in Zusammenhang steht, den Namen einer Musikgruppe oder eines Sängers oder ein typisches Lied, in dem dieses Instrument gespielt wird.» Rosa klimpert zur Veranschaulichung mit den Fingern auf einer imaginären Klaviertastatur. «Jetzt aber in echt.» Sie zieht eine Karte aus dem Stapel und hält sie ihren beiden Kumpels so hin, dass sie sie nicht sehen kann.

«Ihr seid dran.»

«Muss das sein?» Henner blickt unglücklich aus der Wäsche.

«Bitte. Mir zuliebe.» Rosa schaut ihn so lieb wie möglich an. Es wirkt. Henner steht auf, streckt den rechten Arm zur Seite, bewegt die Finger dabei und streicht mit der anderen Hand mit wilden Bewegungen durch die Luft.

Rudi schreibt etwas auf den Zettel und hält ihn dann hoch. *Leonard Cohen*, liest Rosa.

Als sie immer noch überlegt, schreibt er darunter: *Lagerfeuer*.

Jetzt weiß sie es: «Gitarre!»

«Genau.»

«Hach, das macht Spaß. Los, die nächste Karte.»

SONNTAG

Die Sonne strahlt vom klaren blauen Himmel, aber der Schein trügt. In der Nacht hat es erneut Frost gegeben. Henner trinkt gemütlich seine Tasse Tee im mollig warmen Bett und liest dazu die kostenlose Sonntagszeitung. Auf der Titelseite geht es um den angefahrenen Wolf und die Wolfs-risse vom letzten Wochenende. Dazu ein Foto von Zaun-arbeiten auf einem Bauernhof. Nicht nur Vaddern ergreift Schutzmaßnahmen, um seine Tiere zu schützen. Heute hel-fen alle aus der Familie, die Zeit haben, den Zaun sicher und höher zu machen.

Henner wirft einen Blick auf die Uhr. Er muss sich sputen. Nach einem schnellen Frühstück im Stehen schlüpft er in seine Gartenjeans, zieht sich den dicken Troyer an, darüber die alte Windjacke, dazu Mütze und Handschuhe. So ist er gut gerüstet. Ist ja trotz der Sonne noch arschkalt draußen.

Es klopft energisch an seiner Wohnungstür.

«Wir können los.»

Rosa. Sie hat es also ernst gemeint, als sie gestern gesagt hat, sie wolle auch mithelfen.

«Ich komm ja schon», ruft Henner und öffnet die Tür.

Gestiefelt und gespornt steht Rosa für den Arbeitseinsatz im Hausflur. «Moin, Henner. Ich wär dann so weit.»

«Jo. Seh ich.» Die ist ja eingemummelt, als wollte sie in die Arktis. Kann die sich damit überhaupt bewegen? «Schön, dass du uns helfen willst.»

«Ich bitte dich. Wenn deine Eltern euch Kinder um Hilfe bitten, fühle ich mich ebenfalls angesprochen. Rudi wäre ja auch mitgekommen, wenn er nicht diesen Termin in Wittmund hätte.»

Rosa wedelt mit dem Autoschlüssel. «Du kannst bei mir mitfahren.»

Auf dem Parkplatz des Steffens-Hofes steht der Kombi von Clara, und vier Fahrräder lehnen am Zaun. Hinter dem Bauernhaus ist lautes Hämmern zu hören.

«Die haben ja schon angefangen», stellt Rosa überrascht fest.

«Muddern hat alle für acht Uhr zum Frühstück eingeladen. Aber das war mir zu früh. Einmal in der Woche möchte ich auch ausschlafen.» Außerdem kann Henner so viel Gesabbel am frühen Morgen nicht ab. Da braucht er seine Ruhe.

Als die beiden um die Hausecke biegen, werden sie mit lautem Gejohle begrüßt. Adelheid, Gudrun und Clara winken ihnen zu.

«Verstärkung können wir gut gebrauchen», ruft Bärbel, die zusammen mit ihrer Lebensgefährtin Caro Bellmann bei den Alpakas steht. Die Tiere sehen dem Treiben auf der Weide interessiert zu.

Vadder Steffens stützt sich auf dem Spaten ab. «Ich hab ja gedacht, es reicht, den Zaun auf neunzig Zentimeter zu erhöhen, aber Caro meint, es müssten mindestens hundertzwanzig sein.»

«So ist es», sagt Caro. «Ein Wolf ist sogar über einen Zaun von einhundertsechzig Zentimetern gesprungen. Aber so hoch kommen die meisten nicht.» Sie streicht dem Alpaka mit dem braunen, wuseligen Fell über den Rücken. «Wichtig ist, dass auch unten im Zaun keine Lücken sind, sonst können sich die Wölfe durchgraben und ...»

«Nicht zu vergessen: Der Zaun muss auch elektrifiziert sein, um abzuschrecken», fällt Bärbel ihr lachend ins Wort und pufft sie liebevoll in den Oberarm. «Wir haben das verstanden. Du hast uns ja beim Frühstück ausführlich dargelegt, was wir beachten müssen, damit Bruno und seinen Freunden nichts passiert.»

Henner freut sich, dass sich seine zweitälteste Schwester und ihre Lebensgefährtin wieder so gut berappelt haben. War ja nicht klar, ob die beiden den Bogen kriegen würden. Anscheinend wirkt eine Paartherapie manchmal Wunder. Henner ist da allerdings eher skeptisch gewesen.

«Komm rüber und schau dir das Material an», sagt Bärbel und winkt ihn heran. Henner staunt nicht schlecht, als er die Rollen mit den Elektrozaunnetzen auf dem Boden sieht, die die Sicherheit des Zauns ergänzen sollen.

«Und wie wollt ihr da Strom draufkriegen?»

«Mit Solarmodulen.» Vaddern grient. «Dann sind wir unabhängig von der Stromversorgung, sagt Caro.»

Solarmodule. Anscheinend hat Vaddern aus Liebe zu den Alpakas seine Meinung zum Thema Strom im Zaun geändert.

Beim Spannen des Zauns packt Rosa kräftig mit an. Den wattierten Mantel hat sie ausgezogen, damit sie sich besser bewegen kann.

«Gestern Abend haben wir übrigens bei Rudi ein total witziges Spiel gespielt», sagt Rosa, während sie den Pfosten festhält, an den Clara das Elektronetz spannt. «Wir haben uns bald kaputtgelacht. Es geht darum, ein Musikinstrument zu erraten, indem man es pantomimisch darstellt oder einen umschreibenden Begriff notiert.» Sie lacht laut auf. «Ich wusste gar nicht, dass Henner so gut Luftgitarre spielen kann, der hat ein ordentliches Solo hingelegt.»

«Das hat er schon als kleiner Junge gerne gemacht. Am liebsten mit meiner Ukulele.» Clara kichert. «Ich glaube, ich kenne das Spiel. Das haben unsere Senioren nach dem Samstag-Essen im Haus am Hafen auch schon mal gespielt. Ich hab mich fast kringelig gelacht, als Ludwig die Harfe vorgemacht hat.»

«Wirklich? Das Spiel, das ich im Keller von Lenny Kramer entdeckt habe, wirkte selbst gebastelt und uralt.» Rosa stutzt einen Moment, dann fällt ihr die Erklärung ein. «Klar, Lenny wird es zum Treffen mitgenommen haben. Logisch.»

«Nein, das Spiel habe ich vor zwei Wochen mitgebracht», sagt Adelheid. «Hat mir mein Enkelkind geliehen. Es heißt übrigens *Just Music*.»

«Just Music?» Rosa wundert sich.

«Ja, genau. Letztes Jahr war es sogar Spiel des Jahres.»

«Wie bitte? Spiel des Jahres?»

«Sag ich doch.» Adelheid sieht sie verwundert an.

Rosa vergewissert sich, dass der Pfosten fest steht, und greift nach ihrem Handy, das an einer Kordel unter ihrem gefütterten Flanellhemd baumelt. «Wie heißt das Spiel noch mal?»

«Just Music.»

Schnell ist der Name bei Google eingetippt. Als Erstes erscheint das Spiel bei einem großen Onlinehändler. Dann folgen etliche Buchhandlungen, die es für 17,99 Euro im

Angebot haben. Schließlich Fotos vom Spiel, Beschreibungen und Bewertungen.

«Was ist denn?», fragt Adelheid. «Wir müssen mit dem Zaun weitermachen, sonst schaffen wir das nie.»

Rosa lässt sich aber nicht beirren. Sie sucht nach dem Autor des Spiels und überfliegt den aufpoppenden Beitrag, bevor sie ihn laut vorliest.

Rainer Eilerts ist der Erfinder des Spiels, das man nicht gegeneinander, sondern miteinander spielt. Es ist ein Spiel für die ganze Familie und wurde mehr als eine Million Mal verkauft.

«Rainer Eilerts soll der Erfinder des Spiels sein?», wundert sich Adelheid. «Da hat er ja einen Riesenwurf gemacht. Wer hätte gedacht, dass der muffelige Rainer aus dem Deichgrafen noch mal richtig groß rauskommt.»

«Das kannst du wohl laut sagen», pflichtet Clara ihr bei. «Eine Million Verkäufe, da kommt ein ordentlicher Batzen zusammen.»

Eigenartig. Rosa hat den Eindruck, als lägen plötzlich ein paar Puzzlestücke auf dem Tisch, die nicht recht zusammenpassen wollen. Sie muss unbedingt mit diesem Rainer reden.

Janko hat ihr doch erzählt, dass er vom Handy seines Vaters mit dessen altem Freund gesprochen hat. Wenn das nicht der Eilerts war, frisst sie einen Besen.

«Tut mir leid. Ich muss los.»

«Wieso das denn?» Sprachlos sieht Adelheid sie an, aber Rosa hält sich nicht mit langen Erklärungen auf, sondern flitzt zu ihrem Auto.

Ohne auf die Geschwindigkeitsbeschränkung zu achten, rast Rosa mit ihrem Auto die Deichstraße entlang und bremst mit quietschenden Reifen vor der Deichschäferei ab. Sie hat das Gefühl, dass es auf jede Minute ankommt.

Janko steht mit dem Akkulaubbläser auf dem Hof und treibt die aufwirbelnden Blätter zu einem Haufen zusammen. Er schaltet den Motor ab, als Rosa aussteigt.

«Moin, du hast es aber eilig.»

«Ich muss dringend mit Rainer Eilerts sprechen. Hast du seine Telefonnummer?»

«Wieso willst *du* die denn haben? Ich hab mit dem doch schon gesprochen, aber der weiß nichts.»

«Ich bin auf ein Spiel gestoßen, das Rainer erfunden hat. Aber vielleicht sind auch Lenny Kramer und dein Vater die Erfinder gewesen. Das ist alles ziemlich verworren.»

«Ja, so klingt es auch. Ich verstehe jedenfalls nur Bahnhof.» Janko legt den Laubbläser auf die Bank vorm Haus.

«Könntest du ihn jetzt sofort anrufen, bitte? Ich muss dringend mit ihm sprechen.»

Nach einem spärlichen Frühstück hat sich Rudi auf den Weg ins Kommissariat gemacht. Seit neun Uhr sitzen sie nun in Haueisens Büro und sind noch einmal alle Fakten durchgegangen. Haueisen hat die in den Ermittlungen aufgetauchten Namen an das Whiteboard geschrieben und Verbindungslinien zwischen ihnen gezogen.

«Es gab zwei Tote innerhalb einer Woche. Kramer und Janßen. Beide haben viele gemeinsame Berührungspunkte in der Vergangenheit.» Haueisen tippt auf Jankos Namen. «Er ist derjenige, der von den beiden Todesfällen profitiert. Ob Ihr Zeuge neue Erkenntnisse bringt, werden wir ja sehen. Hoffentlich verplempern wir nicht unsere Zeit.»

«Er gehört auch zur Vergangenheit der beiden Toten, und er hat sich am Mittwoch mit Gerhard Janßen getroffen», sagt Rudi und ärgert sich. Gestern ist es doch Haueisen gewesen, der unbedingt wollte, dass Eilerts ins Kommissariat kommt. Dieses Hü und Hott geht Rudi manchmal gehörig auf den Senkel.

«Das sehe ich genauso, Chef. Ein freier Sonntag hätte uns allen gutgetan», sagt Schnepel. «Ich weiß auch gar nicht, was ...»

In diesem Moment klingelt Haueisens Telefon. Nach wenigen Sekunden legt er wieder auf und sieht Rudi an. «Unten steht Herr Eilerts. Holen Sie ihn hoch.»

«Moin, Herr Eilerts», grüßt Rudi, als er den Mann von geschätzten Mitte sechzig an der Pforte abholt. «Schön, dass Sie kommen konnten.»

«Na ja, wenn man so eindringlich gebeten wird», murmelt Eilerts. Er ist schlank, circa eins achtzig groß, hat ergraute, seitlich gescheitelte Haare, einen schmalen Oberlippenbart und Bartstoppeln am Kinn. Die abgenutzte Lammfelljacke trägt er offen, darunter kommt ein wild gemustertes Hemd zum Vorschein.

«Wenn Sie mir bitte folgen wollen.» Rudi geht voran in Haueisens Büro im ersten Stock.

«Nehmen Sie Platz», fordert Rudis Chef den Zeugen auf. «Gerne würden wir mit Ihnen noch einmal über den Nachmittag sprechen, an dem Sie Gerhard Janßen getroffen haben.»

«Das habe ich Ihrem Kollegen doch bereits alles am Telefon gesagt.» Eilerts klingt ungeduldig. «Ich dachte, ich soll nur noch das Gesprächsprotokoll unterschreiben.»

«Das ist im Prinzip auch richtig», sagt Haueisen nachsichtig lächelnd, «dennoch würde ich es gern noch einmal von Ihnen direkt hören. Beziehungsweise bestätigt wissen. Der Kollege liest Ihnen das Protokoll vor; wenn ich Fragen habe, werde ich sie einwerfen, und Sie können direkt antworten.»

«Es darf nicht zu lang dauern», antwortet Eilerts abwehrend. «Meine Lebensgefährtin ist dement und sitzt in unserem Wohnmobil unten auf dem Parkplatz. Es war unser letzter gemeinsamer Urlaub, ich muss sie heute ins Heim nach Emden bringen, dort habe ich einen Platz für sie bekommen. Ich lasse sie nicht gerne alleine im Wagen. Sie stellt die unmöglichsten Sachen an, wenn man nicht aufpasst.»

«Ach herrje», entfährt es Rudi. «Das muss schlimm sein, wenn die Partnerin geistig abbaut.»

«Das können Sie laut sagen. Jutta und ich sind seit über vierzig Jahren zusammen. Durch dick und dünn sind wir gegangen.»

«Ach, dann gehörte sie damals auch mit zur Kommune im Deichgrafen?», fragt Rudi.

«Ja.» Eilerts' Blick versteinert. «Also, können wir jetzt bitte anfangen?»

Haueisen gibt Rudi ein Zeichen zu starten. Der liest die Personalien vor und das, was er während des Telefonates mitgeschrieben hat.

«Haben Sie bei Ihrem Treffen am Strand wirklich nicht verstanden, worin das Problem von Herrn Janßen bestand?», fragt der Chef, nachdem Rudi fertig ist.

«Nein. Kann ich jetzt gehen? Jutta wartet.»

«Sie belügen uns», sagt Schnepel mit fester Stimme. «Das ist doch sonnenklar. Wenn Sie nichts verstanden haben, warum haben Sie sich dann nicht irgendwohin verzogen, wo

Sie besser hätten hören können? Warum sollte Janßen sich mit einem Gespräch zufriedengeben, in dem Sie keine vernünftige Antwort geben können? Also: Entweder Sie haben genau verstanden, was Janßen sagte, wollen uns das aber nicht verraten, oder aber es war ohnehin egal, was Sie ihm antworteten, denn Sie haben ihn anschließend ins Wasser gestoßen.»

Nun ist Rudi wirklich verblüfft. Wie kommt Schnepel denn jetzt darauf? Aber wie hätte Eilerts Janßen beim Spaziergang die GHB-Tropfen verabreichen sollen? Das geht doch gar nicht.

Eilerts blickt Schnepel direkt in die Augen. Er scheint mit sich zu ringen. «Also gut», lenkt er dann ein. «Sie haben recht. Ich wollte einfach nicht in die Sache mit seinem Sohn hineingezogen werden. Kelle wollte wissen, was ich machen würde, wenn ich herausfände, dass mein Sohn ein Mörder ist.»

Schnepel grinst triumphierend, und auch Haueisen atmet sichtlich erleichtert aus.

«Danke. Mit dieser Aussage haben Sie uns sehr geholfen. Bakker, ergänzen Sie das zuletzt Gesagte noch eben handschriftlich im Protokoll, dann kann Herr Eilerts es unterschreiben und gehen.» Haueisen erhebt sich. «Sie würden Ihre Aussage auch vor Gericht beeiden?», fragt er.

«Natürlich. Auch wenn es mir in der Seele wehtut, Kelles Sohn ans Messer zu liefern. Aber Mörder darf man nicht laufen lassen.»

Kurz darauf hat Eilerts das Protokoll unterschrieben.

«Ich begleite Sie hinunter», sagt Rudi, nachdem Haueisen und Schnepel sich von dem Mann verabschiedet haben.

Sie haben gerade das Erdgeschoss erreicht, als Eilerts'

Handy klingelt. «Entschuldigung», sagt er, nimmt das Gespräch an und hebt zum Abschied die Hand, als er auf die Tür zustrebt. «Eilerts. Ach, Herr Janßen. Ja, natürlich. Frau Moll? Worum geht es denn?»

Eilerts geht hinaus. Frau Moll. Ruft Rosa ihn etwa an? Nein, das kann nicht sein. Bestimmt hat er sich verhört.

Aufgeputscht vom Adrenalin, braust Rosa in ihrem Fiat nach Wittmund. Rainer Eilerts hat eingewilligt, sich mit ihr zu treffen! Ohne groß nachzufragen. Es hat gereicht, dass sie das Spiel «Mehr als Musik» erwähnt hat.

Während der Fahrt überlegt sie kurz, Rudi Bescheid zu sagen, dass sie sich mit Eilerts trifft. Aber sie verwirft diesen Gedanken sofort wieder. Schließlich kommt Eilerts gerade aus dem Kommissariat, und sie hätten Eilerts sicher dabehalten, wenn sie vermuten würden, er hätte etwas mit den beiden Todesfällen zu tun. Umso gespannter ist sie, was er ihr erzählen wird. Über die Zeit in der Kommune, das Miteinander, die Streitigkeiten, das Spiel und wie es dazu gekommen ist, dass sie sich in alle Winde verstreut haben. Vielleicht hat er sogar eine Ahnung, was sich wirklich zugetragen hat. Immerhin hat er mit Gerhard Janßen noch am Mittwoch gesprochen.

Sie parkt den Wagen hinter dem Wohnmobil und lächelt, als sie das große aufgeklebte Folienbild auf der Rückseite sieht. Ein Paar von hinten am Strand im Sonnenschein. Wie romantisch!

Sie klopft an die Wohnmobiltür.

Gleich darauf öffnet ein Mann um die sechzig in einem wild gemusterten Hemd die Tür. Cooler Typ. Sie mag grauhaarige Männer mit Mut zur Farbe bei der Kleidung. «Frau Moll?»

Sie nickt. «Herr Eilerts?»

«Ja. Kommen Sie doch herein. Ich habe uns einen Sanddorntee vorbereitet.» Er tritt einen Schritt zurück, und sie nimmt die ausfahrbare Stufe, um ins Fahrzeug zu gelangen. Drinnen steht sie direkt vor einer Sitzgruppe. Fahrer- und Beifahrersitz sind zum Tisch umgedreht, eine Sitzbank bietet Platz für weitere zwei Personen. Auf dem linken Platz, der mit einem Lammfell bezogen ist, sitzt eine dunkelhaarige Frau, die sie freundlich anlächelt.

«Jutta, das ist Rosa Moll.»

«Hallo.» Es ist ein offenes Lächeln, das die Frau ihr entgegenbringt.

«Hallo», sagt auch Rosa und nimmt auf der Sitzbank Platz, stellt ihre Handtasche neben sich, fingert noch ein Papiertaschentuch heraus und schnäuzt sich.

Rainer Eilerts dreht sich zur funktionalen Küchenzeile um. «Ich schenke uns den Tee hier ein, wenn es recht ist. Eine heiße Kanne habe ich ungern auf dem Tisch, denn ich weiß nie, was Jutta plötzlich einfällt. Sie leidet an sehr fortgeschrittener Demenz.» Er wirft Rosa über die Schulter einen Blick zu. «Zucker? Der Tee ist zwar gesund, aber recht säuerlich.»

Sie nickt. «Dann gerne.»

Gleich darauf stellt Rainer Eilerts die Tasse vor sie, reicht Jutta einen Becher mit Trinktülle und gießt sich selbst in einen getöpferten Becher mit dem Namenszug «Rainer» ein. Alles in diesem kleinen, aber schon ziemlich alten Wohnmobil strahlt eine in die Jahre gekommene Gemütlichkeit aus. Rosa trinkt einen Schluck und entspannt sich.

«Nun bin ich aber gespannt», sagt Eilerts. «Sie erwähnten das Spiel ‹Mehr als Musik›. Wie kommen Sie darauf, mich danach zu fragen?»

Rosa lächelt und nimmt noch einen Schluck. «Ich habe das Spiel im Haus von Lenny Kramer gefunden. Zudem erfuhr ich heute Morgen von einer Freundin, dass ihre Enkelkinder ein fast identisches Spiel leidenschaftlich gern spielen. Es heißt allerdings ‹Just Music›. Das hat mich gewundert.»

«Rainer, ist das eine nette Frau?», fragt Jutta in diesem Moment. «Ich kenne sie gar nicht.» Nun starrt sie Rosa an. «Was wollen Sie von Rainer? Das ist mein Mann. Verschwinden Sie!»

Eilerts beugt sich zu ihr vor und streichelt ihr die Wange. «Alles gut, Jutta, das ist eine Freundin von Lenny.»

Sofort erhellt sich Juttas Gesicht. «Lenny! Wo ist er, warum hat sie ihn nicht mitgebracht?»

Bevor Rosa etwas sagen kann, antwortet Eilerts. «Lenny ist gerade auf einer Konzerttournee. Du weißt doch, dass er um die ganze Welt reist.»

«Ach ja.» Jutta lächelt zufrieden und lässt sich wieder an die Sessellehne zurückfallen.

Erwartungsvoll blickt Rosa Eilerts nun an. «Und?»

«Und was?»

«Wieso sind Sie der Autor des Spiels, dessen Prototyp ich im Haus von Kramer gefunden habe?» Rosa spürt, dass sie Schwierigkeiten hat zu sprechen. Ihre Zunge wird schwer.

«Ganz einfach. Ich habe es dem Spiele-Verlag vorgestellt», sagt Eilerts und schaut sie aufmerksam an.

Rosa schluckt. Irgendwie macht ihr Kreislauf gerade schlapp. Ihr wird ein wenig schwummrig. Doch darauf kann sie jetzt keine Rücksicht nehmen. «Aber auf der Schachtel steht *Lenny & Kelle Games.*»

Eilerts steht auf und beugt sich zu ihr. «Ich denke, es ist besser, wenn ich Sie anschnalle. Wir wollen ja nicht, dass Sie von der Bank fallen, wenn wir gleich losfahren, nicht wahr?»

Rosa hat nicht die Kraft, sich zu wehren, er packt einfach ihre Hände und zieht aus der hinteren Jeanstasche einen Kabelbinder. Schnell hat er damit ihre Hände zusammengezurrt. Dann greift er zum Gurt und schnallt sie an.

«Was soll das?», fragt sie. Ihre Aussprache ist verwaschen.

«So. Nun, wo Sie so schön sitzen, können wir auch losfahren.» Eilerts nimmt das Geschirr und stellt es in die kleine Edelstahlspüle. «Jutta, rutsch mal rüber auf deinen Platz.»

Plötzlich trifft sie die Erkenntnis wie ein Schlag.

Verdammt. Er war es. Er ist der Mörder, den sie suchen. Und sie hockt gefesselt in seinem Wohnmobil.

Fertig! Rudi kopiert das unterschriebene Protokoll auch noch mal für Haueisen und heftet das Original ab. Nun kann er hoffentlich endlich Feierabend machen. Schließlich ist Sonntag. Als er zu Haueisens Büro geht, fällt sein Blick aus dem Fenster. Das Wohnmobil von Eilerts fährt gerade los, der Diesel tuckert, und aus dem Auspuff kommt eine kleine schwarze Wolke. Nicht gerade umweltfreundlich, denkt Rudi und stutzt, als er Rosas Fiat bemerkt, der jetzt dahinter zum Vorschein kommt. Was will die denn hier? Mann, Mann, Mann, sucht die ihn schon auf der Arbeit auf, weil ihr wieder irgendeine verrückte Idee eingefallen ist? Dabei wollte sie doch heute Morgen auf dem Steffens-Hof beim Zaunbauen helfen. Rudi stößt einen tiefen Seufzer aus. So, wie er Rosa kennt, kann sie nicht akzeptieren, dass Janko Janßen doch der Schuldige ist. Aber das Leben ist nun mal kein Wunschkonzert.

Rudi legt Haueisen das Protokoll auf den Tisch. «Ich mach dann Feierabend.»

«Tun Sie das, Bakker. Ich mach auch gleich Schluss. Die Staatsanwältin hat noch kein grünes Licht für den Haftbefehl gegeben.»

Zügig verabschiedet sich Rudi, damit er Rosa unten beim Wachhabenden abfangen und hinausbugsieren kann. Haueisen ist sowieso nicht gut auf sie zu sprechen.

Rosa kann nicht glauben, was gerade geschieht. Sie wird allen Ernstes entführt. Jutta auf dem Beifahrersitz schweigt, dafür beginnt Rainer im Plauderton zu erzählen.

«Wie heißt es doch so schön: Man soll nicht dumm sterben. Darum werde ich Ihnen jetzt verraten, was Sie wissen wollen, Sie werden es ja ohnehin keinem mehr weitersagen können.» Er lacht trocken. «Sie haben recht. Lenny und Kelle haben das Spiel entwickelt. Die beiden haben genauso wenig wie ich geahnt, was sie sich da für ein Pfund ausgedacht hatten. Kelle hat mir sein Spiel damals im Suff geschenkt. Erst im letzten Jahr, nach dem Tod meiner Eltern, habe ich es beim Entrümpeln des Hauses wiedergefunden. Den Deichgrafen hatte ich all die Jahre für wenig Geld vermieten können, nachdem sich unsere Kommune aufgelöst hat. Vor zwei Jahren ist der Mieter ausgezogen. Ich habe mich mit dem Verkauf beschäftigt und das Spiel in einer Abstellkammer mit alten Sachen von früher entdeckt. Ich wollte es schon wegwerfen, da hörte ich zufällig in einem Bericht im Radio, dass der Spielesektor ein üppig wachsendes Geschäftsfeld ist. Habe ich vorher gar nicht gewusst. Jedenfalls habe ich mich dann eingehender damit beschäftigt und einem Verlag das Spiel angeboten. Als von denen die Zusage mit einem Honorarvorschussangebot kam, konnte ich mein Glück kaum fassen. Ich hätte nie gedacht, dass man mit so was so viel Geld machen kann. Alles klappte wunderbar, und meine Probleme schienen sich in Luft aufzulösen.»

Rosa kann kaum glauben, was sie da hört. Vielleicht liegt es aber auch daran, dass ihr so schwindlig ist. Sie hat Mühe, Eilerts' Worten zu folgen.

«Schließlich wurde es mit Jutta immer schlimmer, und es war absehbar, dass ich ihre Betreuung in naher Zukunft allein nicht mehr bewältigen kann. Aber ein Heimplatz kostet eine Menge Geld. Der Verkauf des Deichgrafen hat zwar einiges gebracht, doch das ist bei den Heim-Preisen schnell aufgebraucht ...»

Mit geballten Fäusten hängt Rosa mehr im Gurt, als dass sie sitzt. Sie versucht angestrengt, nicht das Bewusstsein zu verlieren.

«Alles lief also easy peasy. Bis Kelle anrief. Lenny sei an ihn herangetreten. Er wollte am Gewinn des Spiels beteiligt werden.» Eilerts setzt den Blinker. «Lenny hat ‹Just Music› bei irgend so einem Seniorenessen mit Spielenachmittag entdeckt. Und sofort vermutet, dass Kelle das Spiel hinter seinem Rücken verkauft hat. Nun wollte er die Hälfte des Geldes.»

«Vorsicht», kreischt Jutta plötzlich, und Eilerts steigt in die Eisen. Irgendetwas scheppert im Schrank über der Spüle, und Rosa wird schlecht. Was soll sie nur machen? Wie kommt sie hier raus? Ihr Blick fällt auf ihre Handtasche. Ihr

Handy! Rosas Herzschlag beschleunigt sich. Während Eilerts wie wild über einen anderen Autofahrer vor sich auf der Straße schimpft, steckt sie die gefesselten Hände in die geöffnete Tasche. Zieht das Handy ein wenig hoch und beugt sich vor. Die Gesichtserkennung entsperrt das Telefon.

Vorsichtig schaut sie nach vorn. Eilerts hat nichts von ihrer Aktion bemerkt, er ist damit beschäftigt, die aufgelöste Jutta zu beruhigen.

Das ist ihre Chance.

Und wirklich gelingt es ihr, die Favoritenliste auf dem Handy zu öffnen.

Sie tippt auf Rudis Namen.

Und betet, dass er das Gespräch annimmt.

Rudi hält nach Rosa Ausschau, als er die Treppe runtergeht. Er fragt den Kollegen an der Anmeldung nach ihr, aber auch der hat sie nicht gesehen. Auf dem Vorplatz kann er sie ebenfalls nicht entdecken. Die Fanfare seines Mobiltelefons trötet. Eine seltsame Ahnung beschleicht Rudi, als er sieht, dass sie ihn nun anruft. «Rosa! Wo steckst du?»

Keine Antwort. Stattdessen Geräusche wie aus einem fahrenden Auto.

Eine Frau zetert. Das ist aber nicht Rosa.

Ein Mann redet auf sie ein.

Moment. Die Stimme kennt Rudi doch! Das ist Rainer Eilerts. Wie kommt Rosas Handy in sein Wohnmobil? Klar! Jetzt dämmert es ihm. Beim Verlassen des Kommissariats hat Eilerts einen Anruf erhalten. Rudi hat sich also doch nicht verhört. Eilerts hat tatsächlich *Frau Moll* gesagt.

Jetzt hört er Rosa mit schwerer Zunge reden.

«Deswegen haben Sie sich mit ihm getroffen? Wegen des Geldes?»

Bitte? Was für Geld?

Wie erstarrt bleibt Rudi stehen. Rosa spricht völlig verschwommen. Als wäre sie volltrunken.

«Ja. Ich musste Kelle klarmachen, dass ich das Geld aus dem Spiel für Jutta brauche. Und dass letztlich auch er und Lenny mit schuld daran sind, dass sie sich den Verstand weggekifft und weggesoffen hat. Damals hat es angefangen. Sie kam nicht mehr davon los. Außerdem hatte Kelle mir das Spiel geschenkt. Und von Lenny hatte man Jahrzehnte nichts gehört. Ich wusste gar nicht, ob der in Amerika oder Kanada war oder ob er überhaupt noch lebte.»

«Mir ist schlecht», hört Rudi Rosa sagen.

«Kotzen Sie mir bloß nicht das Wohnmobil voll», warnt Eilerts. «Dauert auch nicht mehr lang, dann sind wir da.»

«Wo?», fragt Rosa. Rudi hält den Atem an.

«An einem Ort, wo niemand Sie suchen und niemand Sie je finden wird.»

Dieses Schwein. Rudi erwacht aus seiner Starre und läuft zurück ins Polizeigebäude. Eine Hand auf die Sprechmuschel des Handys gelegt, raunt er dem Kollegen an der Anmeldung zu: «Ich brauche eine Handy-Ortung. Sofort.» Er nimmt einen Stift und schreibt Rosas Telefonnummer auf. «Es ist Gefahr im Verzug!»

Während Eilerts spricht, hofft Rosa, dass Rudi am Handy zuhört. Dass er die richtigen Schlüsse zieht und irgendwas unternimmt, um sie zu befreien.

«Zunächst hab ich versucht, Kelle am Telefon zu überzeugen», sagt Eilerts und drückt wieder aufs Gas. «Aber das hat nicht geklappt. Dann hat er mich zurückgerufen. Wollte mich unbedingt sehen. Es sei etwas Schreckliches geschehen, hat er gesagt. Wir haben uns am Hafen verabredet. Es war arschkalt. Wir sind spazieren gegangen. Da hat er mir erzählt, was an dem Abend im Schafstall passiert ist. Lenny wollte Geld sehen. Sofort. Und am Gewinn des Spiels beteiligt werden. Kelle wusste ja gar nicht, worum es ging, und hat natürlich alles abgestritten. Da ist Lenny ausgeflippt. Erst hat er Kelle beschimpft, dann ist er handgreiflich geworden. Das hätte er nicht tun sollen. Kelle hatte sein Gewehr in der Hand. Das war geladen. Es ist dann wohl alles ganz schnell gegangen. Ein Schuss hat sich gelöst und Lenny getroffen. In den Hals. Der blutete wie ein Schwein, und Kelle wusste nicht, was er tun sollte. Beim Durchsuchen der Jackentaschen ist ihm Lennys Hausschlüssel in die Hände geraten. Da kam ihm die rettende Idee. Er hat ihn auf den Pick-up gepackt und zu seinem Haus gefahren. Dort hat Kelle ihn ins Wohnzimmer geschleppt. Akten und Bücher aus den Schränken gezogen und gehofft, dass es wie ein Raubmord aussieht. Ziemlich naive Vorstellung.»

Eilerts blickt über die Schulter, um zu sehen, ob Rosa noch zuhört. Die hat wirklich Mühe, seinen Ausführungen zu folgen. Jetzt bloß nicht ohnmächtig werden.

«Trotzdem kam die Polizei keinen Schritt weiter», fährt er fort. «Vielleicht wäre nichts weiter passiert. Ein Mord oder Totschlag, der eben nicht aufgeklärt wird. Doch Kelle kam nicht mit Lennys Tod klar. Dieser Gutmensch wollte den Unfall bei der Polizei gestehen und sagte, er brauche von mir zumindest seinen Anteil am Spiel, damit er Geld für die Anwaltskosten hat und Janko die Deichschäferei auch ohne ihn weiterführen kann. Ihm stünde finanziell das Wasser ohnehin bis zum Hals.» Eilerts lacht zynisch. «Ich hab so getan, als würde ich einwilligen. Wir sind ins Wohnmobil, da hab ich ihm einen Tee gekocht.» Eilerts dreht sich zu Rosa um. «Dieselbe Sorte wie bei Ihnen.» Er guckt wieder nach vorn. «Jutta hatte ich schon vor dem Treffen mit Kelle ruhiggestellt. Wir haben den Tee getrunken, über alte Zeiten gequatscht, und irgendwann wurde es Zeit ...»

«Und ... dann ... sind Sie ... mit ihm raus?» Jedes Wort fällt Rosa schwer, sie kann kaum noch die Augen offen halten.

«Jo, ein kleiner Stoß an der Hafenmole genügte. Und aus die Maus.»

«Stellnsiesich», lallt Rosa.

«Ach was. Ich werde Sie hinter der Grenze entsorgen. Da ist 'ne Baustelle, fällt gar nicht auf, wenn ich Sie dort verbuddel. Auf eine zweite Leiche kommt es jetzt auch nicht mehr an.»

Bei diesen Worten wird Rosa schwarz vor Augen.

Plötzlich ist es still am anderen Ende der Leitung. Nur das Geräusch des fahrenden Autos ist zu hören. Dann eine Frauenstimme: «Rainer, sind wir gleich da? Ich muss aufs Klo.»

«Gleich, Jutta. In zehn Minuten sind wir durch den Emstunnel durch, und wenn wir in Holland sind, machen wir Pause. So lange musst du noch durchhalten. Schaffst du das?»

«Ja. Warum nehmen wir die schlafende Frau mit, Rainer? Ich finde das ziemlich unhöflich von ihr, einfach einzuschlafen, wenn sie bei uns zu Besuch ist.»

«Ist schon in Ordnung, Jutta. Wir geben sie in Holland ab und fahren dann allein weiter.»

«Ist gut.»

Schweigen. Autogeräusche. Wieder deckt Rudi das Handymikrofon ab. «Habt ihr ein Signal?», fragt er den Kollegen neben sich.

Der nickt und deutet auf die Straßenkarte. «Sie sind bei Leer.»

«Ich weiß. Sie wollen durch den Tunnel und rüber nach Holland. Verständige die dortigen Kollegen, ich gebe der Autobahnpolizei und Haueisen Bescheid.» Wie von der Tarantel gestochen rennt Rudi hinauf ins Büro seines Chefs.

Keine fünf Minuten später rasen Schnepel, Haueisen und er mit Blaulicht und Sirene los.

Die Frau schläft. Ihr Kopf ist nach vorn gesackt. Gut so. Er hätte eine höhere Dosis nehmen sollen. Auch egal.

Im Rückspiegel flackert Blaulicht. Ein Martinshorn ertönt. Automatisch geht er vom Gas und hält sich rechts. Wahrscheinlich ist weiter vorn ein Unfall passiert, und es muss eine Rettungsgasse gebildet werden. Doch der Polizeiwagen bleibt auf seiner Höhe. Der Polizist macht Zeichen, dass er anhalten soll.

Verdammt. Sofort drückt er das Gaspedal wieder durch.

Er lässt sich nicht stoppen. Nicht so kurz vorm Ziel.

Das Wohnmobil nimmt Fahrt auf. Doch die alte Kiste ist zu langsam. Der erste Polizeiwagen zieht an ihm vorbei. Dann der zweite. Das Blaulicht tanzt wie ein Blitzlichtgewitter vor seinen Augen. Die Anzeige «Bitte anhalten» leuchtet auf. Das macht er aber garantiert nicht. Die Polizeifahrzeuge verlangsamen ihr Tempo. Verdammt, die wollen ihn ausbremsen. Im letzten Augenblick entdeckt er das Hinweisschild für die Ausfahrt.

Er reißt das Lenkrad herum. Das Wohnmobil gerät ins Schlingern, aber es fängt sich, als er die Auffahrt runterrast. Auf der Landstraße Richtung Grenze beschleunigt er. Wirft einen Blick in den Rückspiegel. Er hat sie abgehängt. Erleichtert atmet er aus. Doch Sekunden später hört er hinter sich wieder das Martinshorn. Verdammt!

Mit Höchstgeschwindigkeit rast er über die Straße. Bei einer Bodenwelle macht das Campingfahrzeug einen Hüpfer. Während er noch überlegt, was er tun soll, kommt ihm ein Polizeiwagen mit Blaulicht entgegen und stellt sich quer auf die Straße. Es hat keinen Sinn mehr. Er tritt auf die Bremse, und mit jedem Meter, den das Wohnmobil langsamer wird, sackt sein Blutdruck ab.

Mit Vollgas rasen Rudi, Schnepel und Haueisen über die Autobahn. Rudi berichtet dabei von dem mitgehörten Gespräch. Schnepel ist erstaunlich still, und auch Haueisen sagt nicht viel. Dabei hat Rudi fest damit gerechnet, dass er sich maßlos über Rosas Alleingang aufregen würde. In diesem Moment melden die Kollegen über Funk Eilerts' Festnahme.

Endlich erreichen sie die Absperrung an der Landstraße. Die Kollegen leiten den Verkehr einspurig um das Wohnmobil herum. Ein Krankenwagen steht dahinter.

«Wie ist die Lage?», fragt Haueisen den Polizisten, kaum dass er ausgestiegen ist.

«Eine Frau ist etwas verwirrt, eine andere schläft. Die

Sanitäter kümmern sich gerade um sie. Der Fahrer ist ansprechbar, sagt aber nichts», berichtet der Leeraner Kollege.

Rudi schiebt sich an den Helfern vorbei und geht zum Krankenwagen. Dort liegt Rosa auf einer Trage, am Finger das Messgerät für die Sauerstoffsättigung des Blutes.

«Bei ihr ist alles okay», sagt der Sanitäter im roten Overall. «Bis auf die Tatsache, dass man ihr wohl K.-o.-Tropfen verabreicht hat. Aber das wird schon», beruhigt er Rudi, dem die Sorge um Rosa wohl ins Gesicht geschrieben steht. «Wir nehmen sie mit in die Klinik, und morgen ist sie wieder auf dem Damm. Auch, wenn sie sich wahrscheinlich an nichts mehr erinnern wird.»

«Danke.» Rudi drückt Rosa ganz fest die Hand und sagt auch zu ihr «Danke», obwohl sie das nicht mitkriegt.

Dann geht er zurück zu den anderen. Haueisen übernimmt gerade Eilerts und bringt ihn zum Wagen. Seine demente Frau schreit hysterisch, sie bekommt von einem anderen Sanitäter eine Beruhigungsspritze verpasst.

«Soviel ich weiß, sollte sie heute in ein Heim für Demenzkranke in Emden einziehen», sagt Rudi. «Kontaktiert doch die Einrichtung telefonisch, dann könnt ihr sie dort bestimmt abliefern. Wäre vielleicht das Beste für sie. Liegt ja außerdem in der Nähe.»

«Gute Idee, Bakker», lobt Haueisen ihn. «Überhaupt muss ich sagen, dass Sie vorbildlich reagiert haben.» Haueisen wirft einen Blick zu Schnepel. «Kollege Schnepel ist ja der Meinung gewesen, dass eine Fahndung nach dem Campingmobil Blödsinn wäre.»

«Wir können doch nicht jedes Mal Himmel und Hölle in Bewegung setzen, wenn Frau Moll einen Alleingang unternimmt», regt sich der auf. «Das haben Sie mir doch vor ein paar Tagen selbst gesagt. Immer wenn wir in einem Mordfall ermitteln, kommt sie uns in die Quere. Das haben Sie auch gesagt.» Schnepels Kopf läuft hochrot an.

«Stimmt. Das habe ich gesagt», lenkt Haueisen ein. «Aber Fakt ist – und das gebe ich nicht gerne zu –, dass Frau Moll uns mit ihrem Spürsinn schon das eine oder andere Mal auf die richtige Spur gebracht hat.» Haueisen wirft einen Blick zum Krankenwagen, dessen Türen gerade geschlossen werden. «Das ist aber natürlich kein Freifahrtschein, sich ständig in Gefahr zu begeben und Polizeieinsätze auszulösen. Und das werde ich ihr auch eindringlich sagen, sobald sie wieder ansprechbar ist. Wir sind schließlich nicht ihre Lebensretter.»

Rudi schmunzelt innerlich. Auch wenn Haueisen nicht aus seiner Haut kann, war das für seine Verhältnisse gerade ein ziemlich dickes Lob für Rosa.

«Was wird aus dem Wohnmobil?», fragt einer der Leeraner Kollegen. «Sollen wir den Abschleppdienst rufen?»

Rudi wirft einen Blick zu Haueisen und Schnepel. Eigentlich kann Schnepel auch den Einsatzwagen zurückfahren. Dann kann er seine schlechte Laune am Gaspedal auslassen.

«Nee, braucht ihr nicht. Ich fahre den Camper nach Wittmund. Die Kollegen der Spurensicherung müssen ihn sowieso noch untersuchen.» Garantiert werden sich Spuren von Gerhard Janßen und auch K.-o.-Tropfen darin finden. Damit steht die Anklage dann auf sicheren Füßen. Außerdem wollte Rudi schon immer mal mit einem Wohnmobil über die Landstraße gondeln.

EPILOG

Immer noch ist es knackig kalt, auch wenn vereinzelte Osterglocken in diesen ersten Märztagen sattgelb leuchten und der Winterschneeball süßlich duftet.

«Du bist dran.» Henner drückt Rosa die Boßelkugel in die Hand. Ihre Finger umschließen die Kugel fest, zum Ausholen schwingt sie den Arm nach hinten und läuft zwei Schritte, bevor sie wirft. Die Kugel fliegt, plumpst aber schon nach wenigen Metern auf die Straße, trudelt Richtung Grünstreifen und rollt dann in den Graben.

«So ein Mist», ärgert sich Rosa. «Das passiert mir jetzt schon das dritte Mal.»

«Halb so schlimm», tröstet Adelheid sie, die ebenfalls zu ihrer Gruppe gehört. «Du spielst ja nicht in der Liga so wie die da.» Sie zeigt auf eine Gruppe von jungen Männern in den Trainingsanzügen von *Freya Fresena*, die sich in schnellem Tempo von hinten nähern. «Lass uns mal zur Seite treten, damit die uns überholen können. Die üben für das Qualifikationswerfen zur Teilnahme an der Championstour.»

Rosa staunt, als einer der jüngeren Mitglieder vom Neuharlingersieler Boßelverein in weiten Sprüngen an ihr vorbeizieht. Fast so elegant wie eine Antilope. Über dem Boden schwebend, wirft er die Boßelkugel mit Schwung. Rosa bewundert die Flugbahn, schließlich landet die Kugel und läuft und läuft.

«Zwischen Boßeln als Sport und Boßeln als Spaßspiel liegen eben Welten», sagt Henner, fischt Rosas Holzkugel mit dem Boßelkugel-Kraber aus dem verschlickten Graben und wischt sie mit dem Putzlappen ab, der griffbereit in seiner hinteren Hosentasche steckt. Schließlich reicht er sie an Gisela weiter.

«Zum Glück ist ja gleich Spielpause», sagt die, beugt sich vor und wirft. Ihr Wurf reicht nur zu einem kurzen Kullern, aber immerhin bleibt die Kugel auf der eigens mit einem «Achtung, Boßeln»-Warnschild gekennzeichneten Straße liegen.

Jetzt ist die Gegenmannschaft mit Rudi dran, deren Kugel zwei Meter vor ihrer liegt. Noch dreimal wird von jeder Gruppe geworfen, dann haben sie die Stelle erreicht, wo sie Pause einlegen wollen.

«Glühwein?», fragt Rudi. Sofort gibt es Gedrängel um den Bollerwagen, in dem außerdem Thermoskannen mit Kaffee und Tee und diverse andere Flaschen wie Korn und Eierlikör stehen. Heute ist Adelheids Geburtstag, und sie feiert ihn mit einer Boßeltour. Neben ihren Geschwistern und deren Anhang sind natürlich auch Rudi und der Häkelbüdel-Club eingeladen. Die gehören ja alle quasi zur Familie.

«Ich habe extra noch Persiko besorgt. Als Erinnerung an alte Zeiten», sagt Adelheid und öffnet die Flasche. «Wer möchte?»

Von allen Seiten werden die kleinen Glashenkelgläser, die an einer Kordel um den Hals hängen, abgenommen und ihr gereicht. Sie gießt Persiko ein, Gudrun den Gabiko, den ganz billigen Korn, Henner öffnet Cola-Flaschen, Rudi verteilt weiter Glühwein und Sigrid Tee. Als jeder etwas zu trinken in der Hand hat, prosten alle Adelheid zu.

«Auf unser Geburtstagskind und die guten alten Zeiten», sagt Sigrid.

«Ob die nun immer so gut waren, da bin ich mir nach all dem, was in den letzten Wochen passiert ist, gar nicht mehr so sicher.» Adelheid nippt an ihrem Persiko. «Love & Peace war das Motto damals. Und was ist letztlich herausgekommen? Mord und Totschlag.»

«Da hast du aber so was von recht», stimmt Gisela ihr zu. «Wer hätte Kelle zugetraut, dass er seinen Kumpel Lenny erschießt? Und dann wird er im Gegenzug von seinem anderen Freund ertränkt. Und alles nur wegen des Geldes.»

«Geht aber um 'ne Menge Kohle», sagt Henner. «Sag mal, Rudi, wem steht das Geld jetzt eigentlich zu?»

«Keine Ahnung», sagt Rudi. «Uschi und Janko Janßen verklagen Eilerts, weil *Kelle & Lenny Games* das Spiel entwickelt haben. Das müssen sie vor Gericht aber erst einmal beweisen. Wenn die dort Recht kriegen, würde Uschi als Janßens Witwe die Hälfte abbekommen. Lennys Anteil bekäme Janko komplett, weil er ja nach dem Testament Alleinerbe ist.»

«Wow! Dann wär der ja 'ne richtig gute Partie», sagt Dörte und leckt den Persiko aus ihrem Glas aus.

«Ist aber schon vergeben.» Rosa hält ihr Glas zum Nachschenken hin. «An die neue Tierärztin.» Rosa registriert ganz genau, dass Dörtes Mundwinkel absacken.

«Die Zugezogenen lassen das Mausen einfach nicht, und die Einheimischen haben das Nachsehen», murmelt Dörte, und Rosa überlegt, wie sie den Satz verstehen soll. Sie selbst wird ja wohl nicht damit gemeint sein. Außerdem ist Dörte selbst schuld, wenn sie ihre eigenen Kreise bei der Brautschau nicht weiter zieht als von Neuharlingersiel bis Carolinensiel.

«Ich finde, wir sollten auch auf Rosa anstoßen», sagt Bärbel. «Wenn die nicht so hartnäckig gewesen wäre, hätte man die beiden Morde am Ende wirklich Janko angehängt.»

«Ist nur höchstens ein Mord. Bei Lenny gehen wir von Totschlag aus, auch wenn das keine Rolle spielt, weil der Täter ja tot ist», korrigiert Rudi. «Und das wollen wir mal festhalten: Rosa hat sich vor allem mal wieder mächtig in Gefahr begeben. Das hätte nicht sein müssen.» Er reicht Rosa ein Glas Glühwein. «Du hättest mir vorher Bescheid geben sollen, dann wärst du nicht in diese Falle getappt.»

«Jo», brummt Henner.

«Ich hab erst gar nicht verstanden, warum du an dem Sonntag mitten beim Zaunbauen abgehauen bist», sagt Adelheid. «Erst als ich später Ludwigs Artikel in der Mitmach-Zeitung gelesen habe, ist bei mir der Groschen gefallen.» Sie sieht sich um. «Wo steckt Ludwig eigentlich?»

«Ist ihm zu kalt gewesen. Der kommt ja nicht in Wallung, wenn er mit seinem Elektromobil hinter uns herfährt. Er stößt aber nachher zum Grünkohlessen auf dem Steffens-Hof dazu. Genau wie Hildegard.»

Mudder Steffens lässt sich das Ausrichten des Grünkohlessens nach Adelheids Geburtstags-Boßeltour nicht nehmen. In der Diele hat sie schon einen langen Tisch von Henner und einigen seiner Schwestern aufbauen lassen. Ein paar Stühle haben sie noch vom Dachboden geholt.

«Apropos Steffens-Hof», sagt Clara. «Habt ihr schon gehört, dass in den Osterferien eine größere Gruppe bei Muddern Quartier bezieht? Lauter verkannte Künstler. Vaddern ist gar nicht begeistert. Er hat noch vom Wintergast die Nase voll.»

«Kann ich verstehen», sagt Henner.

«Künstler?», fragt Rosa interessiert.

«Künstler ist vielleicht übertrieben. Ist so eine Kreativwerkstatt aus Hannover. Die wollen auf dem Hof einen Workshop mit Ölfarben und Aquarell machen.»

«Hast du eben Kreativwerkstatt gesagt?»

«Jo», sagt Henner.

Wenn das kein Zufall ist! Rosa hat damals dort auch den einen oder anderen Kurs belegt, als sie noch in der Landeshauptstadt lebte. Da waren immer sehr interessante Menschen dabei. «Weißt du, wer den Kurs leitet?»

«Ein Herr Gravenberg, glaub ich», sagt Clara.

Ach nee, der Conrad. Sofort werden in Rosa lebhafte Erinnerungen wach. Zum Glück hat sie in den Osterferien bislang noch nichts geplant. Da kommt ein kreativer Malkurs gerade richtig. Ein Grinsen umspielt ihre Mundwinkel. Ob Conrad sich wohl noch an sie erinnert?

DAS STAMMPERSONAL
DER SERIE

UNSER LIEBENSWERTES TRIO:

Rudi – ist Dorfpolizist. Und alleinerziehender Vater von Sven. Seine Frau Denise hat vor ein paar Jahren die Biege gemacht.

Henner – der Dorfpostbote ist Single und hatte noch nie eine feste Beziehung, dafür hat er acht Schwestern. Da er gegen Tierhaare allergisch ist, kann er den elterlichen Hof nicht übernehmen.

Rosa – ist aus Hannover nach Neuharlingersiel gezogen. Sie ist Lehrerin und Krimifan. Versucht sogar, selbst welche zu schreiben.

DIE WITTMUNDER POLIZISTEN:

Kriminalhauptkommissar Siegfried Haueisen – sehnt den Ruhestand herbei. Unrasiert und mit tiefen Ringen unter den Augen, wirkt er müde und angeschlagen. Seit 25 Jahren verheiratet.

Kriminaloberkommissar Helmut Schnepel – ein Wichtigtuer, der gern den großen Kommissar herauskehrt und auf Freiersfüßen wandelt, seit seine Frau Susanne ihn verlassen hat.

UND HIER DER REST
UNSERES STAMMPERSONALS:

Dr. Valentin Emterbäumler – Rechtsmediziner, den es aus Bayern an die Nordsee verschlagen hat.

Klaus Kröver – Chef der Spurensicherung. Ein Womanizer.

Bernie Bütefisch – Rudis Kollege in der Polizeistation Esens. Er löst gerne Kreuzworträtsel und liebt Kuchen und Mettbrötchen.

DIE NEUHARLINGERSIELER:

Sven – Rudis fast erwachsener Sohn.

Hoyko Manninga – Rudis verschollen geglaubter Vater, der nach etlichen Jahren nach Neuharlingersiel zurückgekehrt ist.

Dörte Jacobs – Henners Jugendfreundin, arbeitet bei der NV-Versicherung.

Ludwig Twenge – Frührentner, Mitmach-Reporter, ist durch Arthrose gehbehindert.

Sigrid – Ludwigs Frau, hilft im Andenkenladen von Adelheid aus.

Gisela Frerichs – größte Tratschtante Neuharlingersiels.

Erwin – Giselas Mann.

Susanne Schnepel – Fast-Ex-Frau von Helmut Schnepel, hat bei Gudrun im Frisörsalon gearbeitet.

HENNERS GROSSE FAMILIE:

Seine Eltern:

Gerda und **Heinrich Steffens** – haben sich inzwischen damit abgefunden, dass Henner den Hof nicht übernehmen kann.

Seine acht Schwestern:

Adelheid – führt den Andenkenladen. Ihre Freundinnen kommen jeden Morgen zum Elführtje.

Gudrun – führt den Frisörsalon. Da ist immer etwas los, und auch ihr Hund Schecki ist immer dabei.

Bärbel, Clara, Doro, Engeline, Friederike und **Ina**

Tante Hildegard – gehört das Haus, in dem Henner die Erdgeschosswohnung bewohnt. Über ihm wohnt Rosa. Tante Hildegard ist sehr redselig.

WEITERE PERSONEN IN DIESEM FALL:

Die ehemaligen Mitglieder der Kommune im Deichgrafen:

Gerhard Janßen und **Uschi** mit Sohn **Janko**. Vater und Sohn führen jetzt die Deichschäferei.

Rainer Eilerts und **Jutta**

Lennard Kramer

Volker van Graaf – Immobilienmakler.

Melina Liesegang – Assistentin des Maklers.

Charlotte Duvenberg – Tierärztin.

REZEPTE

Möhrenbrot
auch für Babys und Senioren geeignet

*Rosa hat dieses Brot bei einer Freundin kennengelernt, deren
Kind gerade ein Jahr alt war. Und weil es ihr so gut ge-
schmeckt hat, backt sie das Brot gern, selbst wenn sie weder
Mutter noch Seniorin ist.*

Zutaten:
500 g Dinkelmehl
1 Päckchen Trockenhefe
50 g Haferflocken fein
170 g Möhren
75 g Äpfel
40 ml Rapsöl
360 ml lauwarmes Wasser
Salz

Zubereitung:
Möhren und Äpfel putzen und fein raspeln. (Dazu benutzt Rosa
eine Küchenmaschine, ist einfacher / geht schneller 😊)
Anschließend vermischt sie in einer Rührschüssel Mehl, Haferflocken und Trockenhefe, gibt Wasser und Öl hinzu und knetet
alles mit dem Handrührgerät circa fünf Minuten zu einem Teig,

wobei sie nach und nach die Möhren- und Apfelraspel hinzugibt.

Sie lässt den Hefeteig eine Stunde an einem warmen Ort «gehen» – meist verdoppelt er sich dann fast – und gibt ihn dann in eine mit Backpapier ausgelegte Kastenform.

Nun gibt sie die Kastenform in den noch kalten Backofen auf die vorletzte Schiene und backt das Brot 70 Minuten bei 170 Grad Ober- und Unterhitze.

Nach circa 40 Minuten kontrolliert sie die Kruste, und wenn sie zu dunkel wird, deckt sie sie mit Backpapier ab. Nach 70 Minuten holt sie das Brot aus dem Backofen, nimmt es aus der Kastenform und setzt es aufs Blech. Jetzt kriegt es von allen Seiten noch mal etwas mehr «Feuer» und bleibt für 15 Minuten bei 190 Grad im Ofen.

Wie Rosa es von ihrer Mutter gelernt hat, sticht sie zum Schluss natürlich mit einem dünnen Holzstab hinein, um zu prüfen, ob das Brot schon fertig ist und nichts mehr am Stäbchen kleben bleibt. (Nach breifreibaby.de)

Würzsenf

Zutaten:

100 g Senfkörner

40 g Rohrzucker

130 ml Weinessig

50 ml Wasser

1 Zwiebel

1 Knoblauchzehe

1 TL Meersalz

Zubereitung:

Wieder kommt hier Rosas Küchenmaschine zum Einsatz, diesmal mahlt sie die Senfkörner damit. (Das geht aber auch mit einer Kaffeemühle.) Je feiner das Mahlergebnis, desto feiner wird der Senf. Da Rosa aber ein Faible für groben Senf hat, zerstößt sie die Körner manchmal auch im Mörser. Das ist ihr auf die Dauer aber zu anstrengend, darum lässt sie die Küchenmaschine für den gröberen Senf einfach nicht so lang «arbeiten».

Den Weinessig kocht Rosa mit dem Wasser, der ganzen Zwiebel und der Knobizehe auf und lässt das Ganze zehn Minuten ziehen, bevor sie es durch ein feines Sieb abgießt und erkalten lässt.

In dieser Zeit mischt sie das Senfmehl mit Salz, Zucker und etwas Kurkuma (für die typische gelbe Farbe). Dann gibt sie das erkaltete Essigwasser hinzu, verrührt alles und püriert es stufenweise mit einem Stabmixer. (Dabei geht sie behutsam und langsam vor, obwohl dieses Tempo sonst ja nicht so ihr Ding ist. Aber durchs Pürieren erhitzt sich die Masse, und das tut dem Senf nicht gut. Deshalb arbeitet sie lieber in Etappen.)

Jetzt füllt sie den Senf ab; dazu hat sie kleine Schraubgläser gekauft und Etiketten gebastelt. Rosas Lieblingssenf für … Auf die Punkte schreibt sie den Namen des-/derjenigen, die beschenkt werden sollen. Ach ja, der Senf ist zunächst recht scharf, doch das legt sich innerhalb einer Woche. Im Schraubglas hält sich der Senf 2 bis 3 Monate im Kühlschrank.

Und natürlich kann man tolle Varianten machen. Das hier sind Rosas Lieblingsvarianten:

mit Chili – für diejenigen, die es scharf mögen

mit Datteln – für diejenigen, die es süß mögen

mit Kräutern – für diejenigen, die eine andere Würze mögen

Rindsroulade, Kartoffelstampf
und Schwarzwurzeln

Zutaten:

4 Rindsrouladen

Füllung pro Roulade:

2 Scheiben geräucherter Schinkenspeck

1 TL Senf (gerne scharfer)

1 kleine Zwiebel

1 mittlere Essiggurke

Salz und Pfeffer nach Belieben

Schmorzeit 1 ½ bis 2 Stunden

1 kg Schwarzwurzeln, eine Handvoll gehackte Petersilie,

3 Esslöffel Butter, Salz

Kartoffelstampf

1 kg mehlig kochende Kartoffeln

100 g Butter

200 ml Vollmilch

Salz, Pfeffer

Prise geriebene Muskatnuss

Zubereitung:

Henner hat schon als Kind immer ganz genau zugeschaut, wenn
Muddern Steffens Rouladen gewickelt und geschmort hat. Muddern nimmt immer große, aber dünn geschnittene Fleischschei-
ben aus der Ober- oder Unterschale des Rinds. Wie bei ihr abgeguckt, legt er die länglichen Fleischstücke auf das Kochbrett und
drückt sie mit dem Handrücken noch einmal flach, bevor er sie
mit Pfeffer und Salz würzt. Dann bestreicht er alles dünn mit Senf.
(Henner nimmt gerne den scharfen Löwensenf, es geht aber auch

der mildere oder der Kräutersenf von Rosa 😊) Dann legt er ein bis zwei Bauchspeckscheiben darauf, anschließend mehrere fein geschnittene Essiggurkenscheiben und schließlich Zwiebelringe. Jetzt wird alles gerollt. (Beim ersten Mal hatte Henner die Zutaten nicht dünn genug geschnitten, da ist ihm alles an der Seite herausgeflutscht. Jetzt schneidet er alles hauchdünn.) Die Fleischrolle fixiert er nun mit Küchenband. Es gibt zwar auch spezielle Rouladennadeln, aber die bezeichnet seine Mutter als Firlefanz.

Nun erhitzt er Rapsöl in einem Bratentopf. Pro Roulade nimmt er einen Esslöffel, dann gibt er die gewickelten Fleischstücke in das heiße Öl und brät sie bei mittlerer Hitze etwa 4 bis 5 Minuten von allen Seiten zusammen mit einer klein geschnittenen Möhre und Lauchstange an. Dann gießt er alles mit Wasser und einem Schuss Rotwein auf, bis die Rouladen halb mit der Flüssigkeit bedeckt sind. Dann schmort er bei geschlossenem Deckel alles etwa anderthalb bis zwei Stunden.

Während die Rouladen schmoren, wäscht Henner die Schwarzwurzeln, denen man an der dunklen, erdigen Schale noch ansieht, dass sie bis vor Kurzem im Boden gesteckt haben. Beim Schälen mit dem Sparschäler zieht Henner sich mittlerweile Gummihandschuhe an (Tipp von Rosa 😊), denn der milchige Saft (wie beim Löwenzahn, mit dem die Schwarzwurzel übrigens verwandt ist) ist klebrig und pappt an den Fingern. Und auf Kleidung macht er dunkle Flecken. Die geschälten Schwarzwurzeln schneidet er in etwa zehn Zentimeter lange Stücke und legt sie in Essigwasser, damit die Stücke nicht braun werden. Die Kochzeit im leicht gesalzenen Wasser beträgt 15 bis 20 Minuten, je nachdem, wie bissfest man den «Winterspargel» haben möchte. Anschließend gibt Henner Butter und gehackte Petersilie dazu.

Henner würde es nie im Leben einfallen, Kartoffelpüree aus der Tüte zu nehmen. Für ihn ist es ganz wichtig frische Kartoffeln zu verwenden. Bei Muddern hat er gelernt, dass die Kartoffeln geschält, klein geschnitten und anschließend mehrmals im kalten Wasser gewaschen werden müssen, bis das Wasser klar ist – so wird überflüssige Stärke entfernt. Das ist wichtig, damit der Kartoffelbrei nicht klebrig wird. Dann kocht Henner die Kartoffelstücke im Topf mit leicht gesalzenem Wasser etwa 15 bis 20 Minuten. Anschließend gießt er das Wasser ab und zerdrückt die Kartoffeln mit dem Kartoffelstampfer, parallel gibt er die in kleine Stücke geschnittene Butter dazu und arbeitet sie langsam ein. Muddern hat immer nur 50 Gramm Butter genommen, aber Henner nimmt die doppelte Menge. Schließlich mag er es gerne deftig.

In der Zwischenzeit hat er die Milch auf dem Herd erwärmt und gibt sie nun in die Kartoffelmasse und rührt sie ein, bis diese die cremige Konsistenz hat, die er seit Kindheitstagen liebt. Nun würzt er noch mit Salz und Pfeffer nach und gibt eine gute Prise klein geriebene Muskatnuss dazu.

Jankos Rindfleischsuppe

Zutaten:

1 kg Markknochen vom Rind

3 Stück Suppenfleisch vom Rind, gerne mit Knochen

2 Beinscheiben

1 EL Rapsöl

2 Mohrrüben

1 Stange Lauch

1 halbe Knolle Sellerie

2 Zwiebeln

1 EL Salz

10 Wacholderbeeren

5 Lorbeerblätter

3 Zweige Thymian

Pfeffer nach Belieben

10 Kartoffeln

Eventuell Tiefkühlerbsen

Zubereitung:

Janko liebt diese Suppe an kalten Tagen. Er erhitzt das Rapsöl im Bräter, dann gibt er Knochen und Fleisch dazu und brät beides im heißen Fett von allen Seiten an. Sind die ersten Stücke schön braun, nimmt er sie aus dem Topf und gibt die anderen Rindfleischstücke dazu. Ist das gesamte Fleisch fertig angebraten, wird das geputzte und klein geschnittene Gemüse angeröstet, einschließlich der Zwiebeln. Das ist wichtig, weil die sich auf dem Topfboden sammelnden Röstaromen die besonders kräftige Geschmacksnote geben.

Nun wird kaltes Wasser aufgegossen und mit dem Bodensatz verrührt, anschließend werden die Knochen und das Fleisch dazugeben und alles unter Zugabe von Salz, Thymianzweigen, Wacholderbeeren und Lorbeerblättern zum Kochen gebracht. Den austretenden weißen Schaum (Eiweiß und Trübstoffe) fischt Janko mit einer Schaumkelle ab. Auf kleiner Flamme köchelt die Suppe dann etwa 5 Stunden vor sich hin, dann gibt Janko das angebratene Gemüse dazu, bringt alles noch einmal zum Kochen und lässt es eine weitere Stunde köcheln. Anschließend fischt er Gemüse, Fleisch und Knochen heraus, gibt die geschälten und halbierten Kartoffeln in die Brühe und lässt sie dort noch einmal 20 Minuten kochen. Nach Belieben kann anschließend das klein geschnittene Gemüse dazugegeben werden. Manchmal gibt Janko noch eine Handvoll Tiefkühlerbsen dazu, die sorgen für einen frischen Farbkontrast.

Das im Buch erwähnte **Grünkohlrezept** wiederholen wir an dieser Stelle nicht; wer das ostfriesische Nationalgericht nachkochen möchte, findet das Rezept am Ende von Fall 1: «Krabbenbrot und Seemannstod».

Friesische Rumcreme nach dem Rezept von Tante Hildegards Großmutter

Zutaten für 4 Personen:

3 Blatt weiße Gelatine

1 Ei

2 EL Zucker

3 Päckchen Vanillezucker

abgeriebene Schale von ½ unbehandelten Zitrone

1 Prise Salz

4 EL brauner Rum

100 g Schlagsahne

Zur Deko: geraspelte Schokolade oder frische Früchte,
z. B. Johannisbeeren, oder Marmelade.

Mit der Ruhezeit im Kühlschrank sollte man mindestens
drei Stunden Zeit einkalkulieren.

Zubereitung:

Das mal vorab: Für die typische friesische Rumcreme nimmt man nur das Eigelb, aber Tante Hildegards Großmutter war eine sparsame Hausfrau, weshalb sie stets das ganze Ei nutzte.

Als Erstes werden die Gelatineblätter in kaltem Wasser eingeweicht. Sind sie weich, werden sie mit der Hand ausgedrückt und anschließend bei schwacher Hitze (mit ganz wenig Wasser) im Topf unter Rühren aufgelöst.

Währenddessen (oder davor) trennt man die Eier. Das Eiweiß wird zu festem Eischnee geschlagen. Eigelb, Zucker, Vanillezucker, Zitronenschale und die Prise Salz verrührt man mit dem Mixer etwa 10 Minuten, bis die Masse cremig ist. Nun wird der Rum dazugegeben und kurz daruntergemixt, genau wie das Eiweiß.

Einen Löffel der Creme gibt man in die aufgelöste Gelatine, vermengt sie und gibt diese Verbindung in das Gefäß mit der Rumcreme. Jetzt noch einmal alles kurz durchmixen, damit sich die Gelatine gut verteilt. Nun kommt die Creme gut zugedeckt in den Kühlschrank, wo sie in aller Ruhe «gelieren» kann.

Nach 20 bis 30 Minuten kann die Creme auf Dessertschalen verteilt werden, dann sollten diese noch einmal 2 Stunden kalt im Kühlschrank stehen.

Zur Deko kann man geraspelte Schokolade oder frische Früchte nehmen, z. B. Johannisbeeren, oder Marmelade.

Tante Hildegards Eierlikörtorte:

Rosa könnte jeden Tag ein Stück davon essen.

Zutaten:
Boden:
80 g Butter
100 g Zucker
5 Eigelb
5 Eiweiß
2 EL Rum
1 Schnapsglas Eierlikör
200 g gemahlene Mandeln
100 g geriebene Schokolade

1 TL Backpulver

Topping:

1 Glas Preiselbeeren

500 ml Schlagsahne

250 g Magerquark

Eierlikör!

Zubereitung:

Zunächst schlägt Tante Hildegard die Butter mit dem Zucker schaumig, dann rührt sie jedes Eigelb einzeln ein und fügt die restlichen Zutaten (die fünf Eiweiß ausgenommen) hinzu.

Nun schlägt sie die fünf Eiweiß steif und hebt sie unter den Teig. Dann kommt die Masse in eine Tortenbackform und wird 35 bis 40 Minuten bei 180 °C Umluft gebacken. Natürlich muss der Boden erst einmal richtig auskühlen, bevor das Topping draufkommt!

Dazu streicht Rosa geradezu liebevoll 1 Glas Preiselbeeren auf den Boden. 500 ml steif geschlagene Schlagsahne verrührt sie mit 250 g Magerquark und streicht die Masse auf die Preiselbeerschicht. Dabei lässt sie aber genug von der Quark-Sahne-Masse übrig, sodass sie Tupfen als Rand auf die Torte setzen, der Eierlikör aber nicht herunterlaufen kann. Der Eierlikör kommt nun nämlich als krönender Abschluss oben auf die Quark-Sahne-Schicht. Meistens nimmt Tante Hildegard ihren selbst gemachten.

Tante Hildegards Käsekuchen
ohne Boden

Obwohl Tante Hildegard eine tolle Tortenbäckerin ist und auch gern aufwendige Torten zaubert, ist dieses eines ihrer Lieblingsrezepte, weil sie dafür eigentlich alles immer im Haus hat und der Kuchen schnell fertig ist, falls sich mal unverhofft Besuch für den Nachmittagstee ankündigt.

Zutaten:

200 g Butter

250 g Zucker

1 Pck. Vanillezucker

6 Eier

1 TL Zitronensaft

1 kg Quark

100 g Mehl

1 TL Backpulver

Ruckizucki vermengt Tante Hildegard alles miteinander zu einem Teig und gießt die Masse in eine Tortenbackform.

Ab in den auf 180 °C vorgeheizten Ofen damit und zunächst 30 Minuten backen, dann die Temperatur auf 200 °C erhöhen und weitere 30 Minuten backen.

NACHWORT

Kaum zu glauben! Zehn Jahre ist es her, dass Rosa Moll in den beschaulichen Hafenort Neuharlingersiel in Ostfriesland gezogen ist und seitdem zusammen mit Henner und Rudi die kniffligsten Kriminalfälle löst.

Wer hätte damals gedacht, dass Rosa, Henner, Rudi und die ganze Steffens-Sippe innerhalb kurzer Zeit so viele Freunde finden würden!

Darum möchten wir uns bedanken:

Für diesen zehnten Fall als Erstes bei Jochen Fass für die Unterstützung bei der Recherche zum aktuellen Thema Deichschäferei.

Und dann bei euch, unseren Fans! Für die vielen tollen Rückmeldungen, Meinungen, Anregungen, eure Anteilnahme am Schicksal der drei. Und dafür, dass ihr so gerne mit am Mittagstisch bei Mudder Steffens sitzen würdet!

Natürlich auch bei den vielen engagierten Buchhändlerinnen und Buchhändlern, die die Abenteuer unserer drei auch über Ostfrieslands Grenzen hinweg begeistert in ihr Angebot aufnehmen.

Und beim Küstenkrimi-Fanclub auf Facebook, der uns und unsere Helden treu begleitet.

Bei unseren Familien, die nicht gewusst haben, dass unsere Romanhelden auch ein Teil *ihrer* Familie werden würden.

Und bei unserer Lektorin Nina Grabe, die Henner, Rudi und Rosa von Anfang an in ihr Herz geschlossen hat.

Natürlich gebührt unser Dank auch dem gesamten Team des Rowohlt Verlags und Bastian Schlück von der Agentur Schlück.

Nun machen wir uns voller Elan und mit vielen tollen Ideen an Fall elf, der im Frühjahr 2024 erscheinen wird. Und so viel können wir schon versprechen: Es geht wieder turbulent und lebhaft zu!

Herzlich
Christiane Franke und Cornelia Kuhnert

Im Februar 2023

Weitere Titel

Mord macht hungrig (Hrsg.)

Ein Heißmangel-Krimi
Frisch ermittelt: Der Fall Vera Malottke

Henner, Rudi und Rosa
Krabbenbrot und Seemannstod
Der letzte Heuler
Miss Wattenmeer singt nicht mehr
Mörderjagd mit Inselblick
Muscheln, Mord und Meeresrauschen
Zum Teufel mit den fiesen Friesen
Krabbenkuss mit Schuss
Wenn Wattwürmer weinen
Es muss nicht immer Labskaus sein